青律♡

青律·著

慢夏临秋

完结篇

广东旅游出版社
中国·广州

CONTENTS 目录

001 第九章
家人

045 第十章
搬家

081 第十一章
时间

117 第十二章
选择

163 第十三章
过年

207 第十四章
宿命

261 番外
高考记（下）

你的未来，

和你未来的世界，

都会光明灿烂，

犹如盛夏里的大晴天。

"临秋，你一定会看到。"

第九章
家人

姜忘再睡觉，做梦都像飘在云里，他抱着被子把头贴在枕头边。

新年伊始，生活就像翻到新的一章，一切明亮又崭新。

大年初一还真没有下雪。

老天爷像是听见祈愿似的，特意等到初三才再度下起鹅毛大雪，落得满岭都是一片银白。

季临秋起了个早过来掀他被子，又把手背放到姜忘脖颈旁边冰一下。

"都闷屋子里三天了，走，出去爬山。"

姜忘一放假松弛得不行，等换好衣服跟他爬山时都还在打哈欠。

不得不说，在乡下过年只要吃好睡好，确实比在城里惬意放松。

他们出来纯粹为了活动筋骨，爬到一半看会雪景，冷不丁碰了下树枝，落得两人鼻尖都是雪。

电话突然响起来。

"老板！"秘书哀号起来，"你到底什么时候回来！"

书店这边从大年三十就开始短信、电话轰炸了，不知情的还以为是拜年问候太多，生怕初一的鞭炮太响姜老板听不到他们的热情祝福。

姜忘做事不躁，提前两个月就在安排新年里线上线下同步的打折活动，给所有合作方都寄了诚意满满的拜年礼盒，应急预案都拟了好几种。

主要在于，小城里的伙计们头一次碰到这么大的业务量，人都傻了。

没底气，实在是没底气。

姜忘二十多岁时对于年货节、双十一之类见怪不怪，但梦里这个时代二十多岁的人见到成千上万的订单,脑子容易被烧到短路。

大伙过年闲得没事,会用电脑的肯定逛逛有啥好吃的好买的,拜完年到处串着玩的肯定也会凑个热闹。

不忘书城预先联合各大辅导班搞了个新年庙会,场地规模比上回还要大,甚至惊动省城电视台的记者过来强力报道,引得不少附近城市的人过来凑热闹玩。

——反正开车也就一个小时,不来白不来,以前想逛庙会还得坐一晚上火车去首都呢!

庙会上什么吹糖人、剪年画、现场写对联、炸元宵、蒙眼啃苹果、贴大象一类的,花样多,乐子更多,各家商户都添了不少彩头当作礼物,也是先前便已经达成一致,不图赚钱,优先把人气盘活。

线下其乐融融,线上大笔订单进来,自家公司架设的仓库对接系统碰到业务高峰能忙到死机。

"老板……您玩得差不多记得回来看看……"秘书抹眼泪道,"我这几天头发大把大把地掉啊!"

姜忘头五分钟还能听对面一帮伙计哭诉生意太爆心态快崩了,十分钟后耐心逐渐见底。

"我又不会搞程序!别跟我哭!跟程序员哭!抓着他的头盖骨问到底啥时候才能搞好系统!"

旁边伙计嘤了一声:"老板……"

姜忘把电话拿到一边,可怜兮兮地看向季临秋:"你看?"

季临秋笑着踹他屁股:"赶紧滚回去,赖我这儿干吗?"

姜老板得了便宜还卖乖,拿着电话撑回去:"今天就回来!你们把活给我看好了,三倍工资还搞砸的话,小心到公司门口罚站!"

伙计们欢天喜地地应了,背景音里还能听见有人欢呼:"老板说他今天回来!"

"老板回来救场了……"

"啊啊啊啊,太好了!"

姜忘当即回去先跟季家各位道个别,还顺手给拜年的小辈们发了一圈红包,小崽子们的欢呼声能掀翻房顶。

然后他和季临秋一块开车去县城里买最早的票，准备就此告别。

春节期间票量很紧，最早一班离现在还有两个半小时。

姜忘闲着也是闲着，拉季临秋在附近的小商场里走走逛逛，看见一家羊毛纺织店。

"哎，"他突然想起什么，"你给你爸妈，还有你妹妹买条围巾吧。"

季临秋很少收礼物与送礼物，有点犹豫。

"我爸比较保守老派，可能不收，还觉得浪费钱。"

看店的大婶很热情地迎了上来："买围巾吧？纯羊毛的，戴着不刺脖子可暖和了，送老人正合适！"

季临秋思索一会，还是给家人各挑了一条。

姜忘在旁边掏出钱包："老板，旁边一黑一白我要了，这两条不用放打包袋里，五条钱我一块付。"

季临秋有点急："你还跟我抢啊。"

"什么叫抢，"姜忘瞥他一眼，"你挑我买单，天经地义。"

季临秋拧着不干，强行结了全部的账，老板娘在旁边点钱点得合不拢嘴："新年快乐，恭喜发财！"

两人走出小商场，季临秋戴上纯白色的那条，姜忘围好纯黑那条。

随后季临秋拿出两个红包："还没有见到星星，怪想他的。"

姜忘侧身道："还有一个呢？"

"你说呢？"季临秋笑着说，"大男孩，收着吧。"

姜老板很自恋地哼了一声，完全不带推辞地把红包收了。

"你回去时注意安全，我再陪爸妈几天就回来。"季临秋仔细道，"回去以后注意门窗通风，你跑业务也注意保暖，别感冒。"

男人眼睛含笑地看他。

季临秋佯装不开心："笑什么，我认真的。"

姜忘笑眯眯应了，再三挥手才从安检口消失。

他再坐火车离开的时候，都感觉手上有一根风筝线，随着汽笛的鸣响声越拉越远，一直牵着山路另一边的季临秋。

像是能看见季临秋如何一个人开车回去，又怎么淡笑着和妹妹聊天。

风筝线长到没有尽头，轻轻拽一下像是会有回应，又好像没有。

姜忘看着车窗很久,看到火车穿过隧道,车窗上映出他的脸。

下午五点走,晚上十一点才到。

其间公司电话又打了好几个来,说问题全部解决,特别顺。

姜老板略有不爽:"就知道你们是自己吓唬自己玩,净耽误我事。"

"能耽误您啥啊?听说那边山里都没通网。"秘书讪笑道,"您回来感受下A城的春节气氛不是挺好吗,咱公司好多姑娘还想等您来了一起包饺子呢。"

"还有就是,星望听我说您要回来了,死活晚上要一块来接您,这答不答应啊?"

姜忘诧异一秒,怒气起来:"他不是跟他爸过年了吗,怎么着,他爹又犯浑?"

"哪里哪里,"秘书狗腿道,"小孩是想你了,在这边我也看着呢,没受委屈。"

姜老板又哼一声:"行,都来接吧。"

晚上十一点到了A城,天空飘着稀稀落落的小雪点,被车站口猩红的灯光一照,像是细碎的花瓣雨。

小孩第一个瞧见他,欢呼一声用百米冲刺速度飞了过来。

"大!哥!新!年!好!"

姜忘任由彭星望拱到自己怀里又蹭又扭,反手掏出两个红包。

"喏,回头我带你去银行开个卡,自己存好省着点花。"

彭星望开开心心接了,放到随身腰包里仔细收好。

姜忘瞧了眼他那个鼓鼓囊囊的小包包:"收获不少啊。"

"我爸今年挣着钱了!他给我包了好大一个!"

姜忘把行李箱交给秘书,跟小孩一起坐后面。

"怎么急着过来找我?没什么不开心的吧。"

"没,我爸又打牌去了,"彭星望一皱鼻子,伸胳膊闻味,"我新衣服都熏了一股烟味,讨厌。"

中年人就这点爱好,不赌博就行。

汽车缓缓发动,姜忘大概问了问公司情况,继续跟小孩聊天。

"知道还有几天开学吧？"

小孩僵了一下。

姜大哥笑容慈祥："寒假作业写完了吗？"

"那个……杨凯说……老师都懒得改。"小孩支吾道，"而且别的同学……他们都……"

"你是不是忘了季老师就住在咱们家呢。"姜忘笑眯眯道，"一开始就没想着写作业啊？"

彭星望惨叫一声。

"全要写。"姜忘不紧不慢道，"开学前一天我检查。"

于是姜老板的下属们日常来交代任务的时候，每天都能看见一个小萝卜头坐在办公桌另一边奋笔疾书赶作业，满脸苦大仇深。

老板看着财报喝咖啡，没事还会给公司实习生们减负。

"来，手头活放一放休息半天，你看看这小孩作业都做对了没有。"

偏偏公司对面就是大草坪，这会甚至有小孩在大太阳天放起风筝来，欢声笑语一片，坐六楼一样能听得见。

小孩义愤填膺："我写完这本作业就去剃头！"

旁边倒茶的秘书呆了两秒："你头发也不长啊。"

"没啥。"姜老板慢慢吹气道，"我这大外甥本来就傻。"

姜老板随身带着一小朋友这件事，大伙也见怪不怪了。

虽然彭家辉在当地认识不少人，但到底生意没姜忘做得大，交流圈也就局限在棚户区附近。

以至于刚开始很多人以为姜忘不婚不娶的主要原因，是在给前妻带孩子。

后来渐渐传得乱七八糟，说什么的都有。

有的说姜忘是在小城市秘密保护外国王族遗孤，有的说他脚踏十条船，唯独对初恋女友一往情深连孩子都有了。

更多人送礼塞不进去，只能从星星这里找突破口，想法子让小朋友帮忙转交银行卡、购物卡，以及过年红包。

彭星望已经学精了，碰到这类人一律表示："收钱可以哦，但是我会独吞掉，一句话都不跟哥哥说。"

以及"太好了我可以拿钱买彩票去了,叔叔你千万不要跟我哥说我拿你红包!"

一帮老板红包给了一半硬生生收回去:"这个……不太好吧,你给你哥哥保管呗?"

"凭什么啊?"小孩摆出桀骜不羁的嘴脸,"我在存钱买跑车呢,告诉他不就被收缴小金库了吗!"

姜忘乐得拿他当不喝酒不抽烟的挡箭牌,日子过得相当轻快,白天跑活谈生意见客户,晚上回窝里给季临秋打电话。

"我爸居然收下那条围巾了。"季临秋感叹道,"他们两位也是嘴硬,一边嫌弃我乱花钱,一边戴着围巾到处显摆,嘚瑟给所有亲戚看。"

"对了,我买好票后天上午就回来,你这边还好吗?"

"没什么问题,"姜忘踩着拖鞋走向客厅,瞧了眼还在奋笔疾书的身影,"彭星望玩了一整个寒假,作业半点没写。"

"其实也没老师改,"季临秋笑道,"开学那会都忙着呢,谁还有空检查这个?"

"我这不是期望他拿下年级第一的宝座吗?"姜忘打了个哈欠道,"小孩嘛,多写点作业省得出去闯祸。"

他们有一搭没一搭地聊了许久,像是没有发生什么大事,偏偏有说不完的话。

快结束时季临秋才反应过来:"我们打的是跨省长途。"

"我舍得。"姜忘对着话筒说,"早点睡,好梦。"

季临秋不在,三层楼的家都显得空空荡荡,以至于小孩天天撒娇打滚要跟大哥一起睡。

姜忘乐得惯他,只是偶尔半夜不小心踹一脚。

好在彭星望半夜睡得跟野猪一样,被蹬着了也就哼一声,翻个身继续做梦。

只是今晚不太一样,姜忘心里总觉得焦躁,莫名坐立不安。

他跟季临秋打电话以后也没有好点,晚上翻来覆去还是静不下来。

等到半夜三点钟终于快睡着,电话声突兀地响起来。

手机被设了静音,以至于先是振动两回,然后换成座机响铃,半夜里尖锐又刺耳。

姜忘披了外套下楼接电话,看见来电是 C 城的号。

"喂?我妈……我们这边在睡觉,怎么了?"

"出事了,文娟她,"常华焦躁道,"文娟她快不行了,再过两个小时体力耗完了只能转剖腹产!"

像是有大桶冰水骤然倒在头上,姜忘骨头缝里都透着冷。

"你说清楚,"姜忘控制住火气不去吼他,"不是三月份生吗?进了医院怎么不给我打电话?!"

"她突然情况不对,之前还查出来子宫肌瘤但位置不好开刀,医生建议顺产,"常华磕磕绊绊地解释,自己都快说不清楚话,"然后紧急送过来催产,但是骨盆偏小一直打不开,现在快七个小时痛到叫不出来,已经顺产转剖腹产了。"

"但是医生说按她的情况做手术很容易大出血,剖腹产……剖腹产可能会保不住人!"

"你给我保住她!有什么法子就用什么法子先保住她的命!"姜忘直接吼回去,"老子现在开车过来,她出事我第一个废了你,听见没有?!"

"我知道我知道,"常华这几个小时已经累得魂不守舍,机械重复道,"我也想保她,医生还在叫我,我马上……"

姜忘直接挂断电话,用这辈子最快的速度穿衣服穿鞋,然后一手抄起还在被子里的彭星望,一手给他胡乱拿几件衣服袜子就往外跑。

他第一次恨这个地方没有飞机和高铁。

彭星望睡得正迷糊,突然身体悬空,再反应过来直接跟小狗似的被扔到后座,紧接着身上甩过来一堆衣服。

他被这变故吓得眼睛有点红,又忍着没有哭,小心翼翼看驾驶座的哥哥。

"出什么事了?"

妈妈可能要没了,我们得赶着去见她最后一面。

姜忘根本没法把这种话说出口,沉默很久以后才声音嘶哑地道:

"去 C 城。"

小孩脸色登时变得惨白,很快反应过来是妈妈出事了,妈妈怀着孕,可能是生小孩的时候遇到什么了。

他这一刻不敢再问姜忘任何问题,睡衣凌乱还光着脚,第一反应却是双手捂住嘴,泪珠大颗大颗地往下流,哭得不敢发出一点声音。

姜忘知道他在哭,自己这一刻胸膛空空荡荡的,像被击破的鼓,在用全部意志咬着后槽牙开车。

所有情绪不住地糅杂撞击,里面还混杂久违的恐惧。

妈妈她应该能活到老啊,他在现实世界没坠河的几年前,还和那个苍老的女人通话过短短几分钟。

然后再无联络。

姜忘极力用理智告诉自己她不会出事,在这一刻被冰窟般的恐惧完全包裹。

万一有变数呢?他开始这个梦境后,已经有意无意地改变了太多事情。

季老师的未来,彭星望的未来,彭家辉的未来……

他根本不敢设想他们开车抵达 C 城的时候噩耗跟着传来,此刻都开始抵触随时可能再响起来的电话铃声。

"我们走最近的路,大概要五个小时。"男人深呼吸着理清思路,"彭星望,你现在把衣服袜子全部穿好,然后我说什么你做什么。"

彭星望手忙脚乱地收拾好自己,全程眼泪吧嗒吧嗒地掉,然后举着他的手机帮姜忘给所有能帮忙的朋友打电话。

免提一开,什么对话都没法避开小孩。

庞杂的信息流开始双向倾倒,犹如两辆被同时撞翻的卡车。

姜忘眼睛始终在盯着一晃而过的高速公路的指示牌,这是他这辈子第一次开车从 A 城到 C 城,中间有无数条国道要找,三段高速公路上上下下。

常华语句混乱地解释产妇情况,医生朋友不断在听和诊疗,做生意的朋友在帮忙联系对应的血源。

手术台大出血的可能,子宫肌瘤的位置,胎儿位置以及不断变化的心跳检测,信息流借由一部手机串流往复,一刻不停。

彭星望全程举着手机，第一块电池电量耗完没等姜忘开口，匆匆伸手翻找他包里的备用电池。

姜忘透过后视镜怔怔看了星望好几秒，低声道："这对你太残忍了。"

让一个八岁孩子得知这些事，亲自面对这些事，都太过血淋淋。

星望低着头打开手机后盖换电池，早就没有哭了。

"她是妈妈啊。"小孩轻轻道，"不管怎么样，都是妈妈啊。"

他太小了，不知道危机冲突里万分之几的微小可能，以至于默然地准备见她最后一面。

医生和护士把杜文娟推进顺转剖的手术台时，他们终于抵达C城的边缘。

常华把人送进去之后，整个人都猝然卸力，憔悴地说不出话。

此刻天光熹微，不知何时落起细碎的雨，所有视野被分割得破碎混乱，像跟跄倒地后的镜子。

真抵达医院的那一刻，他们又像是从长久的疲惫惶然里突然醒过来，两步并作一步地往楼上跑。

然后看到亮着灯的手术室大门，常华和面容陌生的老夫妇守在那儿。

姜忘已经联系好了血源，对接确认了手术方案。除此之外，他什么都做不了。

他既不能冲进去替她受苦，也不能帮任何一个医生动刀。

他抱着彭星望，开始感受漫长等待的煎熬。

其他几个婆家的人熬不过，已经在讨论二胎顺产怎么会这么难，又或者要不要去准备点婴儿用的东西。

姜忘漠然地听了很久，某一秒忽然发觉他的手是冰的，星星的手也是。

他反反复复地想，妈妈应该会平安到老的，她不可能有事，她那么老了都在给他打电话。

但他又后悔和恐惧，为什么他当时不听电话里的她把话说完？为什么连解释的机会都没有给？

他开始同时害怕失去三十多岁的杜文娟，以及五十多岁的杜文娟。

这个念头着魔一样缠着他不放，逼着他想五十多岁的杜文娟到底过

009

得怎么样，会不会也在想念他。

姜忘以前对家的概念一无所知，所以不觉得自己会拥有任何一个家人。

可是现在的他，对一个人有很深的牵挂，还有父母，哪怕没有一个人知道他来自哪里，为什么孑然一身，以及到底是谁。

第二个小时过去，医生进进出出，已经递出了第二份病危通知单。

"有新生儿溶血症的情况……很不乐观……"

常华嘴唇干枯地翕动几下，努力理解医生说的每个字。

又一个人以同样急切的脚步冲了进来，当着他们的面抱紧两个星星。

"我在，"季临秋开了一夜的车，眼圈泛青，胡楂浅浅，用最大的力量抱紧他们，"别害怕，她一定没事。"

手术室外冷白的光被他的背脊挡开，怀抱里的黑暗竟像一种迟来的救赎。

姜忘终于颤抖起来。

他们整整等了四个小时。时间像融进一呼一吸里，让所有等待都变得恍惚又空白。

季临秋抱着彭星望坐下的那一刻，姜忘像是短暂地把所有意识都屏蔽掉了。

他唯一能看见护士们进进出出，不时有人匆匆探头出来要求签字。

那些人和常华在交谈许多东西，新生儿如何，产妇如何，抢救进度如何，是否会有后遗症。

姜忘是她名义上的远房弟弟，坐在角落里并无人在意。

彭星望握紧季临秋的手，看着进出的大人们踌躇许多次，终于鼓起勇气冲到他们面前。

"我是她的儿子，我可以给她输血吧！"

护士长惊讶地看向他，伸手摸摸他的头道："不行的，小朋友，直系亲属不能输血。"

"我们……会尽全力。"

季临秋去附近倒了几杯热水，先递给两位老人，然后是常华和彭星望，往返来去也累了，最后一杯留给自己和姜忘。

"喝一口。"他平静地道，"你着急也帮不上什么，我们等医生消息。"

姜忘许久没有从思绪里抽出来，半晌才抿了口，让已经干裂的嘴唇好受一些。

他知道自己做不了什么。

他只是突然发现，自己没有原先想象的那样一片空白。他会恐惧，会慌乱，也会疼痛，在真实地活着。

姜忘的世界曾久久没有"需要"两个字。他不会向任何一位长辈寻求帮助，一度对食物、玩乐、财富都毫无欲望，像扁平的剪影一样存在着。

可现在，他坐在抢救室门前，像是一口浊水终于从肺管猛地呛出来，让他用力挣脱所有冰封般的冷漠，想要抓住几乎一切。

渴望妈妈温暖的怀抱，渴望认识的所有亲人朋友都长久平安，渴望不带任何遗憾痛苦地去迎接每一天。

他想鲜活地活着，想抓紧所有他爱的人。

他发觉他在爱着许多人。

男人放下杯子，半晌拍了一下膝盖，像是终于自大梦里惊醒，转头又被困在泥沼里，无措焦灼。

"杜文娟家属在吗……"又一个护士推门大声喊，"杜文娟家属！"

"这里这里！在！"

"恭喜，生了个女儿，因为新生儿溶血症，等会直接送去育婴箱，家属来把表填一下！"

常华苍白的脸上终于浮现一丝血色，哆嗦道："我爱人，她现在怎么样？"

"在缝合了，还好血库调度及时，刚才大出血差点没保住，"护士帽檐早已湿透，用手背抹了一把汗道，"吉人自有天相，小孩名字赶紧想想，回头还要登记呢，婴儿用品准备好了没有？"

孩子爷爷奶奶忙不迭站起来，手忙脚乱地确认都带了什么。

彭星望还呆在那里，被季临秋拍了拍肩。

没等小孩鼓起勇气走过去，常华拿着一沓缴费单、通知单欣喜若狂地过来抱他，还在他脑门猛亲了一下："星星！你有妹妹了，你现在有

011

妹妹了！"

彭星望怔怔点头，突然伸手摸自己小钱包带了没有，想拿压岁钱给她买东西。

季临秋眼疾手快把小孩拉回来，先领着他跟常华道喜，然后把还蒙着的另一个大人一块拉走，去附近母婴商店帮忙准备东西。

"你妈妈还在休养，刚动完大手术也没法探视，我们去把东西都准备好。"

他还算脑子清楚能指挥做事，一大一小都没缓过神来。

"是妹妹啊。"姜忘一直走到医院门口才终于看向季临秋，"我也有妹妹了？"

季临秋哭笑不得："快醒醒。"

这附近妇婴商店相当多，光是玩具就五颜六色能摆满五六面墙，奶嘴、尿布、衣服、摇篮更是价格奇高。

他们三个速战速决，买完必备的就回去和常家人换班忙碌。

等了两三天，医生才终于放人探视产妇，而且不让停留太久。

彭星望时隔多日见到妈妈，看她憔悴又苍白的样子，小心翼翼地什么都没说，只敢用指腹轻轻摸她的手背。

"妈妈，打针很疼吧。"小男孩低头小声道，"你嘴唇干干的，我喂你喝一点水好不好？"

杜文娟笑着看他，缓缓点头。

姜忘没进去看她，只在门口看了一会，等星望出来。

他终于发觉星望变化很大。刚见面时一碰就哭，又怂又怕事，什么都往严重一万倍的地步去想，白天没哭够有时候半夜还偷偷抹眼泪。

但现在小孩站在差一点就没有救过来的、面容毫无血色的妈妈面前，镇定又平静。

彭星望直到轻手轻脚关好病房的门，才从紧绷状态下松弛下来，长嘘一口气。

"还好还好，"他像在跟姜忘汇报情况，又像在自我安慰，"妈妈精神很好，应该很快就能恢复了。"

季临秋蹲下来抱了抱他，旁边护士主动引路："育婴房在右边那栋楼，顺着走廊过去就是了。"

姜忘眼睛圆圆地看向她指的位置，快速答应一声。

好几列保温箱在封闭式玻璃的另一端，不过，刚好小孩的育婴箱靠近走廊，他们甚至可以看见她的脸。

因为新生儿溶血症，小孩子被放在保温箱里接受光疗，罩着眼睛睡在蓝光下，瘦瘦小小，头发也没有长出来多少。

眼睛一罩，五官就认不出来多少。但彭星望趴在玻璃墙那儿一直看着她，像是又多了一个要仔细保护的人。

姜忘在一旁安静陪伴着，呼吸不自觉也放得很轻。

他不喜欢小孩，其中也包括幼年版的自己。

他不喜欢小孩的哭闹，幼稚天真，弱小无助。

但在救下彭星望以后，姜忘才好像终于放下一些桎梏屏障，去认识那个八岁小孩眼里明光灿烂的世界。

他站在玻璃墙侧，目光落在幽盈蓝光里的小婴儿身上。血脉如蔷薇枝芽般抽枝生叶，用带刺的牵绊交相缠绕，一如缠绕住他和他的父母，他和梦中二十年前的自己。

"我在很长时间里……没在意过'亲人'这两个字。"姜忘再开口时，声音有些涩，"不在意，所以一直觉得自由。"

"现在，居然有两个小孩要看着我一天天变老，"他看向季临秋，半晌笑起来，"以后搞不好还会在我的墓碑前献上一束花。"

好像也很好。真的很好。

季临秋也倾身看了很久，等他说完以后，才淡淡道："那拜托把我的碑埋得离你近点。长途电话实在太贵了。"

姜忘释然大笑。

离开C城之前，他们给杜文娟找了一个能长期帮忙的保姆，还另安排了一个月嫂帮忙照顾婴儿。

一个至少陪三年，一个至少陪三个月。

小女孩起名叫常思安，小名茵茵。

姜忘始终没跟杜文娟说什么话，只告别时叮嘱了几句，让她注意健康。

杜文娟休养一周后已经好了很多，抱着女儿笑着看他："你抱一抱她再走。"

姜忘往后退了半步："我……不会抱小孩。"

然而女人始终微笑着看他。

姜忘硬着头皮走近她，模仿着他们的动作把小孩抱在怀里。刚好这一刻茵茵伸手碰他，柔软的手掌滑过脸颊，某人被一瞬间击中。

——我妹妹是世界上最好的妹妹！

众人当即大笑。

元宵还没到，各大学校就相继开学，季临秋在C城只待了两天就先行回去，应付忙不完的差事。

姜忘和彭星望多停留了一周，再回来时也有许多事要忙。

头一件事，就是要正式搬往省城。

小别墅留在这儿慢慢升值，但公司员工和关系网络都要往省城转移。

姜忘跟房全有甩了一句"我要去省城了，你看着办"，完事就去忙人才招聘的事，好些天没管他。

再一碰面，房全有乐得不行："大哥，我也跳槽到省城去了，到时候帮你跑写字楼和新房子！"

姜忘也乐，随手送了他一条烟。

更重要的是把季临秋给搬过去坐镇辅导班。

姜忘因过年时几句玩笑话开了窍，打定主意要把辅导班和书城优势互相转化，正是缺优秀老师的时候。

现在正好是下学期，交接完就可以撂下事走人。

季临秋并不犹豫，按红山小学的章程递了辞呈。消息直接惊爆学校上下，以及好几个班的家长们。

"季老师不干了！不是吧？"

"我儿子还等着上他的班呢，凭什么啊！"

"是不是学校待遇太差啊！唉，这老师有耐心又会教书，真舍不得。"

"那可是铁饭碗,疯了吧,他不当教师靠什么赚钱去!"

按照规定,辞职申请要先过校长这一关,然后再送交教育局人事科批准。

季临秋看着温柔平和的一个人,提辞职时平静坚决,以至于让校长都很犯嘀咕。

这个小季在学校里人缘好、成绩突出,学校一直有提拔重用的意思,怎么这么突然就要走了呢?

"是不是哪个老师欺负你了?

"待遇不好你可以说啊。小季,你正是年轻有为的时候……"

几番言语下来,申请才一层层审批盖章,最终定案。

教完这最后一个学期,他便重获自由。

年级里其他老师都只敢在背后嘀咕几句,明面问不到什么也就笑着散了,不多说话。

唯独许老太太把他叫住了:"临秋,你要辞职,是不是?"

许蓉年纪大了,声音有种尖锐的金属感,眉毛一挑连三四十岁的老师都只敢收着声说话。

季临秋正准备下班回家,被她在走廊叫住,闻声回头。

"嗯。"他露出温和笑容,准备重复用过许多遍的说辞。

"你早该走了。"许蓉露出郑重神色,向他走近几步,"走得远些,去更适合你的地方。"

"临秋,你该往高处飞了。"

"《早安 A 城》正在播报中!今天巨蟹座的你诸事繁忙,顾头不顾尾,但本周财运呈上升趋势,全面开花,恋爱物语是他/她近在眼前却远在天……"

彭星望啪的一声换台:"你不是不听星座吗?"

姜忘伸手想把台换回来,盯了几秒便别开眼睛:"巧合罢了。"

他最近在忙辅导班教材编纂的事,联络了 A 城、省城各大中学,没事帮着伙计们一起送试卷。

想要开个有持续动力的辅导班,把规模阵容做强做大,首要的就是内部教材和题目必须精简经典有代表性。

统一的教材，统一的难度分配，才显得正规又专业。

于是双城学生最近每个月都空降卷子，今天做完明天又来新的，一次比一次囊括题型精准，一次比一次难度直逼核心，做得人后背发凉、额头冒汗、冷热交替。

老师们笑容满面："喜不喜欢？高不高兴？免费的卷子还出得这么好，划算！"

有消息灵通的学生打听到这是红山小学那"王室后代"小朋友他哥的手笔，已经在霍霍磨刀了。

现在就组队去书店干翻那个狗老板！叫他天天印卷子玩！

姜忘最近打喷嚏的次数与日俱增，偶尔还能感觉到怨念的目光，一回头店里学生都在闷头看书做题，啥都没有。

奇怪，本命年不是早过了吗？赶明儿穿红内裤避避。

自打回 A 城以后，人事调动频繁，公司有开不完的会，姜忘好不容易白天忙完回家，应酬能推的全推。

彭星望睡着了，姜忘索性去客厅赖着和季临秋一起看电影，抱枕一放，小被子一裹，小孩揉着眼睛也过来了。

"啊，这部我也没看，一起一起！大哥你给我让个地方嘛！"

姜忘脸色一黑，小孩有点委屈："大哥，你怎么又不喜欢我了？"

"没，你明天要上学，睡觉去。"

"明天周六啊。"小孩跟小狗似的蹦到沙发上，紧贴着季临秋窝好。

后者勾着嘴角专心看电影。

姜忘磨了磨后槽牙，裹好被子靠在季临秋另一边，重温看过好几遍的老电影。

活在梦中的二十年前，看什么新上映的都是怀旧。

初春仍寒，窗外细雨零零落落，一出门凉风会像贴着骨缝一样钻进去。

季临秋陷在柔软沙发里，看入迷了也渐渐身体舒展。彭星望正倒在老师怀里，看得津津有味。

姜忘俯身去拿茶几上的果干:"吃块紫薯干?"

……………

等电影看完已经是十二点半,姜忘把彭星望又领回卧室,盯着他重新刷了一遍牙,掖好被子本来准备说句晚安,突然想起了什么。

"有件事一直忘了跟你说。"

姜忘不擅长跟小孩交流,坐在彭星望床边停顿了一会,用平淡语气道:"我和季老师都准备去省城工作,星望,你想跟我们一起转学过去吗?

"你爸爸妈妈那边,我们当然也要去征求意见,但先听一听你的想法,也不急着这一会回答。"

彭星望愣了下,生气得脸都鼓了起来:"你这不就让我睡不着了吗!

"哪有在睡觉之前讲这种事的啊!"

姜先生耸耸肩,无赖道:"我这人就这样。"

转学这件事说得这么突然,确实需要认真考虑几天。

彭星望目前学历停留在小学二年级,对人生选择没太多头绪。他想来想去还是纠结,决定去问问好朋友们的意见。

张小鹿和杨凯都在书店里玩《大富翁》,跟一帮同学数钱盖房子。

"望仔来喝奶茶啊!"

"你玩不玩?钱夫人还没人拿!"

"谁喜欢钱夫人啊?丑死了。"

彭星望看着桌游有点心动,但正事也没忘记,特意把张小鹿和杨凯叫到一边。

"我有件事想问问你们……"

小孩感觉转学是种背叛,吞吞吐吐半天才把事情说完。

杨凯还在算该怎么赢张小鹿的钱,小姑娘听了半天,马尾一甩给出真理:"哪儿作业少去哪儿,作业少、老师不凶最重要!"

杨凯恋恋不舍地看一眼身后战局,转头道:"星星,你要转学啊?"

"我没想好。"彭星望耷拉着头,"如果我去了省城,以后就见不到你了。"

"你本来就没法天天见到我们。"杨凯莫名其妙,"等读了初中,我

017

们几个肯定就会分开了,往后读大学了更见不到面。

"你只要加了我QQ号,我们以后可以在电脑上聊天,发短信也可以,但是那个要钱。"

张小鹿没反应过来:"QQ号不是每天都要换吗?"

"谁说的?"杨凯睁大眼睛,"注册一次就够了啊。"

"啊!我每次都重新注册来着!"

彭星望立刻把话题从QQ号上拉回来:"所以!如果我转学了,你们还记得我吗?"

"应该会,"发小很有良心,"你大哥还在这儿开书店呢,我们肯定记得。"

那倒也是。

彭星望的背叛感消散了很多,仍然拿不定主意,没多久被朋友们拉去玩《大富翁》了,把麻烦暂时搁在脑后。

没玩多久就到了下午五点多,天色渐渐变暗,突然有个穿着花棉袄的老太太走了进来。

张小鹿无意间看了一眼,打了个激灵道:"是许老师!许老师来了!"

"收起来收起来!快快快!"

"我的天!"

小孩们手忙脚乱想躲起来,被抓了个正着。

"最近不安全,都赶紧回家!"老太太一百年不来一回书店,这次上来就是轰人,"天黑了都早点回家,别在外面玩,能结伴的都一起走!"

小朋友们觉得面前老太太才算真危险,棋盘都顾不上收便一哄而散,还条件反射大喊几声"老师再见",生怕被她抽屁股。

许蓉把手揣回兜里,目送着小孩们都回家了,想一想又走去柜台前叮嘱店员:"最近不太平,你们别让小孩留太晚。"

店员忙不迭答应,说以后一定注意时间。

许蓉点点头,走出书店时略有忧虑地左右望了望,半晌才离开。

与此同时,季临秋正式以顾问身份加入不忘文化有限公司。

他教师身份还没有脱离,因此名义上只能做教育顾问,但仍然可以接手权力统筹专组。

公司专门请了三个师范生帮忙挑书搬书，全听他调遣。

季老师明面上只是个普通的小学英语老师，但怎么也是高考六百三十多分的水平，语文、数学、英语、政治、历史、地理门门清晰，临时去辅导高中生也完全没有压力。

成筐的书开始往家里搬，每个年级逐一捋过去，效率非常高。

姜忘白天跑南飞北，晚上回家后餐厅里老师小孩对着做题，一派高考备战班的架势。

季临秋入职一周后就出了第一份工作规划报告，正式在公司里主持开会。

他没有西装，只穿了件平日去学校的羊毛马甲配白衬衣，袖子一挽在白板上边写边讲，条理极清晰。

三个小时一晃而过，众人都听得比往常投入数倍，没一个人走神。

好些人明明是第一次见这个季顾问，但就像被这人当场收服一样，散会时再见面都毕恭毕敬地说话。

想来也是，学历能力一流，哪怕没有把文书摆在明面上，也会从谈吐气度中散发。

季临秋瞧着清俊从容，言辞犀利有力，做事极稳，来公司第一天其实就已经吸引了不少人。

三个小时会议里姜老板也在旁听，这是姜忘第一次以工作同事关系，和季临秋同时在自家公司的会议室里共处。

前半个小时还在聚精会神听课，后面不知不觉听到上头，他就喜欢看这个人冷淡疏离地讲话指挥。

季临秋一推眼镜，语气平直："这次会议差不多就到这儿了，姜老板还有什么要说的吗？"

姜忘笑了下，说话很客气："没有，讲得挺好。"

小城市里三种消息最容易不胫而走——家长里短，迷信显灵，惊人悬案。

谁家偷汉子被抓，哪家请狐仙算命还全都成真，以及哪儿哪儿跑来了疯子变态杀人狂在偷偷挖小孩眼珠子，今天东街张老太太提一嘴，明天城郊种田的赵伯都能听见。

不知道从什么时候起，坊间有了传闻，个个说得有鼻子有眼。

——A城来了个疯子。

有说是精神病院弄丢了人，又好像是有逃犯从外省流窜过来，怎么讲的都有。

每个人传的版本不一样，但都在互相叮嘱要看好孩子，似乎前段时间南街菜市场那儿丢了一个，到现在还没找着。

红山小学这边虽然没收到警方通报，也不敢掉以轻心，几番关照老师、保安都盯着家长接送，不再让小孩自己放学回家。

这些姜忘听一耳朵也就过去了，也跟着叮嘱星星几句，让他放学别乱跑。

其实满街店铺的老板都认识星望，小孩平时放学了等不到季老师下班也会自己去书店写作业，问题不大。

自去年书店成立到过年前，中考和高考的各科教辅书已经被排名过一番，不忘书店有一套自己内部的排序表。

这一招还是姜忘以前玩游戏时学的。

T0梯队是高尖精，本本都是精髓，放在全国哪家学校都是必看必做教辅。

T1梯队属于整体优秀，小部分瑕不掩瑜，但可以在Excel文档里略作批注。

T2、T3便依次排下去，最末一类销量差，内容更差，根本不用进货。

当初刚布置这任务时，伙计都觉得老板做事太较真，看看销量选书就行。

时间久了才咂摸出味来——有这套筛选体系，旧书更新内容再版印刷，他们能第一时间分类放好。

出版商过来推销新书，也可以跟不同梯队对照比对，确认要不要进货。

果然还是老板最聪明啊。

姜忘等这套运作成熟以后，放在公司里找人帮忙做题筛题整理合接手权力统筹专组。

公司专门请了三个师范生帮忙挑书搬书,全听他调遣。

季老师明面上只是个普通的小学英语老师,但怎么也是高考六百三十多分的水平,语文、数学、英语、政治、历史、地理门门清晰,临时去辅导高中生也完全没有压力。

成筐的书开始往家里搬,每个年级逐一捋过去,效率非常高。

姜忘白天跑南飞北,晚上回家后餐厅里老师小孩对着做题,一派高考备战班的架势。

季临秋入职一周后就出了第一份工作规划报告,正式在公司里主持开会。

他没有西装,只穿了件平日去学校的羊毛马甲配白衬衣,袖子一挽在白板上边写边讲,条理极清晰。

三个小时一晃而过,众人都听得比往常投入数倍,没一个人走神。

好些人明明是第一次见这个季顾问,但就像被这人当场收服一样,散会时再见面都毕恭毕敬地说话。

想来也是,学历能力一流,哪怕没有把文书摆在明面上,也会从谈吐气度中散发。

季临秋瞧着清俊从容,言辞犀利有力,做事极稳,来公司第一天其实就已经吸引了不少人。

三个小时会议里姜老板也在旁听,这是姜忘第一次以工作同事关系,和季临秋同时在自家公司的会议室里共处。

前半个小时还在聚精会神听课,后面不知不觉听到上头,他就喜欢看这个人冷淡疏离地讲话指挥。

季临秋一推眼镜,语气平直:"这次会议差不多就到这儿了,姜老板还有什么要说的吗?"

姜忘笑了下,说话很客气:"没有,讲得挺好。"

小城市里三种消息最容易不胫而走——家长里短,迷信显灵,惊人悬案。

谁家偷汉子被抓,哪家请狐仙算命还全都成真,以及哪儿哪儿跑来了疯子变态杀人狂在偷偷挖小孩眼珠子，今天东街张老太太提一嘴，明天城郊种田的赵伯都能听见。

不知道从什么时候起，坊间有了传闻，个个说得有鼻子有眼。

——A城来了个疯子。

有说是精神病院弄丢了人，又好像是有逃犯从外省流窜过来，怎么讲的都有。

每个人传的版本不一样，但都在互相叮嘱要看好孩子，似乎前段时间南街菜市场那儿丢了一个，到现在还没找着。

红山小学这边虽然没收到警方通报，也不敢掉以轻心，几番关照老师、保安都盯着家长接送，不再让小孩自己放学回家。

这些姜忘听一耳朵也就过去了，也跟着叮嘱星星几句，让他放学别乱跑。

其实满街店铺的老板都认识星望，小孩平时放学了等不到季老师下班也会自己去书店写作业，问题不大。

自去年书店成立到过年前，中考和高考的各科教辅书已经被排名过一番，不忘书店有一套自己内部的排序表。

这一招还是姜忘以前玩游戏时学的。

T0梯队是高尖精，本本都是精髓，放在全国哪家学校都是必看必做教辅。

T1梯队属于整体优秀，小部分瑕不掩瑜，但可以在Excel文档里略作批注。

T2、T3便依次排下去，最末一类销量差，内容更差，根本不用进货。

当初刚布置这任务时，伙计都觉得老板做事太较真，看看销量选书就行。

时间久了才咂摸出味来——有这套筛选体系，旧书更新内容再版印刷，他们能第一时间分类放好。

出版商过来推销新书，也可以跟不同梯队对照比对，确认要不要进货。

果然还是老板最聪明啊。

姜忘等这套运作成熟以后，放在公司里找人帮忙做题筛题整理合集,一用于《黄金十二卷》,二用于辅导班教材。

自己则拉上季临秋和其他几个员工去面试老师,青年一代可以统一电话联系,很多老教师得上门拜访。

他急需足够精良的师资。

大街小巷看着辅导班多,但很多都是临时拉一批师范生,甚至没读过师范的都能随便拉来监督小孩做题背单词,再照本宣科地讲讲课,之后收收钱。

真正厉害的老师都藏在家里,连招牌都不打,全靠口碑和家长们互相介绍,年复一年小班教学。

姜忘没事跟人打麻将套近乎,刚好家长会时也认识了不少人,一点点把整座城的教师网络都理了出来。

然后不辞辛苦地亲自登门拜访,跟他们谈分成福利,讲教学规模,能随他们去省城教书的笼络一批,能1对1教精品课的又签约一批。

无论哪个年代,谈生意诚意为先,绝没有在办公室坐享其成的。

姜忘从前自己开车往来不嫌辛苦,现在公司做大了还有一帮手下跟着跑前跑后,特意吩咐人事部安排定期团建,夏有乘凉费、冬有暖补贴,隔三岔五找好馆子请得力员工吃饭。

季临秋自提出辞职以后,在学校只用定时教两个班的学生,很多事不用再参与,时间安排灵活很多。

他陪同姜忘一家家拜访过去,逐渐明白过来这个人为什么能成事。

来时明明只有一个人,却能在陌生的城市里建快递站,连开四家书店,生意越做越大。

旁人都说姜忘能掐会算运气爆棚,说他会看风水知道哪儿有聚宝盆。季临秋单陪了几日已累到一沾枕头就能睡着,心中敬意更重。

姜忘对自己太狠了。他做任何事都在尽全力,绝不留含糊怠惰的余地。

平日多少人点头哈腰尊称一声"姜老板",真到了顽固古板的老教师面前,姜忘能把面子都撇到一边,一次谈不成就隔周再来,一直谈到松动为止。

白日已经奔波劳累一整天,夜里如果公司遇到麻烦找他救场,二话不说立刻过去加班。

又一次团建聚餐的时候,季临秋在一众说笑声中站了起来,给自己斟满了一杯,眼中笑意温柔:"忘哥,我敬你一杯。"

旁边同事登时跟着起哄:"季顾问你偏心啊!平时都不喝酒,今天居然倒这么多陪姜哥喝!"

"我没看错吧,季顾问居然主动喝酒了!姜哥他这面子给得够大啊!"

姜忘一时间感觉异样,闻声也起身斟酒,但声音很轻:"临秋,怎么突然想要给我敬酒?"

旁人只觉得姜老板在客气,季临秋却听得出其中的珍重。

季临秋扬起笑容,看向他的眼睛道:"和你一块做事以后,才发现以前不知道的很多。忘哥,咱们以后还有许多苦要一起吃。"

前路艰辛坎坷,却也光明灿烂。能够这样一起奔波劳碌,很值得。

姜忘听出来他的敬意,一时间说不出话,一扬手把满杯酒干了。

"好!"

"咱老板就是爽快啊!"

"嚯!再来一杯!我倒我倒!"

姜忘一饮而尽亮了杯底,望着季临秋道:"是我的福气。"

季临秋先前从未试过这种喝法,听到这句话时心上一热,竟也红着脸把满杯都干了。

辛辣烈酒穿肠而过,像要烧灼周身血液,冲得很快意。

两人相视而笑,又对饮一杯才坐下。

这一顿饭吃得宾主尽欢,上了十几盘菜。

中途姜忘去了趟洗手间顺便把账结了,回来时看见外头卡座里有个熟悉的身影。

他下意识想喊一声"爸",很及时地把话咽回去,咳了声笑道:"你也在这儿吃饭呢?"

也是酒喝多了,彭家辉这时候三十多岁,他敢喊人家也不敢应。

彭家辉仰头一看,忙不迭站起来笑着打招呼:"姜老板好久不见啊!"

姜忘侧头发现对面还坐了个挺漂亮的长发美女,是他爹喜欢的那一款。

看着才二十多岁，性格挺泼辣。

"哦哦，这位是我女朋友，"彭家辉说起来还有点不好意思，特意介绍道，"叫关虹。虹虹，这是我家……喀，亲戚，也是我好兄弟，姜老板。"

他很明智地没跟约会对象提起前妻。

姜忘回过神来，拍了下彭家辉的肩："我看你天天出差，没想到啊。"

彭家辉嘿嘿笑了声："是我们公司的会计，对我很好，大方善良心思也细，哪儿都好，是不是虹虹？"

女人掩嘴直笑："炫耀什么呢？"

话未聊完，季临秋也出了包间，一眼看见他们。

"巧了，好久不见。"他很明智地没有叫"星望爸爸"，客气道，"我说忘哥怎么半天没回来，原来碰到熟人了。"

彭家辉刚谈恋爱没两个月，还没敢跟对象说自己跟前妻有个儿子，碰到季临秋有点紧张。

姜忘把胳膊搭在季临秋肩上，笑得吊儿郎当："那不打扰你们，我们公司在这儿聚餐来着，回聊。"

关虹目光扫过他和季临秋，仔细看了看两人。

"好好好，回聊。"彭家辉想起什么，特意道，"新上映的那个《博物馆奇妙夜》，还蛮好看的，我们刚看完。"

"好，回头我们也买张电影票看看。"

"你们？"关虹突然问道。

彭家辉怕他们说出彭星望，咳了一声道："估计是朋友几个吧。"

"这样啊。"关虹目光还停留在他们身上。

季临秋觉得不太舒服，简单寒暄两句就带着姜忘离开了。

姜忘还在回味那杯酒。

"真没想到。"他和他一起慢慢往回走，任由小雨沾湿鞋面，"今天你会主动敬我。"

季临秋静默一会，在无人的街道旁轻声道："因为很敬佩你。"

姜忘脚步顿住，先是看他几秒，又别过头闷声直乐。

再回家时,姜忘去星望房里陪他写作业。

等小孩把本子和卷子都整整齐齐放到书包里了,姜忘才终于说话:"我今天出去吃饭,看见你爸交了新的女朋友。"

彭星望拧起眉头看他。

"是你说别在睡觉前说的。"姜忘说完发觉自己像在跟亲弟弟斗嘴,又觉得有点好笑,"也是提前跟你说一声,省得以后伤心。"

小孩露出失望表情。

"不开心啊?"

"爸爸妈妈……真的没法再在一起了吗?"

彭星望很为难道:"我还希望他等等妈妈来着。"

妹妹都有了,怎么可能呢?姜忘伸手揉揉小孩脑袋,后者又点点头,把悄悄擅自决定的事撤回。

"算了,也不是不行,他想谈就谈吧。"

彭星望好几年没有见到妈妈,转眼一见她已经有了丈夫,放个假再见又怀孕了,每次都猝不及防。

小朋友在八岁时已经意识到时间有多捉弄人,生怕亲爹也玩这一出。前头姜忘刚给他预警完,第二天他就跑去看爸爸。

大人真要给他弄出个妹妹再弄个弟弟,他其实也不敢拒绝。

但不管怎么说,也得让他亲眼见一见吧。

彭星望去找爸爸的时候,心里把这套逻辑翻来覆去想了好几遍,不停地给自己打气,但还是有种自己在无理取闹的心虚感。

彭家辉已经搬到他们先前住的筒子楼里,把棚户区的东西扔了七七八八,重新收拾出一个像样的小家。

小孩站到门前双手握拳,深呼吸再吐气,跟要上台演讲一样压着一口气敲门。

砰砰砰。

"谁啊?"

彭家辉打开铁门,隔着纱门看见儿子。

"又长高了,进来进来,"彭家辉笑道,"晚饭就在我这儿吃吧,等会跟我买菜去?"

星望眼睛一亮，正想答应又想起正事，快速扭头左右望。

"找谁呢？"彭家辉乐起来，"怎么，听见消息想来见见你关阿姨啊？她今天工作忙，估计不过来玩。"

彭星望被戳中心事，嘴硬道："什么关阿姨啊？我不知道。

"我是……我是来找你问问题的。"

"问问题？"彭家辉坐在他身边，给小孩削梨，"你说说看。"

比起以前那个拿小孩撒气的酒鬼，他现在的情绪状态实在像换了个人，这种转变的核心原因在于诸多负担的卸除。

——不用亲自养小孩，因此也不用每天照顾他吃喝拉撒，更不会被小孩的动静烦到。

——窘迫的经济状态日益好转，生活质量也稳步提高。

——情场得意、事业上升，没道理再撒酒疯打人。

星望对这些一无所知，但彭家辉心里非常清楚。

他现在日子能过得这么滋润，有一大半原因在于姜老板他们帮他分担了抚养孩子的操劳艰辛。

说什么都显得虚伪，这样的甩手掌柜也不知道能当多久。

他每次感到幸福轻松时，心底都有根鱼刺鲠一下，让人清醒又无奈。不管怎么说，以后终归要把星星接回来养，不能一味回避。

彭星望目光落在那只转动着的梨子身上，半晌道："哥哥他们想带我去省城读书。

"他们打算先问我想法，然后再来问你和妈妈。"

彭家辉刀尖一卡，不小心削得梨子表面有个小坑。

"是啊，"他自言自语道，"生意做得这么大，也不可能总在小城市待着。

"那，星星，你怎么想呢？"

"我不知道。"彭星望低着头，过了一会又道，"爸爸，其实我有点害怕。

"省城太大了，又有江，又有大桥，有些人说话的口音我都听不懂。"

小孩从小在街坊邻居的照顾下长大，习惯了小圈子里的安稳熟悉。

真要离开爸爸，跟哥哥和老师去陌生的省城生活，对这个年纪的孩子来说跟出国留学没区别。

彭家辉怔了半天，没想到选择要这么快。

如果说服儿子去省城，自己没法做人，像是故意要甩掉一个麻烦好跟女朋友过日子，绝对会被人戳脊梁骨。

可如果留下星星，自己这边工作调度频繁不一定顾得上，而且教育资源肯定没有省城里好。

彭家辉没上过大学，但也希望儿子能离开这里，去外面见见世面。

他实在没有资格参与这件事。

彭星望还在等爸爸的态度，等了一会还杵了下他。

"你觉得呢？"

"我啊，"彭家辉笑了下，在儿子面前莫名有点狼狈，"不好说。

"我们当然都希望你过得满足快乐。但如果你很害怕，我肯定不能强行让你过去。"

这话说得跟没说一样。

门铃响了两声。

"家辉，是我，我提前下班啦。"

彭家辉愣了下，快速起身，吩咐儿子把梨放下跟自己一起去门口迎人。

"虹虹啊，"彭家辉开了门介绍道，"跟你介绍一下，这是我儿子，彭星望。"

关虹愣了下，没想到一回来多了个儿子："你……你说什么？"

"我之前一直没来得及跟你说清楚，"彭家辉把内心的逃避情绪强行赶走，逼着自己做个人，"我以前离过婚，这是我和前妻的儿子，这事不能瞒着你。"

彭星望仰头看着阿姨明红色的嘴唇，很轻地喊了一声"阿姨好"。

"你好。"关虹放下包进门换鞋，随口道，"他平时在你前妻家里，偶尔过来看看？"

"不是，"彭家辉讪讪道，"我前妻已经搬家去外省了，他现在……住在姜老板那里。"

"姜老板？昨天那个！"

彭星望点点头。

"是这样的,你听我解释,我以前工作还没落定,日子过得……不好,也照顾不上来。"彭家辉硬着头皮解释,把酗酒打人那段自动略掉,"姜老板是我前妻弟弟,刚好过来照顾一段时间。

"后来你也知道,我跳槽过来,咱俩还是出差时候认识的,想每天接小孩放学都难,还是得拜托人帮忙照看着。"

关虹的目光在父子俩之间徘徊几次,忽然道:"他一个人照顾小孩子啊?"

"不是,还有季老师。"彭星望抢答道,"季老师对我也特别好!"

关虹语气变得有些微妙:"就是昨天姜老板身边那个?"

"对,"彭家辉没觉得哪里有问题,笑道,"他们三个住一块,季老师刚好租了其中一间屋子。"

女人大概了解完情况,也没多说什么,和他们一块买菜做饭,吃完一起看会电视,把小孩送回鹤华高苑小区门口。

等车子掉头再往筒子楼方向开了,关虹还在往高档小区的方向看。

半晌后她开口:"这个孩子,你以后打算怎么办?"

彭家辉像是又被刺了一下,手虚得从方向盘抬起来又落回去。

"还没有想好。"他低头道,"我亏欠这孩子很多,但也不想让你受委屈。"

关虹对这个回答没什么反应,过了会道:"你把儿子交给两个男的养,放心?"

"那确实比我照顾得要好很多。"彭家辉无奈道,"我的文化水平你也知道,弄弄机械车床还有余地,教小孩写作业还是算了吧。

"季老师是我们这儿最好的英语老师,姜老板对孩子比我还上心,他们是很好的人。"

关虹冷笑一声,偏过头去:"你也是心大。"

彭家辉不安道:"什么?"

"我先说好,我不喜欢小孩,婴儿、小学生、初中生都不喜欢,以后也不打算生。"关虹利落道,"你跟你前妻的事自己看着办,但这小孩要是来你家长住,那咱俩拜拜。

"他周末偶尔过来一趟,我能演演戏哄他开心,但真要低头不见抬头见,我脾气未必好到哪儿去。"

彭家辉神情变得有些晦暗,别开头转方向盘,没有再哄她。

关虹反而脾气上来了:"哟,你为了这孩子还不理我了?"

彭家辉压着情绪糊弄一句:"先回家,等会再说。"

彭星望到家以后照例给大哥打了个电话,后者应了声正准备挂,又想起什么。

"星望,你去把院门关好锁好,家里其他门窗也一样,最近不太安全。

"我们大概晚上十点回来,你要是害怕,我们等会可以先过来接你,但是还要去个酒局。"

"没事没事,"小孩习惯了在家等他们,又好奇道,"怎么个不安全法啊?"

姜忘迟疑了几秒,还是说了实情。

"听说,有个三眼疯子。"

"他长了三只眼睛?!"

"不是,是以前跟人斗殴,额头被斧头豁开,伤疤长出来跟二郎神一样。"姜忘怕这小孩粗神经乱跑,也没省略吓人的部分,"你今天看到巡街的警车没?都在找这个人跑到哪儿去了。

"以后你放学了先去办公室等季老师下班,许老师那边我也打好招呼了,不用怕。"

彭星望看着窗外愣了半天,寒意自脚底蔓延。

"哥、哥哥,"他声音变得僵硬,"你说的那个三眼疯子,他是不是矮个子短头发,眼珠子左右分开,脖子很粗,手里拿了把西瓜刀?"

姜忘警觉起来:"你怎么知道?"

"他……他往西门那边晃过去了。"

这几秒发生得太快,彭星望都觉得他看到的是幻觉。

"星星,你现在不要管院子了,立刻拿手机回最近的卧室,"姜忘语气严肃道,"锁好窗户拉上窗帘,房间钥匙拔掉然后反锁两圈,我们马上回来。"

彭星望这一瞬间像冰水浸过脊骨,打了个冷战掉头就跑,找到最近

028

一间客房照办。

"我……我锁好了,钥匙在我手里。"他深呼吸道,"你们不用担心我,那个疯子往小区西门走了,应该不会回头吧。"

"别出去,等会我接你你再出来,我们已经在加速往你这边赶了,"姜忘压低声音道,"你手机还有多少电?"

"百分之四十五,"彭星望反应很快,"我们短信沟通?"

"嗯,你待着的这个房间一定不要开灯,也绝对不要开锁,等会外头有什么动静都不要探头,绝对不要往外看。"

彭星望应声挂断电话以后,姜忘只觉得毛骨悚然,根本没预料到那个疯子会混进他家小区。

季临秋在加速开车,像是能听见他内心思绪一样,皱眉道:"很有可能是从围墙翻进来的。"

那些西洋雕花围墙中看不中用,缠绕的电网就是个摆设,治安在老太太被偷羊的时候就该想到有问题。

羊受伤再买一只就行,可星星绝对不能出事。

他们刚刚结束一场会议,开车回去至少需要十五分钟,其间姜忘语速极快地和派出所所长报完警情。

"你们小心警灯和警笛刺激到那个精神病人,他手上有刀,很可能暴动伤人。"

对方同样不敢掉以轻心,在以最快速度调度警力,防爆盾、警棍和麻醉枪全部出动。

季临秋开到一半在体育用品店停下,姜忘下意识看过去,匆匆点头与他一同冲进店里,买下两根金属棒球棍和几根跳绳。

"那袋网球也给我,"季临秋扬手取走,拍下一沓红票子,"不用找了。"

"哎!给多了!"

两人已急速赶回车里,飞驰而去。

与此同时,小区里静悄悄的,无人察觉到危险的来临。

今天天气不好,阴雨连绵,湿热难耐,连好动的小孩都不肯去玩滑滑梯,只有零星几个晚归人在慢慢走着。

邢老头独自玩了两圈健身器材，夹衫后背也不知是淋湿还是汗湿了，很不耐烦地喟叹两声。

自从他动了不该动的心思，半夜摸冯老太太家的鹅被猛叨几口以后，小区几个原本玩得好的老头老太太都避着他走，物业的人见了他也一脸晦气，都像是生怕他偷自家东西。

邢老头自知没趣，本来就成天闲得发慌，这会下着雨也出来遛弯，不肯在屋子里憋着。

正打算回家，远远瞧着有个穿橙色长外套的人拎着个什么东西过来。

消防员！消防员来我们这儿干吗？

邢老头先瞧一眼附近有没有浓烟起火，又好奇这人手上拎了个什么，推开健身大轮盘朝那人走了过去。

一步两步看不清，偏偏夜里还起了雾。

等走到那橙色衣服的人面前，老头瞳孔一瞬缩小，双腿战战发抖不听使唤。

刀，他提着刀，好长的刀！

邢老头转身想跑，衣领子却被那人伸手擒住。

"你，你有没有见过我女儿？"

三眼疯子声音极嘶哑，像是冒着血一样干枯。

"没见过没见过，你松开！"

邢老头知道自己今天是倒大霉了，叫苦不迭："你找我这种老头有什么用？我没钱！"

"我不要钱，我要我女儿，我女儿。"中年男人额头上被豁开一道大口子，旧疤病态鼓起，像极了一只眼睛。

"你女儿叫什么啊？她之前去哪儿了你去哪儿找她呗！"老头想挣脱开但力气不够，生怕这人拿刀给自己一下，身体已经如筛糠般一直抖，"你去找物业！找警察！找电视台！！"

"去哪儿了？"疯子喃喃几句，一手仍攥着老头的脖颈，眼神空洞，"在河里啊。"

"她说她跟朋友去河边玩，我没有管，孩子就没啦。"疯子伸手一比画，长刀在空中泛着弧光，"警察找了，我也找了，最后推进灵堂里，都泡肿了,你看过她的样子吗?

"她妈妈生她的时候就走了,只有我啊,只有我一直养着她,说不见就不见,砰的一声,掉进去啦。"

他笑得很神经质:"十五年,我养了她十五年,还有三年就可以读大学了!"

邢老头被这刀吓得也快要神志不清,竟然吼了回去:"我又不知道怎么办!你找我算怎么回事!"

"我跟你说,你要找孩子要找钱,去后头那一家!"他反手指向东边,"有家门口种了大片大片栀子花,他们家最有钱,你去啊!"

疯子惶然道:"栀子花?"

"我刚才就闻到了,栀子花在哪儿?"他痴痴笑起来,"我女儿小时候最喜欢在辫子上扎栀子花。

"一块钱四朵,买回来让我梳个小马尾,簪两朵可美了……"

老头趁他一走神松手,拽过自己领子拔腿就跑,拿出吃奶的劲往西门口狂奔不止,同时大喊:"救命啊!有疯子混进来了!

"他手里有刀!你们都当心啊,他手里有半胳膊长的西瓜刀!

"保安,保安在哪里,快报警!"

疯子怔怔地停了一会,也反应过来,露出担忧的神情。

"不好,有疯子进来了,"他拎着长刀匆匆往回走,"我得去保护我闺女,她在栀子花那里……"

邢老头撕心裂肺的喊声一响起来,好几家的灯都接连亮起,但没人敢探头出来。

老头也是生怕自己被那精神病人追杀,一路夺命狂奔跑到西门外,还没站定就看见一长排警车停在那儿,正有人陆续下来。

"救命!救命!"他双手挥舞着大喊,"里面有个疯子!疯子要小孩啊,他女儿淹死了!"

姜忘刚停好车,脸色一白就冲了过去。

"你看到那疯子了?"

邢老头没想到和姜忘这么快就碰到面,啐了一口骂老天爷真是为难他,跺脚道:"那疯子往你家去了,我拦了下他还举刀要杀我!"

姜忘快速说了声"谢谢",拔腿就要往里冲。

警察忙不迭拦住:"您别激动,现在贸然冲进去容易有生命危险!"

"顾不上,"男人一手拨开警棍,拎着棒球棍横翻过封锁线,"里头那是我亲弟弟。"

"哎,你不能这样,你回来!"

"真是疯了,"邢老头嘟哝道,"一个两个的,有什么毛病?"

季临秋后脚赶到,紧跟着也翻了过去。

警察一个没拦住没想到还有第二个要去闯刀山下火海的:"你不要命了!"

"不要。"季临秋只给他留了个背影,拔腿直追前面的人,声音飘得很远。

"那也是我亲弟弟。"

姜忘之前遇到过类似的事情,但从没想过有朝一日会在这种场合、这种时间亲历。

前脚刚迟疑几步,后头就传来急促的脚步声。

"你怎么来了?"

"不来不行,"季临秋冷静道,"你去前门我去后门,我们总得有个照应。"

姜忘皱眉:"你一定注意安全,不要硬上。"

"知道。"

另一头,彭星望躲在小房间的衣柜里,竖着耳朵听外头的动静。

他庆幸大哥过冬的棉袄大衣全都挂在这里头,特意把脑袋和胳膊腿都藏严实了,就是打开柜门也看不见人。

这个房间就在花园旁边,因为是客房,户外隔音不算好。

小孩正提心吊胆地等着哥哥们回来,忽然听见花园铁门吱呀一声,有悬挂式横锁被推开的声音。

彭星望立刻捂住自己的鼻子嘴巴,心跳剧烈起来。

陌生的嘶哑声音在喊一个小名,听不清楚到底是芬芬还是雯雯,叫魂一样忽上忽下。

彭星望后背都冒出许多冷汗,在衣柜角落蜷成一小团。

那人徘徊来去，正试图进屋找女儿，突然被人叫住。

"你过来。"男人淡淡道，"你女儿在小区门口等你。"

是大哥！彭星望在这一刻突然热血沸腾，不合时宜地想大哥真的帅爆了，他果然会回来救我！

大哥这么厉害，肯定不怕外头那个人！

三眼疯子浑浑噩噩看向他，失魂落魄道："你看到她了？"

"我看到了，她一直在等你，还问我你为什么不来。"

"不是不是，我是没有找到她啊，"中年男人露出惶恐表情，"我怎么会不要她呢？你带我过去，我现在就去。"

姜忘握紧金属棒球棍，一步一步往后退，引他走出院子，但绝不转过后背暴露弱点。

他的眼神犹如捕猎状态的豹子，连呼吸频率都被控制到最低。

彭星望渐渐听不清外面的动静，心里急得直挠墙但也不敢出衣柜，双手合十祈祷所有神仙保佑大哥不要出事。

卧室门忽然被轻轻敲了两下。

"星望，你在这吗？"季临秋小声道，"老师来捞你出去。"

彭星望一激灵，推开柜子裹着衣服骨碌出来，跟仓鼠球似的去开门锁，一见真是季老师立刻热泪盈眶。

"你也来了！"

"嘘，小声。"季临秋推开门缝快速把他牵出去，带小孩穿过餐厅从厨房后门离开。

把小孩一个人留在家里始终是定时炸弹，现在带离危险区域最保险。

好在房子够大，里面一点脚步声在院子里什么都听不见。

姜忘语气放到最平缓状态，引诱中年男人离开这儿。

"你真见到她了？"疯子一脸狐疑，"她长什么样？"

姜忘面不改色道："眼睛很明亮，皮肤光滑，笑起来很好看，对不对？"

"她还带了一份礼物，拎了很久，说一直在等你，"他把棒球棍藏到身后，留意着那男人的行动轨迹，提防对方突然暴起，"来，跟我走，这边。"

彭星望紧牵着季临秋的手穿过后门，突然感觉身体腾空了一瞬，被什么拽住了。

他蓦地回头，发现衣服被铁门边缘钩住，情急之下用力拽了下。

铁门在惯性下骤然回弹，猛地敲到门框上，发出响亮的金属声。

"啪！"

这一声在寂静夜色里穿透力颇强，以至于疯子骤然变色，往后门方向看过去："什么声音？"

他提起西瓜刀，警惕又焦急："你是不是有同伙！你们要拐走我女儿？"

"你们不能带她去河边玩，她已经初三了，要中考了，每天作业写到很晚，不行的啊。"

姜忘正欲开口，疯子掉头就往那边走："不行，我一定要过去看看，你们都在骗我。"

远处季临秋一把抱起彭星望拔腿就跑，用最快速度往安全方向跑去，斜对侧紧跟着传来一声暴喝："站住！"

彭家辉一言不发地在看着电视。

他回家以后都没有说话，心事很重。

其间有电话打过来，他也没有管是公务还是私事，直接挂断不接，闷头思索。

关虹洗完澡出来，见他样子，笑了一声："怎么，还在生我的气？"

彭家辉抿了下唇，终于下了决心。

"虹虹，别的事我都可以宠着你，但星望的事，我们不能把话说绝。"

关虹脸色变了，声音也尖锐起来："你什么意思？"

"不管我前妻，或者我兄弟怎么说，我随时都有义务把星星接回家养，家里也应该有他的位置。"彭家辉抬头看向关虹，难得地认真，"虹虹，我们刚认识没几个月，但真的，星望是好孩子，他绝对不会惹你讨厌。

"我们还不用这么急地讨论结婚，但以后哪怕是周末，他也应该可以一整天都待在亲爸爸家里，而不是吃一顿饭就被我们送走。"

关虹脸色很难看。

"你还真是会说实话。"她叉着腰眉毛倒竖，"我给你洗衣服做饭陪你加班,你反而再扔个别人生的儿子来报答我?

"我今天还真把话说绝了。彭家辉,我以后绝对不会帮你养孩子,也绝对不想看到孩子,你想怎么着,分手?你忘了你当初是怎么死皮赖脸追我的,现在说话硬气了?"

电话不合时宜地又响了起来。

响了第二遍、第三遍,彭家辉直接把手机关掉,烦躁道:"我以后挣钱买个大房子行不行?他是我亲儿子,我不要他我不就成畜生了吗?!"

话音未落,外头有老太太焦急敲门:"彭家辉!你在不在!你儿子碰见疯子了!"

彭家辉被当头棒喝,立马冲过去开门:"你说什么?"

"你快去姜老板他们那个小区,我前两天打麻将时跟你说的那个疯子,不知道怎么搞的居然提着刀跑到他们那儿去了,好多警察都在,听说姜老板居然冲进去救人了,你快去看看!"

彭家辉鞋子都没穿直接冲了出去。

与此同时,别墅前后回荡着疯子的嘶吼声。

"闺女!芬芬!爸爸在这里啊,你不要跟那个人走了!"

彭星望憋着没喊回去,叔叔你看清楚!我是男孩子!

季临秋发觉那人要冲过来,他带着一小孩速度绝对没有那疯子快,蓦地站住把彭星望放下来。

"到我身后。"

彭星望躲在季临秋身后,生怕他受伤。

三人距离不超过二十米,路灯下那柄刀还沾着西瓜汁。

疯子拿走水果摊的刀就是为了找人要闺女,这会看不清季临秋身后小孩,急得双手举刀:"你……"

季临秋突然从兜里掏出什么,以与英语老师极不相符的敏捷身手把它扔了出去,竟然正中那人眼睛!

长刀哐地落地,疯子惨叫起来,紧接着第二个网球一击即中,爆发力被加速度倾注更大重量,直击他的腰腹!

"星望,跑!"

疯子踉跄着要倒下来，一手撑地一手去够砍刀，刚好反身看见手拿棒球棍的姜忘。

"你！你们……"

他胡乱向空中挥砍企图同归于尽，被一棍击脱手腕，再睁眼时只见阎罗般的男人猛击而下，他彻底失去意识。

警方手持防爆盾一步步接近时，中年男人已经被跳绳捆得结结实实，还没有完全清醒过来。

刚才姜忘那一下下了狠手，保守估计是轻度脑震荡。

"你们最好把附近一百米都搜寻一遍，确认他没有别的同伙。"姜忘很少这样神色凌厉，"查出来是怎么进来的吗？"

被问的保安吓了一跳，条件反射如见到上级汇报："是从地下车库入口进去的，那边保安在玩手机没有看到！"

警方第一时间过来疏散现场善后料理，以及制服疯子把他送上警车。

正巧在这时候，邢老头被另外两个警察护送着回家。

刚刚醒过来的疯子一眼看到那个老头，原本平静下来又开始激动挣扎："就是你！是你跟我说往那边走找小孩，你骗我，你这个畜生！"

姜忘以极冷的眼神看了老人一眼，后者打了个哆嗦，连连摆手却说不出话，扭头就往家里跑。

季临秋刚好看见彭家辉开公司的车过来接人，先把星望交了过去嘱咐他今晚陪着孩子睡多哄哄，再回来拉姜忘去医院。

"你流血了，快走。"

"没事，"姜忘瞥了一眼，甚至没什么感觉，"大腿划伤了一道而已，缝三针就行。"

季临秋伸手抽他的脑袋："说什么呢！"

这件事一出，全城都跟着哗然惊动。

当事物业公司的保安直接被辞退，赔偿姜忘全套体检外加住院两天的费用，具体精神损失费、误工费等还需要等法庭进一步判决。

社区居委会给他们家送了一面锦旗，一群大爷大妈还跑到他们家院子门口合了个影。

姜忘本来只打算清创完缝个针回家，没想到真被推进住院部做全套VIP检查，连轻微肾结石都记录在册。

季临秋很自然地在旁边陪床，忍笑道："瞧见没有，肾结石，多喝水多运动！"

"这跟昨天晚上那场完全没有关系好吧！"

姜忘被缝了三针没觉得腿疼，看到病房外还有一帮记者举着摄像机张头探脑反而头疼："不采访，都轰出去，省得有人骂我炒作。"

彭星望跟亲爹睡了一晚，第二天活蹦乱跳一点心理阴影都没有，出门差点被一帮记者围追堵截。

小孩也没见过这阵仗，掉头跑回家拜托亲爹把自己打扮成小姑娘，换了个出口悄咪咪下楼，然后在医生的掩护下过来探望。

姜忘第一眼见到扎麻花辫的小姑娘还吓一跳："这谁？"

彭星望抬起腮红过多的大脸蛋："哥！我来看你了，你腿好点没？"

"我同学都打电话说你在泰山学过少林棍法，是真的吗？"

泰山有什么少林？

姜忘原本就能自由活动，一倾身把他那小辫子扯下来，心想我小时候这都是什么奇怪审美："谁给你画成这样了？"

"我爸，还有关阿姨！"

那手艺确实不咋地。

男人打了个哈欠，一边拿湿纸巾给被糟蹋版的自己擦脸，一边嘟哝道："我还真以为那小女孩上门找我了。"

季临秋踌躇几秒，低声道："他女儿，我跟你提过。"

"提过？什么时候？"

"你记不记得，上学期家长会开得特别晚。"

姜忘怔了一下，循着他的话往前头想："好像是有这么回事，本来应该期中开家长会，后来……你当时说有个小孩淹死了？就是那个疯子的孩子？"

季临秋轻轻点头，低声道："是隔壁初中的学生，单亲家庭长大，去年她淹死的时候我们学校都在忙着巩固安全教育，没想到她爸爸会……"会神志尽数崩溃。

姜忘愣了半天，突然拍了一下彭星望脑袋。

"我给你报个游泳班。"

彭星望头顶飘出一个问号："你怎么知道我不会游泳？"

"我还知道你一下水就乱蹬，一米二的水都能呛着。"姜忘面无表情道，"明天就去学，学不会不许回家。"

"哥！"

彭家辉从没想到社会新闻的情节会跑到自家儿子身上。

先前听闻有疯子的时候，彭家辉甚至没当回事，也没有特地给儿子打电话叮嘱几句。

心里总想着迟早会被抓住的，哪儿有那么巧？

——偏偏就是这么巧。

出事那天彭星望被接回他家里，由他带着洗澡吹头发哄着睡觉，全程乖巧听话一点麻烦都没有。

这个小孩以前不是这样的。

彭家辉很清楚自己犯浑的时候都干过什么。

他工作不顺利的那一阵子，自己天天在公司低声下气当孙子，回家以后拿孩子撒气，没由头地都可能冷不丁踹他两脚。

那时候彭星望又瘦又畏畏缩缩的，目光都不敢直视自己，更不会像现在这样自信地说话。

给儿子洗澡的时候，彭家辉一度觉得在做梦。

小孩怎么能这么不记仇呢？

他难道不恨他吗？儿子不应该恨他把他妈妈气跑了，恨他以前动辄打骂他，恨他一直到现在都把他寄养在亲戚家里吗？

彭星望身上几乎没有芒刺。彭家辉一旦活得清醒，就会本能地竖起防备，害怕孩子拿他以前做过的事糟践他。

可从以前到现在，一次都没有过。

星星像是把以前所有的不愉快都忘掉了一样，理所应当地每天都开心。

彭家辉甚至跟姜忘说过这件事。他都快觉得自己是有什么受虐狂倾向，完全不该被孩子亲近。

"你说星星他，怎么就不恨我呢？"

姜忘当时抽了半根烟才看他："你自己知道就好。"

姜忘也看不懂这样的小孩。一颗心像是防弹玻璃做的，哪怕臭鸡蛋、烂茄子噼里啪啦地打上去，拿抹布擦擦依旧水晶般清澈透明。

"爸，我看到那个疯子的时候，心想要是我出事了，你该多伤心啊。"

彭星望搓着泡泡道："还好季老师身手厉害，几个球扔过去把那人砸蒙了！"

彭家辉局促地应了一声，拿莲蓬头帮他冲洗。关虹在阳台站了半晌，最后不声不响地走了。

转天把星望送去医院后，彭家辉又请女友来家里一趟，还特意准备了一盒糕饼当作礼物。

陪儿子睡觉的那晚，他想清楚很多事。

"虹虹，我也不能耽误你。

"有些事咱们合不来，那就不强求了，好聚好散吧。"

关虹没收他的礼物，瞪着眼睛道："你再说一遍？"

彭家辉没搞懂这女人在想什么："是你说……"

"你才把我追到手几天？说分手就分手？"关虹像是被侮辱一样，脾气又上来了，"行啊你，我看人事科姓林的那小姑娘天天贴着你，早看上人家了吧？拿你儿子来噎我？"

彭家辉一脸莫名其妙："什么小林小王的，我真是为了我儿子才提这个，是你一开始就说有他没你，你搞清楚好不好？"

"您装给谁看呢？"关虹大笑起来，像是听见什么莫大的笑话，"为儿子？

"要真是为了儿子好，你前几年干吗去了，现在才想起来？

"不自己养，不给你前妻养，把他交给两个男人看着，也不怕他跟着他们学坏了。"

彭家辉脑子一片空白，后退时手没拿住，糕饼在地上摔了个稀烂。

"你……你胡说什么？"

他愤怒起来："我兄弟和季老师都是好人，你少在这儿给我胡扯！

"我告诉你,少在别人背后嚼人舌头根子!
"哪怕姜忘他其实是个女的扮的,那也轮不到你来指手画脚!"
关虹打了个哆嗦,没想到彭家辉护短成这样。她意识到自己闹得过分了,又惊异这个男的居然能凶成这样。
还没等关虹说出什么妥协的话,彭家辉暴喝一声:"给我滚!"
前女友狼狈不堪地夺路而逃后,中年男人才慢慢坐下来,动作有些踉跄。

"阿嚏!"
"感冒了?"
"不像啊,最近又没着凉。"姜忘揉揉鼻子,并不知道自己被亲爹"惦记"了,"是不是外头记者骂我呢?"
他原本只用住两天就走,但物业公司还特意请了心理医生这两天给他和小孩辅导辅导,省得气头一上开庭漫天要价赔钱,单人特级病房外加专人嘘寒问暖,也算一种迂回战术。
像是生怕态度不够好,门口床头慰问花篮一天一换,三餐有现切果盘和四菜一汤,打听到姜老板有点肾结石,还往特级病房里搬了一台饮水机。
季临秋例行过来陪他坐了一会,替他领着顾问们继续找老师谈合同。
门敲响几声,姜忘在用电脑埋头改文件,随口道:"进来。"
彭家辉拎着一桶汤进来,还给他带了一袋水果。
"我还以为是秘书,"姜忘失笑问好,"抱歉啊,忙糊涂了。"
彭家辉有点踌躇,很拘束地点了点头,客气问候他恢复得怎么样。
姜忘感觉到不太对劲,按照固有思路推测了一下,觉得亲爹可能要找他借钱。
听说那家机械公司在招商扩容,说不定刚好要发展股东。也不是不能借,得看他拿这钱干什么。
彭家辉看他很友好状态,给兄弟盛一大碗汤。
"我又没伤筋动骨,喝筒子骨汤不至于。"
姜忘笑着把话说得风轻云淡,转头把一整碗汤喝了个精光。得亏星望那崽子上学去了,省得自己跟自己抢汤喝。

姜忘转念一想，发现自己也就这点出息。虽然小时候真被揍过痛骂过好多回，但汤递到面前还是忍不住喝。

唉，人啊。

彭家辉坐在旁边有一搭没一搭地聊着天，姜忘等了会，等得都有点不耐烦了，不就是借钱吗？张个口好好解释下呗。

"其实有些话，你想说就说，咱们认识这么久了怕什么。"他随意道，"心理负担别太重，多大点事？"

彭家辉呆住几秒，心想这就被看出来了？

亲爹如坐针毡许久，不安道："总觉得，跟你说这个很尴尬。"

"这有什么尴尬的？"姜忘眉毛一扬，"谁还没碰到过这种时候？"

啥？

彭家辉憋了半天道："我跟虹虹分手了。"

"这也太快了。"姜忘开始重新思考亲爹到底为啥借钱，"她出事了，还是你出事了？"

"我哪有什么事？"彭家辉连忙摆手，"为了孩子的事，没别的。

"她不喜欢小孩子，也不乐意在家里看到星望，我虽然以前真觉得她漂亮……但漂亮也没太大用。"

彭家辉叹口气，念叨道："我也真琢磨过，要不要再娶个媳妇，但星星怎么也是我儿子，哪能说不要就不要啊？"

姜忘心情忽然变得特别好："是这么个意思。"

"其实星星来找过我，跟我说你们想让他转学。"

彭家辉低着头，又变得很没底气。

"我也希望他能去省城见见世面，但是……"

"但是什么？"

"你别笑话我，"彭家辉局促地捏着手指，"我怕他去了省城，街坊邻居戳我脊梁骨，说我不要他这个儿子。

"可真为了面子强行把儿子留下来，这不是耽误他去好学校学习吗？"

姜忘很耐心地往下听，他发觉自己很喜欢听彭家辉聊星星。

彭家辉每次琢磨着怎么对星星好，给小孩买点什么，带他去哪儿玩，姜忘都能心情愉悦个好几天。

041

毕竟那崽子本质也是他，四舍五入一下就是三十几岁的亲爹在努力补偿自己。

"所以我想来想去，决定这件事听你们的，有人说闲话我再想法子解释清楚，以前也没少被指指点点。"

彭家辉深吸一口气，像是把自尊都放下来一样，看向姜忘道："兄弟，我在遇到你之前，过的都是糊涂日子，混一天算一天。

"我真的很感谢能遇到你，听你的话一步一步走到今天这样子，有稳定收入，能带孩子到处玩，真的。"

姜忘听得脸上发烫，哪想到亲爹突然这么煽情？咳了几声不知道怎么接。

彭家辉连忙道："是不是感冒了？"

"可能是，"姜忘继续咳，试图把那股肉麻劲咳过去，"这两天还打喷嚏来着。"

彭家辉说到这儿，心里疙瘩也捋平许多。

他在这儿待了很久，搓了搓手，站起来又坐下来："你把碗给我。"

中年男人拿过碗，又给他把炖出奶香的骨头盛上，小心翼翼把汤倒到八分满，免得不小心溢出来。

姜忘条件反射接过碗，趁着热又喝了一口。

姜忘发觉他情绪还在可控范围内，参着胆子啃起筒子骨上筋道的肉，边啃边听彭家辉往下说。

"你也知道，我不是会做饭吗？刚结婚和文娟感情还挺好的时候，我经常去买菜做汤，伺候老婆孩子，一直被人背后嚼舌根，说我不正常。"彭家辉摸着头道，"其实一直到现在，我一做饭炖汤，邻居也会阴阳怪气说几句。"

"'哟，又在做饭啊？挺贤惠啊！'"他模仿着那些人的腔调，笑得很认命，"咱们谁比谁轻松呢？干点啥都得被念叨，真是见鬼。

"我啊，早已习惯其他人的指点。"

姜忘从来没听过这个说法，他单身二十多年基本不做饭，但A城这边确实风气保守，男的喝酒打人没人管，天天奶孩子做家务反而会被人口舌。

这一点放在大城市完全是加分项，在小地方反而被扭曲成这样。

"我其实也纠结了很久，不知道把星望放在你们那儿到底是好还是不好。"

彭家辉垂着头，声音变得很平："我发现我是个挺自私的人。

"哪怕我知道自己应该将星望接回来，第一反应还是想把他送到省城去，让他在大城市学习和生活，别跟亲爹一样在小地方吃苦。

"我希望他能考到首都或 S 市去，最好再出个国，这辈子怎么顺利怎么来。

"对不起啊，我都不知道我在说什么。"

他快速抬头看了一眼姜忘，这一刻变得局促又卑微。

"只要你们能对星星好，别的都不重要。"

彭家辉自从跳槽升职以后，其实一直试图在姜忘面前找回自尊，挺着腰杆说话。

他会故意说自己最近赚了多少钱，打算买个什么样的好房子，就好像这样他也是个很不错的人，配得上和城里最有风头的姜老板称兄道弟。

这是几个月来彭家辉第一次把自己放低到这种程度。

像是好不容易修炼成功了，又当着姜忘的面把自己打回原形，展示出从前所有的狼狈无力。

姜忘放下手里的筒子骨，这一刻突然鼻子发酸。

"哎，你怎么说话呢？"他不想让这种气氛持续下去，故作不耐烦道，"客气成这样，怪害臊的啊。"

彭家辉见他已经吃完了，起身把小桌板上的东西都收拾干净，过了会又道："等星望走的那天，我还是会跟小孩叮嘱一句，在那边碰到什么不舒服的事随时打电话，我随时接他回来。

"绝对不是要防着你们。"

"这是应该的，你随便说。"姜忘看着他收拾完准备离开了，坐在病床上突然道，"其实你……比一开始，要爱星星很多。"

"是吗？"彭家辉笑起来，拿湿纸巾擦了擦饭盒外沿。

"我有时候觉得，人是不是如果自己的日子都过不好，也没办法去爱别人。"他看向姜忘，像是对什么终于释然，"只有工作顺利了，住得好穿得暖了，才有劲去照顾照顾别人，你说是吗？"

姜忘看他许久，缓缓点头。

他突然觉得，一直以来，杜文娟和彭家辉可能都只是缺一个机会。

他们刚结婚的那几年，正碰上国有厂子大规模裁员浪潮，老一辈又都是农民，也没有人告诉他们接下来该怎么做。

如果那个机会来得刚好，他们不会离婚，更不会让他一路跌跌撞撞独自活成现在这个样子。

想通以后，姜忘当晚就办手续出院，一瘸一拐地回了家。

季临秋正在陪星望写作业，抬头时有些诧异。

"你爸今天来了，"姜忘伸手揉了把小孩脑袋，"他还是希望你去省城读书，还说很希望你好好考个首都或S市的大学，出国也行。

"在省城有什么不舒服不开心的，你可以随时打电话给他，让爸爸接你回家。"

彭星望愣了下，欢呼起来。

"好耶！"

小孩这两天在学校俨然电影里走出来的英雄人物，被一帮同学围着要签名不说，同学录也早就填得满满当当，还有人特意注册QQ号好跟他保持联系。

虽然离别总有点伤感，但秋天一到他就会在新城市里开启新生活，也许一切都会变得更好玩！

"还有一件事，"姜忘想了想，低声道，"你爸爸已经跟关阿姨分手了，她以后不会再来。"

彭星望愣住，害怕自己是不是做错什么了。

姜忘捏了下小孩的脸，没发觉自己回家后一直在笑。

"爸爸说，他真的很爱很爱你。

"他只希望你永远开心。"

第十章

搬家

姜忘一出院，圈内圈外的人都收到消息，纷纷设宴相邀，借机溜须拍马。

出事前，他在城里便已经算个神秘人物。

下会鉴定"绿帽"隔空看甲亢，上能掌风水算财路四方通吃，白手起家愣是打通上中下门路，谁面前都能卖个面子。

这次新闻一播报，A城各处都炸了锅。

什么，那疯子居然是被姜老板抓住的？他还会打架呢？听说身手不是一般厉害啊，人家可是带着半臂长的砍刀！

姜忘顾着各路生意交情，自然得去。不过去哪家赴宴也都差不多，再怎么长袖善舞，也免不了被大伙起哄敬酒，再围着提些乱七八糟的八卦问题，临了还有美女投怀送抱，像是有套既定流程一样。

中午一场，晚上一场，吃完喝完转头再赶个晚场，回家时新买的外套被熏得简直不能要。

男人进门前有点心虚，先闻了闻领子再闻闻袖口，最后选择把外套脱了再进屋。

五月栀子花开得正盛，香气带着股烈意，明朗张扬又皎然，把夜色都映亮半帘。

去年搬家时院前种了满廊栀子，如今乘着夜色归来不看路都能寻见家门口。

像是沾着几分水汽，清冽幽然，嗅一嗅酒意都醒了三分。

他拧动钥匙开门,餐厅方向亮着一盏灯,季临秋还埋首在小山般的卷子里。

"回来了?"

"嗯,孙哥他们一直留我,耽误了一个小时。"

姜忘感觉这么对话很温馨,忍不住笑:"在等我呀?"

季临秋偏不让他占到便宜,只起身过来帮忙拎东西,接过外套一闻,皱眉道:"这件你自己洗。"

姜忘似乎又醉了,在昏暗灯光里一直看着他。

季临秋眨眨眼,又瞥男人眼里清光,很快有了答案:"你没喝醉。"

"胡说,今天都赶了三场,怎么可能没有醉?"姜忘含糊道,"我好醉哦,路都走不直了,你快来扶我。"

季临秋发现这家伙撒起娇来跟彭星望一模一样,就是有那么点明目张胆的劲,但偏偏不让人觉得蹬鼻子上脸,天然能拿捏住分寸。

让人忍不住惯着,惯久了又想抽他。

季临秋揉揉眉心,扶着姜老板往浴室方向走。后者小孩似的怎么引导就怎么走,走了几步又哎一声:"还没换鞋呢。"

然后小步跑去换好鞋,又跑回来把手递到季临秋面前,示意他继续扶着。

季临秋很冷静地重新判断一遍,没醉。

"你今天喝了好几场酒,不能洗热水澡,简单刷牙洗脸泡个脚吧。"

姜忘顺从点头,然后站在镜子旁边不动了。

季临秋自己也没洗漱,准备刷牙了侧头一看他还不动:"等什么呢?"

"我喝醉了。"姜老板理直气壮道,"我不会刷牙。"

季临秋眉毛一挑:"再说一遍?"

姜忘本来想装得更像点,又怕惹毛他,鼻子一皱挤牙膏去了。

"哎,你那天是怎么回事?"

"哪天?"

"扔球那次。"姜忘确实只是装着玩,闹一会见好就收,恢复清醒语调和他说话,"三个网球砸过去,又准又狠,看着练过啊。"

季临秋认认真真刷着牙,每回都是刷满三分钟才漱口,大概也是教师的自我修养。

"大学的时候跟社团玩了一阵子棒球，投手和二垒手都玩过一阵子。

"我看着瘦，大学运动会拿好几回第一，长跑十公里现在一样没问题。"

姜忘眯起眼，没接话，将此算作强者的一种纵容。

季临秋只当自己讨着赢面了，心情很好地哼歌洗脸，完事说声晚安就打算走。

姜忘此时说了医院里和彭家辉交谈的话，季临秋大概能理解关虹的一口气郁结在哪儿。

她条件处处高于彭家辉，只是因为被百般讨好追求才点头，没想到对方说断就断，确实很伤自尊。反而与"爱情"二字沾不上关系。

姜忘洗了一把脸，用热毛巾蒸了会儿脸才觉得头痛有所缓解，还是喝得有点多。

"星望妈妈那边，我本来想跟她说，但她刚生完孩子没多久，正是忙的时候。"

老二正是夜夜直哭破事一堆的时候，等稳定些了再跟她提这茬，也好过现在忙上添堵。

泡过脚后，姜忘一个人回到房间，裹进被子里像是落进一团棉花里。他睡不着，灵魂像是被理智和情感分割成两部分。

有一件事，他一直没有讲出来，也一直找不到方法和这个小孩子讲。

就像是目睹一把钝刀会一次又一次地落在幼年的自己身上，却又做不了什么。

星星已经不可能再回到父母身边，融入任何一个家。他会变成漂浮在天海里的一颗星，在未来的某一年如姜忘一样接受既定事实。

杜文娟已再婚再育，未来几年必然忙碌着抚养新生儿长大。

彭家辉的体面得益于负担的减轻，自己都知道远香近臭，只能时不时地在星星面前扮演一个尽职的父亲。

姜忘蜷在被褥深处，把头蒙了起来。

他很少遇到用金钱无法摆平的事，这便是最棘手的一桩。

——教会一个小孩，人活在这世上注定了会相互辜负，月常有缺。

他觉得把这个真相告诉他实在太残忍了，偏偏也无法挡在七八岁的自己面前替他承受。

这孩子当初看见妈妈怀孕了都会哭成那样，真发觉这件事时……恐怕也很难哄吧。

爸爸不再是常驻的爸爸，妈妈已经是别人的妈妈。

姜忘白天看到的美满团圆越多，夜里执念便越深。想来想去，心想得亏这小孩遇到自己和季临秋。

他俩没法替代父母的位置，但一直都在星望身后，能护着这小屁孩活蹦乱跳地慢慢长大。

姜忘很少用"一辈子"来考虑问题，那太幼稚。

可在这一刻，他由衷希望自己能一辈子都看着这个小孩，也希望能和临秋互相照看一辈子。

第二天一早，姜老板抖擞精神加满了油，带着家属一块去城里看房子。

季临秋本来有事，A城这边辅导班刚开，一堆琐事要跑，然而推辞不过被姜老板拐上了车，小孩倒是去哪儿都乐，巴不得出远门玩。

房全有自从确定大哥要去省城发展以后，毫不犹豫地跳槽去了省城继续当房屋中介，这会早就物色好房源，拿着满本笔记陪他们一家家看过去。

"大平层一百八十平，江景房多功能分明，宽阔视野长久日光！"

季临秋微微摇头："有点浮夸。"

"复式四层，自带小花园还有欧式管家贴心服务！"

姜忘表示不行："离我公司太远，跑来跑去耽误事。"

彭星望跟着看了半天，跟房叔叔伸手比画："有没有那种，可以坐电梯上去的，带个院子的，离书店近的，又能看江景又能荡秋千的房子？"

房全有心中默念甲方都是祖宗都是祖宗，强扬了个笑说"你们等等"，跑回中介公司发动所有同事去找房源，居然真找到这么一套。

——位于高档小区的六楼，不仅拥有露天花园和双阳台，采光好，南北朝向而且自带精装修，开车去不忘书店只要十分钟。

"这一套属于开发商自住房，户型全小区独他们家这一套，还是因为打算换地方养老了才打算卖！"房全有没敢说价格，搓手好几秒才小声道，"就是、就是价格有点贵。"

见过二十年后疯狂房价的某人眼睛都不眨："多少？"

房全有小心翼翼把报价表递给他看。

"这是我能争取到的……最便宜的价格了，但是比市价还是贵百分之十五。"

"买了。"姜老板掏出银行卡，姿势很潇洒，"记得给这小熊崽子装个秋千。"

从看房到拍板只花了半天，速度快到让房全有以外的所有中介都跟着一蒙。

这是什么上辈子修福才碰得到的好客户！得多有钱多爽快才会看完房就刷卡——而且还是全款！

省城这边房屋交易量远比小城市大，但无论客户大小，哪怕是资产几百万元的富豪，看完房子也得回家跟老婆一起好好商量几天，免不了四处看看挑个地甚至再找大师来看风水选门栋号。

七位数的生意，在姜老板这儿说成就成，厉害！

姜老板一家三口前脚刚走，后脚店里一片喧哗议论，许多人一脸难以置信，只有房全有一脸淡定。

你们是没看过这大哥在A城买书店铺子那姿态。看地签单甚至要不了一个小时，像是出门买了颗大白菜。

旁人也看出房全有的特殊之处来，别看这位是新来的，但做起业务来甚至不用公司培训，风格独特。

姜忘当年纵横房产界许久，手头成交额早已过了八位数，话术眼光那叫一个毒。

来A城以后他转行开起书店，机缘巧合挑着房全有这么个连名字都占尽优势的好伙计，乐得教几个自己独门的诀窍。

冰啤酒一碰杯，再上几串烤羊腿肉，两人对饮尽欢。

"搞不好我哪天又想干这行了，你来给我当经理，肯定靠谱。"

房全有只当姜忘在开玩笑,毕恭毕敬地答应不说,还特意站起来敬他好几杯,自己干了个底净。

之后再来到省城,房全有还真就做事谈单如行云流水,效率奇高训练有素,让这边店长都直竖大拇指。

姜忘看在眼里,等晚上陪星望、临秋一起逛完步行街以后,转头又打了通电话。

"住处搞定了,还缺个地方开学校。"

房全有正在加班,第一时间应下来:"想要什么样的,您说!"

"我看上碧波路斜对角的君悦写字楼,想要六层和七层两整层,你帮我谈。"

"君悦写字楼,"房全有重复一遍,把信息记录下来,"这资源店里没有,我明天就出去找人脉谈,您心理价多少?"

姜忘握着电话淡笑颔首,没条件就去创造条件,很聪明。

他简单说了两个数,想了想又道:"最好在这个写字楼下头再给我找个门面,适合开饭馆的那种。"

刚好做个完整闭环,去书店买参考教辅和文具,在辅导班模拟考分级然后针对性补课,上完课刚好下楼吃饭,一条龙很完美。

房全有快速道:"本地装修公司我这边提前收集整理好了五家划算靠谱的,已经把资料汇总发您和您秘书邮箱了。

"姜老板,您几位明天要是在省城逛,需要安排导游地陪吗?"

"不用,随便走走看看就行。"

"那行,本地特产礼盒我托酒店前台放您房间门口了,不打扰您休息,晚安。"

姜忘发觉自己真培养出来一个好伙计,失笑着去门口瞧了一眼。

两盒好烟、一盒花饼,口味选的是星望最喜欢的咸蛋黄味。

他突然挺怀念自己当中介那几年。哎,干这行是得成个人精。

果真如他们预料,五天后,写字楼的六层和七层都成功盘了下来,正式成为不忘文化有限公司的总部,以及不忘教育的教学场地,略一装饰走极简风,省钱还大气。

A城的大批人手、物件陆续开始往省城搬迁，不少小城里的优秀教师直接被聘到省城，包吃包住福利殷实。

第一家辅导班也正式结束试营业，成为红山区一大亮点。

——不光老师任教有明确分工系统，学生进班还要统一预考评估分班，家长定期能收到短信一键了解最新进度，完全是省时省力还实惠的典型！

一时间两城生意都风风火火，广招人马不够使唤，彭星望做完作业都主动跑去前台帮忙递登记表，被家长们当吉祥物揉头几百回。

"阿姨轻点！要秃了！"

在细雨飘拂的某个午后，不知不觉间雨势变大，秘书过来敲门。

"姜总，我看您没带伞，要不我等会送您去停车场？"

姜忘回过神，随意摆手："雨也没多大，你先下班吧。"

秘书一脸"老板你果然是个猛男"的表情，微微鞠躬后退消失。

他简单处理了下公务，按时拎包下班。

空气变得清冽湿润，像是能洗涤掉心里的所有躁意，听一听雨声心情也变得很好。

刚下楼望向公司门口，姜忘瞧见依稀有个身影在举伞等人。

矫情，下个雨还特地来接。

待走近几步，季临秋扬起头，微微晃了下手里的伞："知道你没带，走吧。"

姜忘眨了两下眼，这是他第一次被人接下班，感觉超好。

"这就感动了？"季临秋失笑道，"我要是跟你说，星星在家偷偷学做饭，搞了三菜一汤等你，你这还不得哭出来？"

姜忘深吸一口气，大步跑到伞底下，侧头道："小崽子居然自己学做饭了？"

他现在还不会做饭呢……喀。

"冯婆婆教的，还知道往电饭煲里放土豆块把饭蒸香，催我早点接你回家喝热乎的汤。"季临秋感慨道，"这小子也真是爱你，站在凳子上都要亲手炒菜。"

"是爱咱们。"姜忘纠正完,又嘚瑟起来,"我这人魅力太大,没办法。"
他往前走了几步,忽然道:"下班真好啊。"
我可真喜欢下班!

另一边,彭星望踩着凳子上上下下忙活完三菜一汤,先跟旁边全程慈爱脸教学的冯婆婆挥手说再见,然后隔着抹布把三道菜和汤都端进餐厅。
想一想觉得不够有情调,跑去院子里摘了几枝栀子花放进花瓶里,伸手淋了点自来水当作露珠,然后在餐桌旁边摆姿势表情。
又坐又站,胳膊腿乱放。
是该"做这顿饭可累死我了,大哥你可得好好心疼我"呢,还是"哎呀,一不小心就承包了咱家晚饭我也没想到我这么天才"呢?
正纠结着,大门外响起门锁转动声。彭星望立刻抄起抹布背对着门擦桌子,俨然忙得不行顾不上回头。
"过来过来,哥哥抱抱!"
小孩欢呼一声,冲过去抱住姜忘和季临秋,臭屁起来笑容跟姜忘一模一样:"看看看看!"
姜忘瞧了眼被扣着碗碟盖严实的几个菜:"小厨子,咱今晚吃什么?"
彭星望冲回作品旁边,双手猛地一揭:"蒜薹炒肉!
"清炒西蓝花!
"蒸香肠!
"西红柿鸡蛋汤!
"还有一小碟你喜欢吃的红腐乳!"
姜忘心想今天到底是什么神仙日子,跟季临秋一块换鞋洗手,转头帮忙布置碗筷。
"都是你自己做的?"
"呃,算吗?"彭星望扭头看季临秋,"冯奶奶教我来着……"
季临秋充分肯定:"当然算。"
"季老师说算!"
姜忘把碗放好,把小孩拎起来凌空转了一大圈。
"真聪明啊。"他由衷感叹道,"我怎么这么棒呢?"

"哪里是你棒！夸反了！"小孩耷毛，"你该夸我棒！是我棒！"

"好好好，吃饭！"

"你重新夸！到底谁棒！"

"你棒！"

"哥你太敷衍了，我心碎了！"

跨城搬家是很费功夫的一件事。货车载过去只用一下午，但收拾各类杂物却得花上好几天。

姜忘在忙省城那边的业务，把家里的清点登记交给季临秋。他本来过意不去，想叫几个钟点工帮忙，但被季临秋谢绝了。

"人越多越乱，东西乱放我更找不着，这事我和星望来就行。"

他俩对这孩子有种奇异的默契，碰到什么事，都不会想着"星望才八岁还是个小孩"，反而能让他帮忙就手把手教他怎么弄，与对待成年人没有区别。

但事后也会给予足够夸奖鼓励，以至于小孩跑腿买个酱油都特别有成就感。

"行，那你看着收，"姜忘随口道，"碰到什么用坏了的丢掉也没事，搬过来咱们再买。"

"知道了，忙你的去。"

季临秋帮姜忘收拾屋子，还真有点不好意思。

姜忘房间一如既往地凌乱，T恤外套东扔一件西挂一条，地上还散着一条领带。

他收拾了整整一下午，把公司文件资料装一箱，常用衣物收几箱，宽胶带不知不觉用完了几卷。

偌大衣柜渐渐空了下来，露出里面的一柜暗格，没有上锁。

暗格是这栋房子上任主人打造的，之前放的是保险箱，后来保险箱带走了，就变成一个推拉式的空柜子，可以在衣物的掩护下放点重要的存折合同。

这个暗格在季临秋房间里也有一个，他一直空在那儿没用。

但姜忘这边……会不会放着什么？季临秋思忖半天，还是决定不要看。

季临秋和他已是极信任的关系,但也不该做多余的事。

没想到暗格搭扣早已老化,加上外头几件大衣外套被取下来,因惯性一松便滑动到另一侧,露出里头鼓鼓囊囊的布包裹。

布包裹?

季临秋怀疑他是压着什么床单被褥的没洗,做好被臭到的准备闻了一下。

恰恰相反。这个包裹洗得很干净,里面还有樟脑丸的浅淡味道。

包裹下压着几封信,都是杜文娟写来的家书。

这一点他倒是知道。

当初彭星望发现姜忘衣柜里藏着这么个好东西,嚷嚷着要把自己收到的信也放进去,和哥哥的压在一起。

季临秋犹豫再三,还是轻轻取下那个包裹,抱到床上缓缓打开。

布包裹一解开,又露出崭新的软滑毯子,叠成四方块很整齐,里外都放着驱虫木丸,显然里面还裹着别的东西。

他忽然有些好奇,到底是什么东西要仔细保护到这种地步?

季临秋屏住呼吸,把毯子掀开一角,只打算看一眼就放回去,等会打电话跟姜忘道歉。

却在看清的那一刻愣住,露出来的那块面料,他实在太熟悉。

混纺羊毛,传统立领,纽扣是深灰色的。

我母亲送我的那件衣服怎么会在他衣柜里?

那是她亲手做的——季临秋一瞬间以为他偷拿走这件外套,又很快发觉哪里不对。

不,这绝不是今年才拿到的新衣服。

此刻惊诧占据他的全部情绪,以至于季临秋直接把那件衣服拿了起来,足够谨慎仔细地展开。

——可以说是一模一样。

裁剪款式、颜色面料,甚至是纽扣上的划痕,全都一致。

他过年削苹果时一个失手,刀尖在纽扣上抵了一下,以致有个肉眼几乎不可见的浅坑。

可在这件大衣的扣子上,也有一模一样的痕迹。

季临秋这一刻呼吸如同冰封,转头快步跑回自己房间找出那件外套,把它拿到这件外套旁边。

不,有很多细微区别。

姜忘藏着的这件旧外套有许多被修改调整的痕迹。

显然能看出来,这一件经手过好几个裁缝,把原本紧窄的腰线肩线放宽,袖子放长,设法用了许多类似的布料,以及在必要处点缀些装饰掩盖针脚。

因为在水里泡了太久,旧外套已变形发硬,无法再穿出去。

于是又被仔细叠好保存,像是哪怕它腐朽至枯骸也要保存作珍贵证物。

季临秋控制着自己不断深呼吸厘清思路,无数碎片自记忆深处浮现。

姜忘和城里其他人完全不一样。他能轻易看出旁人的病症家况,甚至连同班家长怀的二胎是男是女都一清二楚。

在彩票站即算即中从不失手,做生意眼光精准毒辣到许多人夸一句"神了"。

他和星星有一颗一模一样的痣,笑起来神态犹如父子般相像。

他从没有和任何人提过自己的父母,像是无根般飘浮于A城,一心一意地照顾着那个原本可能辍学重伤的小孩。

季临秋不肯再往深处想。

他垂眸看了很久,像是要验证最后一个答案,把两件衣服的内袋翻开,找到几乎是死角的一处。

母亲在离别时,低声讲过她悄悄给他缝了两个字——平安。

她用红线绣得极小,把字藏在随手可触的位置,祈愿儿子岁岁平安、无灾无恙。

两个内袋同时翻过来,露出一模一样的暗绣。

新外套的字迹仍旧笔画清晰,姜忘藏着的那一件因为常年磨损,已经只有斑驳的几个红点,勉强看得出是字。

可刚认识时,姜忘早就说过,他年少时北上,在火车站遇到了一个老师。

那个老师把自己的外套脱下来送给他,说"北方冷,一路小心"。

自己甚至对他说了一句"你一定很想念那个老师"。

男人当时抬眸笑了下,没有再说什么。

这怎么可能呢?怎么可能会是这样?

季临秋抱着两件衣服反反复复看来看去,惊异于他一直隐瞒着他这样惊人的秘密。

可他偏偏又不肯怀疑他。

季临秋发觉自己像是宠惯了姜忘似的,此刻第一反应竟是如果自己是他,恐怕也难以开口解释,会有许多苦衷。

他就是不肯怀疑他,不肯把这个人往任何一点不好的方向去猜,有种说不出的固执。

又慌乱,又更觉得牵挂,像是被冲昏头脑般不知所措。

直到黄昏渐近,季临秋低叹一声,把那件旧外套按照原样重新一层一层包好。

然后放回原处把暗格关好,又把衣服挂回去四五件,摆得稍微凌乱一些,显得还没被收拾过。

楼下传来转钥匙的声音,紧接着是男人和小孩的谈笑。

"我要饿死了,我现在饿得能吃掉这扇门!"

"把包放下!晚上咱们吃火锅去?"

"不!我要吃肉!红烧肉!"

姜忘觉得这个话题得征求下第三人意见,扬长声音喊了一声:

"临秋——"

他以前习惯喊他季老师,哪怕季临秋抗议过几回,说自己又不是他老师。

后来才渐渐改口,终于肯喊名字,一开始还有点扭捏,如今越喊越上口,甚至没事会喊着玩。

季临秋从楼上探头,扬眉道:"提前回来不跟我说一声?"

小孩鞋都没换一路飞奔上去:"季老师抱!哥哥刚才拧我耳朵!"

男人在一楼笑得吊儿郎当。

"你给我上来!"季临秋把慌乱情绪压下去,帮当事人圆场,"你衣柜里东西也塞得太多了,自己收!"

姜忘突然想起来什么,一拍脑袋跑了上来,冲回自己房间看见几大箱收纳整齐的杂物。

"春夏衣服都收拾完了,秋冬的在那个柜子里,你自己来?"

"我好像有张存折在里头……等一下!"

男人拉开衣柜背对着他翻找什么,过一会又从冲锋衣厚外套里把头拔出来。

"不对,放办公室保险柜里了。

"走,先去吃饭,剩下的让我来。"

他揽过季临秋肩膀,不露痕迹地把人带离房间。

季临秋杵他脑袋:"下次还是找钟点工,我今天腰都要断了。"

姜老板要正式搬走,城里好多朋友都摆宴告别,免不了送各种礼物。

季临秋在学校人缘很好,不光是校长特意找他见了一面聊了很久,许老太太都送了本自己收藏很久的俄文诗集,里面写了许多批注。

也得亏姜忘回来帮忙收拾东西,家里十几箱货物前脚刚运到省城,后脚客厅跟过圣诞节似的礼物堆满,还得一样样重新理。

彭星望围着两个大人转来转去,又羡慕起来。

"哥哥、老师都好厉害啊,有这么多礼物。"

"有一部分得算人情往来,等你再长大点也会碰到。"姜忘随意瞥了一眼,"真羡慕,回头平安夜你往床头挂个袜子,许个愿等圣诞老人吧。"

"我才不信那个。"彭星望正色道,"那不就是变相找你们要礼物吗?要的就不能算礼物。"

话音未落,门铃响了两声。

彭家辉站在门口,手里拿了个小东西。

他先跟姜忘、季临秋打了声招呼,仍旧拘束地不好意思进门,只招呼小孩到门口来。

"星星,你要去省城了,以后爸爸每个月出差都可以顺路过来看看你,碰到什么事都可以跟我说。"

彭家辉解开包装,把小小锦囊系在他的脖子上。

"这是爸爸在寺里求的护身符,一年一换,你别弄丢了。"

他顿了顿,又像提前帮星星想好退路。

"当然了,如果不小心弄丢了,跟爸爸说也没关系,我们一起再去求一个,好不好?"

彭星望看着客厅里小山般的礼物堆,又看向自己脖颈间的小锦囊,笑容灿烂地用力点头。

彭家辉一走,姜忘凑过来摸护身符。

"还有这种东西?"

小孩嘻嘻直笑,很得意地掖回领子里,还舍不得给他看。

姜忘醋了一小会,转头继续收拾东西。

总不能自己吃自己的醋,还为了这么个小玩意,罢了罢了。

他们搬家前和杜文娟也打了个招呼。

茵茵三月一日出生,如今连爬都不会,还在努力学习翻身。有月嫂保姆交替帮忙,杜文娟比生一胎时省心太多,但声音还是透着淡淡疲惫。

"没想到他肯让星星和你们走,"她低低道,"我离开 A 城以后好几年没回去,就是怕见到他。"

电话里停顿了很久,传来清晰的一句话。

"彭家辉是个'人渣'。"

杜文娟有这个弟弟当靠山,才敢倾诉自己的想法。

"他把小孩当作要挟我留在 A 城的工具,死活不让我带他走,还威胁我走了以后再想看到他就等着挨耳光。

"如果不是你在……我真不敢回来见星星。"

姜忘静默着听她絮絮说着,从前深夜里辗转反侧的许多疑问终于解开。

他不维护彭家辉半句,也不评判他们之间的往事,只安静地听她说话。

"后来有 A 城的朋友来 C 城玩,我跟她们吃饭聊天,都说彭家辉认识你以后,整个人变得特别不一样。"

杜文娟说到这儿,反而叹了口气。

"真是太不可思议了,我到现在都不放心把孩子给这么个畜生。"

她完全是在混乱恐惧里逃出生天的,再回城看儿子都很有可能被那浑蛋控制住,再也无法脱身。

"听说……你和他关系很好?"

"算熟人,有星星在,免不了常接触。"

姜忘听着两人略有不同的说辞,不多分辩过去。他清晰接受他们已经分开,以及终将越来越远的事实。

这么一听,又觉得割裂。

彭家辉在他面前努力表现得像个人,有机会以后也是一直试图补偿星星。

有姜忘的介入,这个人的前后差距太大,无法拼凑成一个人。

杜文娟噢了一声,又牵挂起来:"只怕星星来省城了不习惯,但再怎么说,也比来 C 城好。"

"这边都说的吴语,有时候去买菜,老太太说什么我也听不懂,我怕他来了寂寞,交不到朋友。"她又为此觉得难过,"我不称职,没把他接过来,给你们添麻烦了。"

"不用想这些,先照顾好茵茵吧。"姜忘淡笑,"他如果乐意,以后来 C 城读初中、高中也好,到时候一样陪着你。"

"C 城高考太严了,还是别转户口,"杜文娟思虑太多,聊久了听者都会觉得累,"我还是要为他多多考虑,以后尽力来这边陪他高考,孩子给常华照顾一年。"

"嗯,到时候再说。"

新家重新装修以后,四室两厅相当够用。

露天小花园新修了一个玻璃花房,还真架了个秋千,两侧绕了点葡萄藤,长成什么样都随缘。

彭星望搬过来以后特意四处转了好几圈,如同上回搬家一样感慨起来:"好适合养狗狗啊!"

姜忘眼疾手快止住房全有:"别惯着他,这小孩还没熟悉这儿,再来一条狗更够他折腾。"

房全有略遗憾地点头:"你们想养随时叫我,我去抱只过来。"

小黄车理所应当地搬了过来,跟自行车一块锁在地下车库。

彭星望生怕它在这儿又被偷一回,想着多加两把锁,被大哥拉着看墙角摄像头。

"瞧见那个没,24 小时开着,安全得很。"

小孩跟摸狗一样摸了半天车把手,恋恋不舍地跟他上楼了。

新家位置离鹭湖区实验小学很近,走过去只用十分钟。

——这回连择校费都不用交。

姜忘跟实验小学的校长很熟,这哥们喜欢收集古籍以及刻本,怎么罕见怎么来,姜忘刚好在书商那儿得了几本,借着朋友引荐过去刚好随手相赠,后来有空一块钓鱼打球,虽然相差二十几岁,但意外聊得来。

听说姜老板家的小孩要过来读书,校长特意安排了好班,还吩咐班主任提前跟他们见一面。

季临秋在脱离教师身份以后总算松一口气,衣服风格都骤然转变,换回二十多岁应有的明亮新潮,不再被教条束缚着。

两人带着彭星望去新学校转了一圈,顺道拜访假期还留在这儿开会的班主任。

陶英启是本地人,她人如其名,是个很有光芒的女老师。

不会过分威严显得摆谱,也不会过分客气显得谦卑,一说话中气十足,能听得人耳朵嗡嗡响,像在听官方广播。

陶英启简单和彭星望聊了几句,示意季临秋先带着他去操场附近逛逛,后者会意离开,留姜忘在这边单独谈话。

"咱们都忙,我也就不多客套了。"陶英启长眉微挑,平心静气道,"星望现在这样,转进班里不会被孤立,但融入会有点困难。"

"他性格很好,也乐于交朋友。"姜忘没听出弦外之音,往窗外看了一眼,"我们也不急,顺其自然就好。"

"如果方便的话,不妨教小孩说说省城话。"陶英启淡笑道,"这是个很好的入手点。"

姜忘没当回事,点点头继续聊其他情况。

两地教育进度有差距,用的教材也有细微不同。

省城小孩已经有一线城市精英教育的雏形,甚至有小学生自幼儿园起就在学英语,单词量直逼初二学生。

奥数编程方面的培优也数不胜数,一个个全奔着揠苗助长那个劲猛冲。

姜忘也没料到,自家辅导班还没开张,省城鹭湖店的第一个学生是星星。

一帮老师刚好还在准备阶段,乐得拿小孩练手,趁着暑假开启全天候补课,彭星望还没来得及哀号一声就被拉进数学的海洋里,在一群老师的虎视眈眈下艰难自由泳。

小孩的事一落定,姜忘又开始做些乱七八糟的梦。

他的梦境总是和现实有关。

工作没有忙完,梦里便时刻在开车坐车,或者翻阅文字模糊的文件合同,没个消停。

操心家事时,会梦见幼年时父母撕扯的残存影像,一伸手发现自己回到五岁,什么都做不到。

唯独在梦见季临秋时,光影画面会变作温馨的场景。

男人骤然一醒,呼吸停顿好几秒。窗外天光已经大亮,门外还响了两声。

"我进来了啊。"

季临秋走近他:"怎么睡到十一点还没醒,下午教辅部的会议取消了,我过来跟你说一声。"

"…………"

姜忘起床去洗漱,季临秋过来倚着门口跟他说话。

"你知不知道,我之前在红山小学碰见什么?"

"什么?"

季临秋这会心情很好,半开玩笑道:"放暑假那天,彭星望把学校里最后一点东西收拾完,有小女孩跟他表白。"

估计也是电视剧看多了,一个小姑娘红着脸跟他大声表白,然后全班同学"哦——"一长声,齐刷刷鼓掌。

姜忘吐了口嘴里的泡沫,随口道:"小孩怎么说?"

"彭星望给她……"季临秋表情有点复杂,"鞠了个躬。"

姜忘噗的一声没忍住,捂嘴猛笑。

小崽子估计是怕伤了人家自尊心,又不知道怎么搞才好,努力表现出最大诚意来。

"对不起,我喜欢孟清远,但是她不喜欢我,反正要转学了,算啦。"

彭星望当时说得还挺潇洒。

"我现在的理想是考首都或S市的好大学,谈感情会耽误学习,不行!"

小女孩也很有志气:"那行,以后我们去首都或S市做同学,到时候一起看《铁甲小宝》!"

季临秋又回味了一遍,侧眸道:"有那么点惺惺相惜的感觉了。"

按照原本的计划,姜忘得去培训中心监工,季临秋估计得做一整天的题。

两人自春节假结束以后就没休息过,姜忘天天泡公司也烦了,突发奇想要跟季临秋出去玩一趟。

这段时间他们都在忙工作和搬家,现在正是春末夏初,特别适合出游。

季临秋今天开心,也没多少心思做题。

于是真临时订了两张电影票,2007年娱乐方式不多。对姜忘而言虽然这是部老片子,但年代远到他都完全忘了剧情,因此也看得津津有味。

走出黑黢黢的观影厅时,时间还早,刚好影院旁边就是电玩城,里面有不少抓娃娃机。

姜忘习惯性占着机子挑落爪点,玩了两把往旁边让:"你来。"

"我想去买个冰激凌,"季临秋侧了侧身,也不客气,"你帮我把这个云朵兔子和尖耳朵狼抓起来,要眯眼笑的那个。"

姜忘摇了摇小纸杯里的硬币:"够,等着。"

他运气实在太好,云朵兔子一抓就中,另一个尾巴太长重心在侧面,只能靠技巧一点点挪位置。

尖耳朵狼哐当落地,跟兔子一块被搂在季临秋怀里,游戏币刚好用完。

他们说笑着往出口走,刚好路过自拍用的大头贴小屋。

姜忘下意识看一眼,又有点怀旧。

这东西在滤镜贴纸成灾的未来都绝迹了,现在还满大街都是,真是时光荏苒。

季临秋扬眉道:"想照?"

"两个大男人,搞这么粉粉红红的东西干什么?"姜忘心里痛惜一番,面上很冷硬,"走了。"

步子还没迈开就被季临秋抓了进去:"不管,你进去陪我。"

"欸?欸!"

季临秋不喜欢拍照,这会纯粹是陪他。

姜忘喜欢什么讨厌什么都太明显了。

这么好猜,显得很可爱。

姜忘进去以后完全被迎面而来的怀旧复古风画框吸引了注意力,挑挑拣拣半天,和季临秋照了十张,两人幼稚鬼一样边嫌弃边乐,也不知道在乐什么。

…………

彭星望写作业一直写到八点半,才看见哥哥和季老师一块回家。

"你们又去开会啦?"小孩瞥他们一眼。

"没,怎么了?"

彭星望撑着下巴叹气:"我拿压岁钱请这些老师吃火锅,他们能不能少给我上点课?"

"恐怕不能,"大哥中肯发言,"因为我是他们的老板。"

彭星望呜呜一会儿,继续埋头做题。

姜忘过来看了一眼就洗澡去了,留下季临秋和他共处。

季临秋刚靠着他坐下,小孩悄悄道:"你想好送哥哥什么了吗?他下周就要过生日了。"

季临秋摸着下巴想了想:"搞不好今天已经送完了。"

彭星望:"我还没想好。"他又苦恼起来,"我觉得不能随便买个什么送哥哥,但是我手工课成绩太差了,做什么都丑丑的。"

"丑也没事,"季临秋同情地摸了摸他的头,"心意传递到就很好了。"

"对了,你和他是同一天过生日,"季临秋想起什么,停顿几秒道,"同一天,好巧。"

有一模一样的痣,同一天的生日,还有那件衣服……

"我有点不喜欢过生日,真倒霉。"彭星望摇摇头,"要是大哥能忘记这件事就好了。"

"怎么了?"

小孩只继续摇头,不肯解释。

季临秋静静陪着星望写了半个小时作业,到最后忽然想明白了。

等小孩洗澡睡觉了,他去阳台陪姜忘收拾晾干的衣服,忽然道:"下周星星和你过生日,你知道的吧?"

"嗯,我们那天去游乐园,还是去哪儿庆祝一下?"

"重点不是这个,"季临秋思忖再三,压低声音道,"我们得让小孩知道,他的存在很值得。

"星星他值得被爱,值得灿烂快乐地活着。"

姜忘转身看他,有点没转过弯,笑了笑道:"怎么突然文艺起来了?我还有点不习惯。"

"这你得听我解释一下……是教育心理学方面的事情。"

季临秋有意让姜忘对这件事更上心一些,慢慢解释道:"其实,小孩子都会自恋。

"这里说的自恋,不是平时觉得自己好看的那种。

"而是小孩子会本能地认为,自己是一个家庭的中心。

"如果父母吵架,家庭变故甚至分裂……他们会觉得,一切责任都在自己身上。"

——是不是如果我没有出生,你们会生活得更幸福一些?

——如果我不存在,你们一定不会吵架,也不会离婚吧。

——是啊,如果我不在,你们离婚以后也不会有这么多的负担,早就可以开始新生活了，不是吗？

——我果然……很多余，对不起。

季临秋皱眉道："星望看着很开朗，可难免也会觉得，父亲喝醉酒，母亲跑到C城，又生了一个孩子，还有后面种种的事……他都在给他们添麻烦，是他的错。"

姜忘背对着他沉默很久，轻声道："不是我的错吗？"

季临秋以为这几句话勾起了他家庭里过去的不快，继续道："比起爱别人，对很多人而言……接受自己可以被爱反而更难。"

在遇到你以前，我也困在泥沼里。

姜忘背对着季临秋沉默很久，半晌才开口。

"好，我们给星星准备一个礼物。"

他其实在很长时间里，只把彭星望看作弟弟，下意识地当作一个与自己无关的小孩来处理。

如果真的意识到自己是在疼爱幼年的自己，又或者如何哄着宠着自己本人，反而哪儿都不适应，像在做什么错事。

此刻，姜忘忽然真的想伸出手，抱一抱二十年前的自己，那个原本不该存在的小孩。

像是如果这样做，需要赌上全部的勇气。

七月十一日当天，闹钟还没有响，小朋友一吹彩带炸得像有人开枪。

"哥！哥！

"生！日！快！乐！"

姜忘去年还跟突遇枪击案一样弹射下床，今年已经能裹紧被子试图多睡一会了。

彭星望找不到去年做的纸皇冠了，今年特意在书店买了红卡纸做了两个新的，这会自己头顶一个，试图给大哥也戴一个。

大哥躺在床上装死，彭星望决定把皇冠戴到大哥脸上。

姜忘用脸顶着皇冠闷哼一声，终于慢吞吞爬起来，打哈欠道："崽，咱们是过生日，不是拜年。"

小孩简直像是养成了什么习俗观念，跟去年一模一样地递了张香水贺卡过来，一翻开里面果然画了二十九颗五角星。

"还……还有个礼物。"彭星望又害羞起来，吞吞吐吐地从兜里摸出一个长绳坠着的小东西。

姜忘第一眼没有看清，接到手里以后诧异起来。

"护身符？你什么时候去寺庙了？"

难不成是临秋偷偷带他去过？小朋友扭动起来。

"其实……没有。"

姜忘一头雾水，当着他的面把小锦囊打开，取出里面折好的黄纸。一点点展开，里头是某位小孩用歪歪扭扭的字写的符。

天天平安。

看得出来彭星望在努力复刻自己爸爸求来的那个符，但是画又画不像，索性把字写得弯弯绕绕，好模仿上面的"咒文"。

比起去年来说，非常有进步，而且一个拼音都没有。

姜忘甚至看得有点感动。

孩子书法有进步啊，终于从"五马分尸"进化到"三狗分尸"了。

姜忘去年没送小孩礼物，带他吃了个大巧克力蛋糕算略表心意，另外就是终于记得让星望叫"哥哥"这种真正属于家人的称呼。

他今年和季临秋商量来商量去，找到了一个更好的礼物。

"走，把你这个床单披风解下来，换好新衣服我们出门。"

小孩愣了一下："今天要出门去哪儿呀？"

"有件很重要的事情。"

"重要的事情，还需要换新衣服？"彭星望猛吸一口气，"哥哥，你是要带女朋友一起跟我们吃饭了吗？"

姜忘拧着眉毛看他："我是这么损的人？"

"难道是季老师终于有女朋友了？！"

"什么叫终于？"季临秋推门进来，"穿衣服，赶紧的。"

彭星望也没弄懂到底有还是没有，惴惴不安地想往房间走，结果被老师一胳膊拦住："穿这件。"

竟然是千鸟格赭石红小西装。

小孩看到新衣服还配有领结,终于感觉到今天自己跟名侦探柯南一个待遇了。

——领结欸!

另外两个大人也穿了身休闲款西装,姜忘依旧是自己喜欢的苍蓝色,季临秋则是奶咖色。

明明西装各有款式,但三个人并肩走着,突然就有类似的气质,非常合拍。

彭星望走在他们前面,突然觉得就是见见季老师女朋友也不难过了。

我今天好帅哦。

汽车行驶到繁华的商业区停了下来,但没有马上解开安全锁。

"在下车之前,我和你忘哥各有一封信想交给你。"季临秋温和地道,"你看完我们再下去。"

小孩脸红起来,很不好意思:"只是过个生日,不用写信啊。"

他都有点不敢接,像是怕里面的话太肉麻,会忍不住哭鼻子。

姜忘没说话,和季临秋一起把准备好的信递给他。

第一封贴着红丝带礼结,落款是季临秋,而不是季老师。

星星:

九岁生日快乐。

现在我从红山小学辞职,你可以管我叫临秋哥哥了。

以前从来没有给人写过信,你是第一个哦,这么一想,我确实好爱你。

遇到你以后,我感到好开心。居然会有学生偷偷在作业本画小熊给我,而且听课写作业都好认真,真乖啊。

后来和你住到一起,发现你真的努力听话又懂事,这么小就会做家务。

一对比,老师都有点懒,以前还拖着不洗碗(笑脸)。

真高兴遇见你呀。我们可以一起去坐过山车,一起去郊外冒险。

　　星望，你慢慢长大，沿路的风景都很美，不用急着跑到前面，变成大人。

爱你的，临秋哥哥

彭星望看着看着眼眶通红，努力把眼泪憋回去。
他有好几个字不认识，但是联系上下文大概都能猜出来，越看越想呜呜呜乱哭一通，只伸出手背抹眼睛。
姜忘又有点醋，把自己的信往前递："你看一下嘛。"
彭星望快速接了，小心翼翼打开信封。
季临秋的字清隽有力，犹如二月春柳。
姜忘的则是苍劲飘逸，仿佛冬日山松。
"忘哥字也好好看。"小孩羡慕到有点苦恼，"怎么就我的字这么丑？"
姜忘试图给点安慰："你也知道，字随人，等你长大了……"
"哥哥，你是不是在说我现在丑！"
"算吧。"
"哥！"

彭星望：
　　生日快乐。
　　临秋让我写点什么，怪害臊的。
　　不管怎么说，遇到你以前，我过得凑合，活一天算一天吧。搞不好哪天就在家里暴毙了，毕竟吃饭也挺乱来。
　　莫名其妙把你捡回来，反而像个人了，能好好吃饭，按时睡觉按时起床好送你上学。
　　哎，看着你在那儿蹦，我心情也会变好。
　　就说这么多了，以后多蹦几年吧，加油蹦。

你大哥

彭星望专注看信的工夫，姜忘已经把季临秋写的信看完了，感叹一声读过书就是不一样，有点想把小孩手里的信撤回来。

没想到小孩看这封也看得眼泪汪汪，号了一声"大哥、二哥我爱你们"，然后一条胳膊搂住一个呜呜着乱蹭。

"眼泪鼻涕收一下！这是新衣服！"

"大哥，呜呜呜——"

他们不得不在车里帮小孩擦了半天脸，然后把他牵了出去。

直到这时候，彭星望才发现他们是要带他去照相馆。

"今天难道要……"

"照全家福。"季临秋笑眯眯道，"我们三个照一张，洗出来挂客厅，怎么样？"

彭星望双手捂脸，有点慌："我刚哭完，长得还丑……"

"不丑。"姜忘把他抱了过去，"大哥错了，以后永远不说你丑，帅得很。"

好在化妆师小姐姐一张嘴甜得不行，把小孩哄得心花怒放。

这家影楼声誉很好，会打光会造型，妆容也很自然上镜。

熬夜的黑眼圈、胡楂和凌乱眉毛全都不成问题。

小朋友跷着脚在那儿乖乖让大姐姐打腮红，旁边几个化妆师都围着季临秋。

"小哥哥这么帅，皮肤还这么好……好羡慕哦。"

"天啊，你难道没有毛孔吗？皮肤光滑得像白瓷一样，平时用不用护肤品啊？"

姜忘轻咳一声，催促道："差不多了吧？"

三人坐在背景图前，中规中矩地摆了个造型。

摄影师不太赞同："太端着了，你们都别假笑，放松点。"

炮筒一样的打光灯撑着脸，彭星望笑得都有点肌肉僵硬，下意识伸手揉揉脸。

"想一想高兴的事，来看这里，三，二，一！"

相机里一成像，还是像三个假人，全都一脸僵硬。

摄影师琢磨了一下，说："我再想想，你们原地休息一下。"

三人即刻放松下来，准备调整下姿势。
"哎哎！星望头上有只猫！"
"猫？"
"欸？"
"什么？！"
"——咔嚓！"
姜忘和季临秋下意识看向小孩，彭星望微微仰起脸，三人脸上都还带着笑。
刚好被精准抓拍到。
"好极了！"摄影师大赞一声，"就是这张，都不用修！"
全家福当天就洗了出来，用漂亮相框嵌好，悬挂到客厅墙的中央。
彭星望看了半天，趁着哥哥们洗澡换衣服去了，悄悄对着相片一角亲了一下。
他好喜欢这张照片，一看就会感觉被抱着一样。
彭星望一整天去哪儿都舍不得放下那两封信，回家以后小心打开自己新买的小木箱，把这两封信和妈妈写的信也放在一起。
小孩仔细把每封信都摸了一遍，像是自己的胸腔随之变成一本书，每一页都有人在说爱他。
然后认认真真上锁，生怕它们会长了翅膀飞掉。
今天日子特殊，彭家辉上午特意打电话过来，下午杜文娟也打来电话，还隔着电话线给他唱生日快乐歌。
彭星望记得他以前生日是怎么过的。
小学正是家长们最娇宠小孩的时候，往往都会让自家小孩做东，请几个玩得好的好朋友吃饭。
他吃过杨凯的两顿生日饭，一次在肯德基，一次在杨凯家里。
张小鹿也请过一次，那时候他还很脏，衣服都皱巴巴的。
那时候的彭星望，几乎不奢望爸爸妈妈请自己的朋友吃一顿生日饭，只希望妈妈能回来看一看自己，或者爸爸给自己一个小蛋糕。
如果彭家辉没有喝酒，偶尔会说一句"生日快乐"，但他总是记错日子，有点糊涂。

妈妈不会打电话来，也像是不存在，不肯在他的世界里出现。

彭星望回想着过去的不开心，再上床睡觉时都开始怀疑自己是做了一个不真实的梦。

梦里有好多人在说爱他，甚至感谢他可以出现在他们的世界里，感谢他们可以有机会爱他。

如果真是梦，他许愿一辈子都不要醒过来。

八月一到，不忘教育正式开展第一轮招生登记，直接在四条公交线路打了满车广告，外加买了三家电台的黄金时段广播。

这样父母们上班下班无论是坐公交还是开私家车都能第一时间得到消息，完全没法错过。

姜忘在2027年泡了太久，深谙广告学里的鼓动方式，怎么热血怎么来。

妈，我想上重本！

妈妈给你报了不忘教育金牌一对一，竞赛讲师全程定制教育，孩子你一定行！

爸爸，这次我又……考了四十多分。

不怕！爸爸给你报了不忘基础班，专业老师多维度教学，鸟儿早起便先飞，不忘教育帮你追！

由于配音员选得非常恰当，以至于鹭湖区的上班族最近听广告听到脑子魔怔，一闭眼脑子里全是"妈妈，我想上重本"。

"妈妈！我想上重本！"

有完没完！

姜忘第一次在省城里开辅导班，心里不算完全有底，宣传前自拨经费又添了一笔。

老板亲自拿出十万元奖学金，实现预定目标即可领现金红包！

IPOD CLASSIC & 三亚豪华游 & PSP & 绝版明星签名照等豪华礼物，只要你敢进步，就尽管来拿！

其实在这个时候，二十余名精锐教师的培训还处在中后期，没有完全落定。

季临秋已是高中部项目主管，段兆则负责初中部。

他们虽然一个主教英语，一个是数学老师，但思维活泛，善于把握大局，领导小组也非常能服众。

公司内部从教师培训流程到教材编写都是由他们两人联合主持，从记忆力到切中考点等方面都令人叹服，短时间内便积累了相当高的威信。

姜忘自己这一年来光是跟老师们开会都被动地学了不少内容，想做这门生意怎么也得把小初高的课程内容都过一遍。

他自己没有读过大学，但并非厌学的性格。

恰恰相反，作为老板，他善于隐藏自己的劣势，同时如海绵般急速吸收知识，快速补学补看课本教辅的同时，自己不会做的题也会拿去请教班里的老师。

老师们战战兢兢，以为是姜老板特意过来考验他们的业务能力，从基础讲到进阶事无巨细。

姜忘学得还挺有兴致，理科真有意思。

热线电话经由广告一公布，客服24小时全天候接待服务不说，态度都是严格培训加高额奖金再加不定期录音抽查三重控制下的完美温柔口吻。

十几个班的名额一抢而空，生意好做到像跟财神爷烧过高香。

姜老板有点感慨："我该把八楼也包下来。"

六七八，刚好谐音"录取吧"三个字，齐活。

也恰好在这个时间点，《黄金十二卷》第五版正式修订结束，广泛印刷并优先供给合作学校，不论订书数量一律七折，订多了甚至六折，完全是卖个面子。

他不急着赚这一时的钱。

虽然有些学校很难接触，但好在人脉这种东西越养越多，姜忘短短一年已经和多所省重点、市重点初高中有了接触，资源扩展得相当大。

他要的就是知名度，要整座城、整个省份，乃至全国的学生都知道这个名字。

等声誉优势建立起来以后再印书……

季临秋正式加入这个公司以后，快成了名义上的二老板。

姜忘遇到拿不定的主意会去找他商量，有时候姜忘出差他留下来守班，独自处理过不少难活杂活。

他有时忙到忘记休息，累到有点大脑缺氧，会倒在躺椅上缓缓揉头。

"姜忘，你说未来再过个几十年……日子会变成什么样？"

姜忘不多思考，敲键盘回着邮件道："比现在轻松百倍，也疲惫百倍。"

季临秋没想到答案这么矛盾，好奇起来："你怎么会这样想？"

"再过个一二十年，你现在的很多东西会浓缩在一起。"

姜忘转过身，指他胸口的 IPOD，以及自己办公桌上的游戏机。

"这些东西都不会存在了，没有人再带着 MP3、MP4 听歌，有手机就完全够用。

"到了那个时候，你按几下手机就有出租车过来接送，再也不用站在路边吹着冷风一直等。

"你可以轻易吃到自己喜欢的东西，深夜两点照样有人送货上门，奶茶咖啡都比现在要好喝很多。

"更好的是，二十年后……我们联系可以直接打一个视频电话，没有长途，没有漫游费，天南海北都可以看见你的脸、听见你的声音。"

他看着他，忽然笑起来。

"是不是很好？"

季临秋听得懵懂，又道："为什么会更累？"

姜忘低头想了想，如实道："人和人距离太近了，便更容易相互消耗，不断压榨。"

他忽然感觉自己说得太详细也太笃定了，抬起头先观察季临秋表情，又顺口解释道："这都是我在科幻小说里看到的，也不知道对不对，还有人猜二十年后咱们后脑勺都插着电缆，谁知道呢？"

季临秋没表示信或不信，过了一会才慢慢道："我真喜欢听你聊天，好像说什么都很有趣。"

姜忘微微抿唇，又被季临秋这副样子惊喜到。

八月一整个月都过得飞快。

小孩根本不知道自己已经在开学前把三、四年级的课全都上完了，宛如被洪七公、小龙女、金轮法王相中的小龙套，暂时没看见自己被老师们上了个学霸光环。

入学日一到，他忐忐地牵着两个哥哥的手，终于走进新学校，开始全新生活。

姜忘和季临秋工作再忙，头一个星期都是两个人一块去接他放学。

小孩在陌生的城市容易没有安全感，得多照顾。

时间一长，没等彭星望自己说话，两个当哥的就意识到一个明显的问题。

全家只有星星……不像个"城里人"，有点麻烦。

姜忘独自在大城市打拼多年，季临秋更是去首都读过好几年大学，两人谈吐气质自然不俗。

相比之下，彭星望像是突然从土鸡窝里被拎出来的小鹌鹑。他说话会带一点点 A 城口音，探头探脑的样子也很有乡下小孩的气质。

"城里人"是个复杂的概念，像是什么隐形的浅轮廓，外人乍一眼瞧不出来区别，本地人一看便能区分出来。

季临秋眼很尖，发觉这小孩在他们面前都是开开心心的，回自己房间才变回蔫蔫的样子。

姜忘观察了几日，把彭星望拎回客厅里开家庭会议。

"来，说说看，碰到什么困难了。"大哥说话还是很豪迈，"哥哥们听听看，帮不了忙也能幸灾乐祸开心开心。"

彭星望在他们面前坐好，憋了一会道："我蛮好的，没什么不开心的事情。"

季临秋轻咳一声。

小孩表情出现松动："就是……有时候听不懂老师说的话。"

大哥挑起了眉头。

"还有……有时候没法加入他们的聊天。"

彭星望作为书店老板的大侄子，在小城市里掌握漫画的最新动态，小说七七八八什么都看，聊什么都处在发言者位置，以前在班里完全属于风云人物。

但是一转学过来，落差大到让人心碎。

小孩本来只打算说两句就停，一开闸突然就憋不住了，全说了出来。

"他们都在玩《红色警戒》和《口袋妖怪》，我根本不知道妙蛙种子几级才进化！

"数学课老师居然还会留奥数附加题，做出来的同学都能找她吃巧克力糖，我一次都没吃到！

"他们根本不看卫视台放的卡通片，都在看《火影忍者》，我都不知道哪个台在播《火影忍者》！"

"我……我什么都不知道，"彭星望呜呜呜地揉眼睛，"我把家里电视机都翻了快十遍，就是找不到《美少女战士》和《火影忍者》啊……"

两个哥哥对视一眼，默默过去哄小孩。

果然小朋友纠结的事情都在他们的思考范围之外。

"是得找个时间教你学省城话，"姜忘沉吟道，"你哥会玩《口袋妖怪》，火红叶绿、珍珠、XY、剑盾都会玩，这个我来教。"

"奥数题很简单，我以后每天给你补半个小时，一开窍就全都会了。"季临秋在旁边摸脑袋，"你说的那些要在电脑上看，哥哥教你怎么用电脑。"

彭星望呆住几秒，扭头看向他们。

他深呼吸几秒，像不认识这两个人一样。

"大哥你……你居然会玩《口袋妖怪》！"

姜忘一脸嫌弃："我孵6V闪光蛋的时候你还不知道在哪儿呢。"

075

"临秋哥你……你居然会数学！"

彭星望还是满脸不可思议："你怎么会奥数题呢！"

季临秋终于有抽这小孩屁股的冲动。

"谁告诉你英语老师不会数学？"

九岁小孩对什么投资赚钱一无所知，以前根本不明白为什么大家总是一脸敬佩地看着两个哥哥。

直到今天他才猛地反应过来——我的两个哥哥是神仙！

绝对、是、神仙！

季临秋给彭星望补了一下午奥数，出来后小孩很恍惚。

倒不是奥数题本身有多难，而是彭星望没法一下子接受神奇的现实。

季老师，不，临秋哥哥，他数学居然这么好！他居然能口算两位数乘两位数！

小学奥数全是一帮坏心眼大人搞出来的变态题目，刁钻曲折陷阱多。

彭星望先前在 A 城住时，学校里布置的作业半小时搞定就能出门撒欢，跟杨凯他们一起满巷子乱窜玩到爽再回家。

以至于姜忘有段时间怀疑这孩子得放出去遛，不遛够搞不好得拆家。搬到省城以后，全新挑战开始，对九岁的星望而言简直是当头棒喝。

什么！我难道不是班里最聪明的人吗！

这世界上居然还有我做不出来的题，可恶，真的做不出来！

呜呜呜，好难啊！为什么他们全做完了还能找老师领糖吃！

已经一个多星期了，全班是不是只有我没找邵老师领糖了？哭死。

季临秋把他抄下来的题目自己先做了一遍，然后带小孩看里头的逻辑分析，挑最紧要的几个点细细讲过去，熟稔到仿佛是做了多年的数学老师。

彭星望学得极快，一掌握诀窍甭管是一只狗在两个人中间掉头跑几次，还是大浴缸又放水又出水，都能一眼找到要点。

做出来相当有成就感，欢呼一声放下笔，又像是突然睡醒一样扭头猛看季临秋。

季临秋哭笑不得："怎么，我脸上有东西啊？"

小孩快速摇头,又盯着他看。

"你真了不起,"他努力找出更崇拜的词,"临秋哥,你现在是我的偶像。"

季临秋静默两秒:"因为我会做数学题?"

"不,因为你又会英语又会数学题!你是天才!"

季临秋这一刻想把这小孩带到大学里见见世面。

两人正聊着天,姜忘拎着拖把出现在门口。

"星星,这两天我拜托福姨帮忙照顾你,我跟你临秋哥哥要去趟首都出差,三四天以后回来。"

小孩对他们出差这事见怪不怪,很快应了一声,收拾好文具出去看电视。

留下季临秋有点茫然:"去首都?什么时候?"

"订个今晚的飞机?"

"是那边有书商要见面,还是去那边的学校谈事情?"季临秋以为他是临时起意,起身去拿行李箱,"我这边还有个会要开,那移交给段哥主持。"

姜忘淡笑不语,没有解释。

他们去首都确实有几笔生意要谈。

人脉网一旦铺展开,货源和客源都滚滚不断,互惠互利皆大欢喜。但与此同时,他们还有更重要的事要做——买房子。

姜忘自突然救下彭星望的那一天起,就在考虑世纪初的房产投资。

房产……会成为他日后的核心投资方向。

2007年的首都已是一片繁荣开放,虽然摩天高楼还没有日后钢铁森林般壮观,但处处繁花似锦,行人如织,不是节日一样很热闹。

季临秋回到这里属于故地重游,临时想起几个大学朋友打电话过去寒暄聊天,感情依旧很好。

他预感,自己身边的这些朋友日后可以成为姜忘的助力。

等几个生意应酬谈完,姜忘先打电话确认小孩那边一切OK,然后借了朋友的车,带季临秋去了市二环的热门楼盘。

"一万二一平?!"季临秋有些惊诧,"你确定要在这儿买房?"

姜忘侧眸瞧他："觉得贵？"

季临秋接过售楼小姐递的热茶说了声"谢谢"，没有马上说话。

他心思细腻，知道以姜忘的性格不会冒失做事。

"首都是中心化城市，"季临秋低着头慢慢厘清思路，"今后会变成附近省份的核心，吸引大量人才以加速发展……房价一定会涨。"

以国外几个大城市的房价参考对比，确实很合适。

"一万二一平。"姜忘喃喃道，"也许还能再砍个价。"

他看到这个数字，内心都有种做梦般的虚幻感。

2007年二环内高档小区只要一万二一平方米。

二十年后，在热门商圈附近随便一栋房子，没有十五万一平方米根本没得谈。

姜忘做房产中介好几年，吃工作餐的时候还听见同事们聊过一件奇事。

说是在市中心往北，有两个院子中间夹了个狭长小道，一直以来被那儿的房主当杂物垃圾堆放处。

结果这个小角落被卖了一亿多。

"一亿多！"同事吃着盒饭挥舞着筷子道，"你想想，咱们累死累活赚一辈子都凑不到，这帮人都得是做什么买卖才能到这一步！"

旁边有人听得荒谬："一亿元买个小过道，为了啥？缺首都户口高考也不用花这么多钱吧。"

"你懂啥，人家要的哪里是首都户口啊，"同事就差把唾沫星子喷到对面汤碗里，"为的是重点学校的名额——那才叫千金难求！"

姜忘想到这儿，忽然觉得自己还得多买几套，特别是热门高中的学区房。

自买彩票起，他的资产在去年就已经有数百万元。

今年多店经营外加公司扩容，流动资金受到一部分限制，但问题不大，他现在至少可以再买下五栋首都的好房子。

"对了，你呢？"

季临秋一时惊诧："我也买？"

姜忘摸着下巴道："我知道哪几个楼盘位置好价格便宜，咱们一起？"

季临秋去年还是小学教师，工资平平还在资助山区小孩读书，生活过得很清贫，家里连书都没有买几本。

但姜老板哪里是抠门小气的人，季临秋足够值得高昂薪资。

临秋如今不仅是不忘文化和不忘教育双公司的核心骨干，也是教育领域的核心顾问，瞻前顾后，思维精准。

所以自创业起，姜忘就一直等着分给他一大笔股份。

后来省城辅导班正式开张，大批资金回流，股价也随之上涨，分红自然不菲。

除了股份分红，还有项目奖金、月度工资，以及购房补贴。

某人简直是变着法子想名头给季临秋塞钱，手段之娴熟让会计都汗颜。

老板，你要不直接把你银行卡给他吧……

季临秋拿到工资时看了四遍后面有几个零。

姜老板一脸无辜："签合同的时候就是这么多钱啊。"

季临秋："……"

"我个人的建议是，你可以尽早在咱们家附近给爸妈买套好房子，可以买带个小院子的一楼，方便他们养花种菜养养鹦鹉。

"当然，首都这边的投资我觉得稳赚不赔，你如果信得过我，来都来了，搞一套再走。"

季临秋沉思五分钟，掏出银行卡付款。

"小姐，我买他对门那套。"

售楼小姐也是头一回碰到这么豪爽的客人，甚至说话都有点结巴："就……就已经想好了吗？"

"嗯，全款付账，现在直接买。"姜忘晃了晃卡。

附近几个工作人员都露出了夸张的震惊表情。

——这从进门到看房才二十分钟啊！也太快了吧！

等生意和买房都谈妥以后，姜忘心里大事接连落地，呼吸也畅快许多。

他看向远方的天空，露出怀念笑容。

"还是灰蒙蒙的,要过很多年才会变蓝。"

"我以前在这边读书的时候,碰到过沙尘暴。"季临秋望着车窗外车水马龙的街景,回忆道,"原本是下午两点,太阳正大的时候。

"突然就像要下暴雨一样,天色直接暗下来,染着浓墨一样,一转眼全世界都漆黑得像快进到凌晨两点。

"我当时不知道发生什么了,本地的同学全跑去关窗关门。"

姜忘从没有经历过沙尘暴,听得都没有眨眼睛:"后来?"

"后来沙尘暴就来了,窗外都是嘶鸣吼叫一样的风声,我也不知道具体是什么样子,很多女同学都很怕,特意把窗帘拉起来,大家聚在一块都不敢说话。

"等沙尘暴结束,太阳出来,窗户都是土黄一片,后来擦了好久。"

季临秋想起他刚刚说的话,笑容遗憾:"这种环境问题……很不好治理,得去黄河和内蒙古附近种树种草,也许要很久以后,天才会变蓝。"

从前读书时,大学老师就为这件事扼腕叹息很久,摇着头说以后雾霾会越来越重,情况好不到哪里去。

姜忘看着灰蒙蒙的天空,也笑起来。

"会的。

"很久以后,黄河边会有连绵不绝的大片侧柏,把山脉都织成碧绿锦缎。

"首都的天空也会明朗湛蓝,再也没有一丝灰霾。"

你的未来,和你未来的世界,都会光明灿烂,犹如盛夏里的大晴天。

"临秋,你一定会看到。"

第十一章

时间

由于存款过多,姜忘在 A 城和省城已经成为银行重点关照对象,逢年过节礼物不断,还有专人 VIP 服务,去哪儿办业务都有直通贵宾室。

2007 年宏观经济还没有全面腾飞,大企业家数量不多,对于 A 城这种小地方的银行来说,姜忘一个人的存款,以及他名下网店、公司的一系列业务,足够盘活好几个银行网点。

首都几套房子一买完,姜忘手头现金空掉大半,十分钟不到就有客户经理电话打过来,客客气气询问需不需要贷款服务。

姜忘哑然失笑,没想到自己也会有人前显贵的今天,寒暄两句礼貌挂断。

他其实有过更远的设想。

如果到了某一天,他的投资满盘翻倍,他完全可以把不忘教育放心交给季临秋,自己再去新的领域开疆拓土。

人一旦有七位数以上的存款,生活就会有种 RPG[①]游戏的不真实感。轻松简单到像是过去种种艰难苦涩都是幻象,此刻才是黄粱梦醒。

季临秋从前做事思忖过多,跟姜忘相处久了,渐渐也被浸染得雷厉风行,做决策速度很快。

他在首都购置了一套房产,回省城以后同样也在白鹭区挑了一套一楼带院子的房,步行到家大概十分钟,可以在未来把父母接过来养老。

---

① Role-playing game 的缩写,指角色扮演游戏。

两人原本十月十四日就抵达了省城，结果又忙碌来忙碌去，以至于晚上随意找个酒店过夜，十六日才拎着行李箱回家。

开门的时候，彭星望在系着小围裙拖地，呼哧呼哧的，额头上都是汗。

姜忘沉默两秒："我记得我请了钟点工阿姨吧？"

小孩像是被抓包了一样，往餐桌旁边躲了下："我……我的兴趣爱好是做家务！"

季临秋感觉得到姜忘不太希望这样，接过比彭星望还要高的大拖把，弯着腰把冰箱旁的边隙都拖个干净。

姜忘意识到什么，也跟着放下公文包找了块抹布擦桌子。

彭星望慌了起来："我不是这个意思——哥，你们快点休息吧！"

结果后面莫名其妙演变成三个人一起大扫除做家务，房间一个一个逐渐收拾得整洁明亮，焕然一新。

彭星望一开始还感觉自己做错事了有些惶恐，跟在他们身后收拾十几分钟，又意外感觉到柔软温暖的家庭感。

他们三个在一起打扫家里耶！有家的感觉真好，我好喜欢和哥哥一起扫地哦。

房子实在太大，院子里还有些杂草青苔需要清理。

姜忘和临秋聊了几句公司的事，转头看了眼在旁边试图聊点什么的彭星望。

"你这几天在学校过得怎么样？"

小孩眨眨眼，忽然放下抹布冲回自己房间，过一会又跟小炮弹一样冲回来，举起亮闪闪的好几张巧克力糖纸。

巧克力糖？

姜忘没太看懂："喜欢吃这个牌子吗？我回头给你买几盒？"

"是邵老师奖励你的吧？"季临秋想起之前的事，笑眯眯道，"你把她布置的奥数题都做出来啦？"

彭星望骄傲地点头，仔仔细细把糖纸都夹到本子里，如同保存金秋落叶一般。

"我现在最喜欢做奥数题了！"

姜忘心里涌起一阵感动。太好了，我自己以后应该不会是文盲了。

这小孩将来要是读个大学甚至研究生，四舍五入我也上了一遍，好得很。

彭星望显摆完把东西放好，又回来蹲在地上拔杂草。

拔了一会他突然道："老师昨天跟我说了很奇怪的一句话。"

"嗯？"

小孩努力模仿语调，磕磕巴巴道："齐鸟冒？"

"哥，齐鸟冒是什么？"

"问你吃没吃饭。"

彭星望哦了一声，又想起另一句话："邵老师还说我灵醒得很，灵醒是什么？"

季临秋忍不住抚额直笑。

"在夸你整洁好看。"

小孩一头雾水。

姜忘索性就地展开省城话教学，一边擦玻璃花房一边解释这里头的门道。

他在省城待了很多年，口音纯正，教起来简单直接。

省城的码头文化历史悠久，本地口音会有些粗粝的江湖气息。

乍一听有点凶，但听多了又有种兄弟们大口吃肉喝酒的痛快感，虽然语调发音和吴侬软语截然不同，可是一样能给人亲切感。

有趣的是，姜忘在那儿教，季临秋时不时也能补充几句。

他不是省城人，但语言天赋极好，在哪儿待一段时间都能学会相应口音。

文化人说方言会很有趣，姜忘眉梢一吊来一句"你是个么板眼（你算什么东西）"，痞里痞气相当张扬。

但季临秋斯斯文文说一句"为么斯冒考好（为什么没考好）"，会有种相悖的温和锋利，又特别真实。

三人做了一下午家务，省城话教学跟着持续一下午，算是把小孩教了个半桶水水平。

回洗手间洗拖把的时候,姜忘有些担心。

"你说他学了个半懂不懂,会不会被孤立?"

"就是不能全教会他,"季临秋笑起来,"你都教会了,班里小孩还怎么当他老师?"

姜忘一瞬反应过来,深感赞同。

大家都知道星星是小城市来的小孩,也都乐意他加入这个群体。

教得半会半不会,刚好方便他和同学们多聊聊天。

门铃响了几声,像是有快递员过来。

姜忘示意小孩去看电视休息会,自己过去开门。

门一打开,竟是速风快运的省城总经理,邱茉。

"姜老板好久不见,"她笑着把礼盒递上前,微鞠一躬道,"有空聊聊吗?"

姜忘已经很久没有参与快递业务了。

他最初靠速风快运起家,去年年末还去总部参加了表彰大会,但因为个人创业,最后还是把那两个快递站转交给靠谱的朋友,自己辞职不再参与。

但凭着几番合作,省内省外许多速风集团的人都和他熟络起来,彼此印象很好。

邱茉外貌打扮都是典型的职业女性,高跟鞋一下一下平稳坚定,一如她的说话风格。

两人寒暄几句便直入正题,竟是有意邀请他再度加入,以外聘顾问的身份参与公司的扩张规划。

"现在业务量的扩张速度……已经完全超出了我们的想象。

"说实话,以前是发愁业务量不够,现在是发愁单子交不完。"

这两年里,网店数量犹如野草般肆意疯长,价格优势不断显现。

各大企业也因为官方网站的陆续建立,网络订单快速上升,急需优秀的货运公司帮忙。

"我们这几个月都在疯狂招人,培训的人都累到嗓子冒烟,"邱茉单指一叩眉心,低声道,"但我更担心圣诞节和春节期间,交单效率很有可能出现断层。"

　　圣诞期间购物量会有一个小高峰,元旦至新年期间还会有个连续高峰,偏偏那个时候正是交通货运最紧张的时候。

　　单位里已经为此开会许久,但最终方案迟迟未定。

　　最后由邱茉直接拍板,把得力干将再招回来帮忙。

　　"薪资以及分成都按人事部给出价格的150%来算,此外一年十四薪,不强制要求坐班,但部分会议必须到场,你觉得可以吗?"

　　她久闻姜忘其人,先前接触过几次,感觉也非常合拍,说话时有种招揽战友的豪爽。

　　姜忘接下装着合同的信封,只笑一笑道:"这件事我得再考虑一下,不能马上答应你。"

　　"但是,"他停顿两秒,平缓道,"有时候,不是你们的方案有问题。"

　　"而是你们的系统已经跟不上业务量了。"

　　作为朋友,哪怕只点拨这一句,也足够她豁然开朗。

　　邱茉目光一定,斗志又燃起来。

　　"你的意思是,我们首先该考虑的是改革录入收发系统对吗?"

　　"很有道理,还有车辆调度交接,空运那边的对接效率……"她快速自言自语几句,起身时又深深鞠躬,"真的太感谢你了,也请您再多加考虑一下。"

　　姜忘在门口送别邱茉,关门以后在客厅削着橙子想了一会。

　　季临秋忙完手头的活,过来坐下张口接了一瓣,咬得满口都是清润香气。

　　"你怎么想?"

　　"我觉得,薪资很次要,"季临秋不紧不慢道,"你不缺工资,但缺他们家的股份。"

　　姜忘淡笑颔首,确实可以再去谈谈条件。

　　两人聊天都没有避着小孩,包括刚才邱茉来聊工作,也没有绕开彭星望。

　　姜忘说到这里,发觉小孩没在看电视,而是在悄悄看他们。

　　他笑起来:"你现在在想什么?"

"我在想……"彭星望挠头道,"原来能有这么多选择吗?"

两个大人一起看向他。

"我在很久以前,觉得我会在A城过一辈子。"小孩露出困惑的表情,"我看其他大人,都好像有一条按部就班的路,每个人都要循着路笔直地往前走。"

"但是忘哥,你不光是自己东边的路走几步,绕到西边走几步,"彭星望悄悄扭头,"你还把季老师从他的路上拽过来,让他跟你一样到处转悠,也根本不关心别人怎么说。"

姜忘笑起来:"那你觉得,怎么样最舒服?"

"我不知道,可能答案很深奥。"小孩严肃道,"但是我看得见,你们这么有干劲,生活超级幸福。我长大以后,一定要做你们这样的大人。"

姜忘拿到合同以后,和速风集团负责人商量许久,决定再次加入省城分公司成为核心董事,股份分红以及工作方式都谈得相当理想。

他一时间身兼数职,在家也有打不完的电话,接彭星望的次数渐渐变少。

彭星望充分理解大人都在忙工作,有时候自己一个人放学回家还会主动发消息报备行程,虽然来实验小学没多久,但已经成为许多同班家长羡慕夸奖的乖小孩。

也正好处在金秋时节,秋游申请表陆续发下来,学校打算组织大家一起去户外拓展玩玩团队运动,前提是家长填好相关信息,以及签字买活动保险。

彭星望回家时姜忘正背对着他在快速回复邮件,键盘声噼里啪啦如同在摇豆子。

小孩走过去杵他:"哥,学校要去秋游,保险单我得填一下你的身份证号。"

姜忘叼着半根山楂条回头看他一眼,伸手揉了把他的头发继续忙碌:"我钱包在餐桌上,你自己拿了填,弄完记得放好。"

"噢,放心!"

彭星望找到钱包,发觉大哥又换了一款新的,银灰色,皮革质感,摸起来很舒服。

彭星望跟摸狗一样摸了几下钱包,有点感慨。原来真的会有人银行卡多到换钱包,简直跟电视剧男主角一样。

新的钱包外层放钱,表层是公交卡、会员卡一类,卡都是一个形状,颜色五花八门,小孩找了半天,发现还有个带拉链的内层。

哦哦,在这里!彭星望不假思索地拉开拉链,把里面的身份证取了出来。

"我找到啦!"

姜忘背对着他应了一声,继续专注地处理工作。

等等,这张卡的花纹怎么跟之前那张不太一样,而且款式也完全不一样?

彭星望倏然警觉,紧急搜寻残存印象。

他以前看到的身份证,照片在左上角,红印章盖在照片下方,背景是湖水般的涟漪。

但现在翻出来的这一张,有效时间居然是——

2021.08.02—2031.08.02

小孩眼睛睁得浑圆,一时间蒙在原地。

怎么会是2021年?身份证有效期是2021年到2031年,可是现在明明才2007年啊!

他翻过另一面,清晰看见哥哥的出生年月日,以及二十岁出头的、板着脸的姜忘。

哥哥的出生年月日……怎么可能跟我一模一样?

彭星望心脏狂跳起来,屏住呼吸先是飞快看一眼还在工作的姜忘,又把这张卡反复看了几遍才放回夹层里拉好拉链,从一堆超市卡、购物卡里找到有效期无误的身份证,匆匆把证件号码抄完。

他努力调动大脑想清楚这件事,大哥……大哥他居然有一张假证!

他为什么要假身份证?难道大哥做生意钱不够用了,在用假身份证办高利贷?

彭星望憋了半天气，把自己弄得缺氧到满脸通红，长喘一口气扭头看向姜忘。

姜忘正好回头瞥他："怎么要这么久？"

"刚才没找到，"小孩努力让自己看起来不像在撒谎，"我拉开你塞了好多红票子的那层，以为你把证放那儿了。"

"怎么会，就放在右边，"姜忘随意道，"零花钱不够了自己拿，账本有在记吧？"

"够的，一直有记。"彭星望把钱包放回原处，略显紧张道，"我……我先回房间做作业了，今天作业好多。"

姜忘没当回事，嗯了一声继续忙工作。

打了几行字又停下来，开始思考自己是不是给小孩太多学业压力，怎么今天脸色都不太对？

另一边，彭星望回到自己房间立刻关门，然后猛烈呼吸，犹如撞破了什么秘密。

大哥他难道在借高利贷？又是买这么大的房子，又请那么多厉害的老师开班，前两天还跑到首都去了，该不会是躲债吧？

小孩露出极其担忧的神情，有点委屈又很没办法。

他已经把他当亲哥哥了，就算大哥破产了他也会义无反顾地跟大哥一起捡垃圾还钱。

但是，但是，办假身份证是违法的啊！而且，大哥你办的身份证连年代和款式都弄错了，你长点心啊！

彭星望第一反应是劝说大哥去派出所自首，最好在警察叔叔的监督下把这张假证销毁。

想一想，又觉得自己是小孩子，未必能说得动他，这件事得找临秋哥哥才可以。

可是……临秋哥哥会不会和大哥吵起来？他们吵起来，该帮谁呢？万一他们气到分家，他还能不能见到临秋哥哥？

小孩脑回路跟跑火车一样绕了八百个弯，苦思冥想长叹一口气。

大哥……你长点心啊！

季临秋回家较晚,讲课一天略显疲态,回家以后往沙发上一躺,缓了许久再看时间,已经是八点五十。

他揉揉眉心,觉得家里寂静得不太舒服。

"星望呢?找同学玩去了?"

姜忘工作告一段落,电脑一关伸了个懒腰。

"好像是作业很多,回家以后就关在房间里,"男人也看了眼时间,诧异道,"今晚播《铁甲小宝》都没看,不会遇到什么事了吧?"

"再观察一下,也可能有别的事。"季临秋懒声道,"还有件事要跟你说,关于初中部的人事变动,下午开会的时候你不在。"

他说话时,从前清冷的声线带了几分沙哑,反而更显得迷人。

姜忘不作声地听季临秋说话,过一会便走神,思绪兜转变幻,再慢慢拉回工作上,如此往复循环。

季临秋说话时很有条理,脑海里列了表格,轻重有序地一二三四说给他听,哪个老师被高升,哪个老师犯了小错,处在观察留看期。

"也是无伤大雅的小事,但当着学生的面抽烟,终归不太对。"

…………

两人说了许久,彭星望都没从楼上下来,平日这个点早就蹦跶着过来撒娇了,今天有点反常。

季临秋站起来,刚想走却听见门铃声,以及怯生生的一声询问。

"哥,你在家吗?"

"是长夏,"季临秋有点诧异,"怎么这个点过来了?"

季长夏住在红山区,与鹭湖区刚好还挺近,自从春节书房谈话以后,兄妹亲近许多,周末也常常一起做饭短聚。

她今晚过来也觉得打扰,还拎了一塑料袋的香蕉、梨子。

"这么客气啊,"姜忘也不好退掉她的礼物,接过了把人往里迎,"进来坐进来坐,我去泡壶茶,稍等。"

等姜忘走了,季长夏才看向季临秋,在沙发上坐得很拘谨:"我今天过来,是因为家里……出了点小麻烦。

"妈跟我说不要跟你讲,但我不太能帮到她,这事还困扰咱家好几年了……"

姜忘拎着茶壶过来，给她倒了一盏热茶，回避道："我先上楼陪小孩写会儿作业？"

"不用不用，您坐下来吧。"

季长夏定了定神，开始讲这件事。

"忘哥，你年初来我们Z乡过年的时候，记得咱家斜对面的那片垃圾场吧？"

小山村风景很好，唯一煞风景的就是季家斜对面有个垃圾站。

正常人当然不会在住宅区里建垃圾站，那儿原本是一家人的宅基地，但老人去世后，儿女相继去外乡定居，便荒在那儿无人管了。

季家对面住着姓葛的一家人，家里是开卤水店的，因此垃圾废料比常人家里要多出几倍。

他们看隔壁是一片荒地，索性把泔水垃圾全往那儿堆，夏天时一发酵腐烂，臭到让路人捂鼻子都想作呕。

偏偏季家两个儿女先前一个在省城、一个在A城，家里老人又是知识分子，没法撕破脸皮发脾气，一忍就忍了好几年。

"谁想得到，咱们家都忍让到这个地步了，他们居然……居然还在那儿堆肥！"

"咱家还刚好在下风口，他们倒是一点味都闻不着，全祸害咱爸咱妈了！"

季长夏多内敛柔软的性格，说到这儿也急得额头冒汗，加快语速道："羊粪猪粪还有那些泔水一放就是好多天，爸爸过去跟他们好言好语商量，居然还被轰了回来，气得他血压都直往上蹿！"

季临秋脸色一冷，起身去拿手机。

"我订明早的车票，这件事我来处理。"

季长夏又有点慌："哥，你别耽误工作，这事也不急这两天……"

姜忘招了招手："也给我订一张。"

季临秋转身看他："你这么忙，不去了吧。"

"那不行，"姜忘笑起来，"我的笔记本电脑可以无线上网，去哪儿都行。"

季长夏没想到他们做事这么利索，忙不迭跟单位请了个假，也打算一块回去。

出发之前，季临秋特意去找了一趟星望。

"我跟哥哥出去两天，你在家有事随时给我打电话。"

彭星望有点踌躇，支支吾吾一会，突然道："临秋哥，我大哥他……欠别人钱了吗？"

季临秋愣了一下："没有啊，他怎么可能欠别人的钱？"

"欸？"彭星望一时间脑子转不过来，咽了下口水又道，"你没骗我？"

"绝对没有骗你。"季临秋哭笑不得，"你又听说什么了？"

小孩更是一头雾水，也没法一口气解释个明白，只能拉着他袖子道："临秋哥，等你们忙完回来了，我悄悄跟你说一件事，行不？"

"嗯，我很快就回来，你照顾好自己。"

三人第二天前往Z乡，清早坐了火车，再转大巴和小客车，下午一点才到。

秋日正是晴光朗照一片，天气很暖和，变相使那堆垃圾显得更加臭不可闻。

姜忘先前来的时候就觉得这垃圾站设得太败胃口，哪想到这儿居然是被邻居霸占的地盘，捂着鼻子过去看了一眼。

刚巧有个干瘦的老头拎着一铁皮桶子过来，见有外人在这儿，抄起篱笆旁的扫帚胡乱挥舞着赶人。

"哪来的？走开，看什么看！"

姜忘捏着鼻子道："你不觉得臭？"

"要你管？挑你家大粪了？"老头朝他啐了一口，"狗拿耗子，多管闲事，滚滚滚！"

姜忘捂紧鼻子掉头就走。

与此同时，季临秋进了院门。

陈丹红正翻晒着玉米粒，看到他时还以为眼睛花了："秋秋？你怎么回家了？"

"爸呢？"

"跟你方爷爷下棋去了，等会就回来吃饭。"陈丹红看到儿子身后的女儿，一下子明白过来，双手擦着围裙焦虑道，"哎呀，耽误你们工作了，没多大的事，真的，都是邻里的小事，还麻烦你们都来跑一趟。"

季临秋蹲下来帮忙收拾，语气淡淡："刚好一起吃饭，晚点跟你们说件事。"

季国慎哪里是去下棋，他受不了家里那股味，随便找个由头出去避避罢了。

再回家时发现餐桌前坐满了人，吓了老爷子一跳："出什么事了，怎么全回来了？！"

季临秋把门关紧，闻见若隐若现的馊臭味时皱起眉。

"原本早就该回来接您二位，"季临秋给姜忘递了杯清水，后者接下后开始涮肉，"之前几周在忙工作，没顾上来。"

陈丹红听得不安："接我们……去哪里？"

季临秋夹了一筷子剁椒，平静道："去省城。我给您二位买了套新房子。"

全家出现短暂的呆滞。

季长夏以为他疯了："你……你真买了？！"

陈丹红眼睛睁圆："你自己住啊！接我们干什么，我们在这儿住得很好，真的！"

季国慎满脸担忧："省城房子很贵啊，临秋，你买房子也该跟我们说一声，爸妈好给你贴一点钱……贷款那边压力很大吧？"

姜忘自顾自地涮肉扒饭，有那么点看戏的快乐。

季临秋眨眨眼，语气无辜："我是全款买的房。就在我家小区对面，你们遛弯过来看我只用五分钟。"

老夫妻俩面面相觑，像是听天方夜谭。

平日家族聚会的时候，亲戚们免不了吹嘘自家儿子在哪里买了多大的房子，今年做生意赚了多少。

谁想得到，自己儿子居然一声不吭地也买了一整套，还是全款！

"你……真是自己买的？借了多少钱？"老爷子小心翼翼道，"难不成是管姜老板借的？"

"没有借钱。"

"没有借钱哪来的钱！"季国慎火了，"临秋，你别不是碰了什么歪门邪道，我警告你，你要是敢赌钱我今天就剁了你的手！"

姜忘还想保住季临秋写字的手，适时插了一句："他是我们公司的核心顾问。而且同时在教四个竞赛班的数学和英语，是金牌讲师。"

陈丹红都没听懂顾问是什么，饭都顾不上吃了，捂着嘴惊愕道："教书哪里挣得到钱！他工资才两三千一个月！"

季国慎脸色又变："你把学校的工作辞了？"

姜忘怕这一家人误会太大把桌子掀了，往碗里扒了两筷子干锅鸡，开口解释季临秋现在的状况。

两位老人听得一脸不可思议。他们在小山村待太久了，也不清楚外头大城市的神奇变化。

"补一节数学课，一个小时要一百八？"季国慎不可思议，"这教的是什么数学，能贵成这样？"

"如果是私人一对一，可能会更贵，也看不同级别老师的收费情况。"季临秋心平气和道，"您跟我一块过去，刚好还能帮忙补个缺，教物理、化学都行。"

陈丹红已经听傻了，下意识推拒起来。

"您这样想，"姜忘笑起来，"您给儿子新房收拾收拾，他工作忙还刚好可以给他做做饭，一家人可以在省城过年，有什么不好？"

季临秋看出他们两人的犹豫，给妈妈夹了块排骨，淡笑道："这样，先过去陪我住几天，不舒服我给您买票随时回来。"

"爸，你不是怕我做歪门邪道的生意吗？刚好来我们学校看看，要是想讲课，还可以来城里过一把瘾，怎么样？"

季国慎听得心动，犹豫不定，还想矜持一下。

门外传来呼唤声。

"国慎！国慎！我是何支书啊！"

"哎，你来看看……"

老爷子忙不迭出去应门，一走出去又吓一跳。

"这怎么回事?"

对面那家人居然在灰头土脸地铲垃圾,一桶一桶地装在车上往外运。

垃圾堆在这儿多少年了,花花绿绿的塑料袋都快融进树杈枯枝里,脏水淌得满地都是。

可是葛家人居然全都出来了,老的少的都在搬桶推车铲脏东西,像是收到逐客令一样一刻不停。

季国慎完全看傻了。

天知道他这几年给这家人赔了多少好脸子,说了多少好话,死活都磨不动,怎么今天……

村支书看了眼身后的满地狼藉,伸手拍了拍季国慎的肩膀:"有困难咱们要积极解决嘛,我住的地离这儿远,你也不打个电话说一声。"

"这……"季国慎搓着手没法接话,"我不想用这种事麻烦你们。"

邻里的事捅到村委会里,像是告状一样,他实在不好意思。

正巧葛家老头一脸晦气地搬泔水桶路过,何支书闻声转身走过去,板着脸大声道:"这一地的东西一定要今天内收拾干净,以后也绝对不允许有!

"现在上头正在搞乡村文明建设,随时都会有领导过来视察,你们这样会让我们工作相当难搞!以后再有直接罚钱,还要在通知栏里贴警告,知道吗!"

葛老头臭着脸答应一声,村支书颇为不满。

"你这是什么态度?

"我告诉你,这事性质很严重,你在这儿乱堆污染物搞不好会传播瘟疫,得跟全村人赔礼道歉!"

旁边葛家儿子儿媳全出来了,都在旁边赔礼道歉,还不住地往季国慎这边瞟。

季国慎性子软,都不敢催促他们,甚至还帮他们说话。

"不急不急,我们其实也习惯了,你们慢慢来。"

"就是不能慢慢来!"村支书板起脸,"老季,我都已经听说了,你人好心善,跟他们好说话,他们呢?还骑到你头上来了!

"邻里之间就是要和气过日子,你和气了,他们反而还蹬鼻子上脸。

"我这人脾气暴,还就说了,你们葛家的不能欺负老实人,你们得讲道理!"

葛家儿子连连鞠躬道歉:"对不住对不住,是我们没做好……"

这事实在太突然,以至于季临秋都没反应过来。

他站在远处拉了下姜忘的袖子:"你干的?"

姜忘笑了一下:"城里人就这点本事。"

不地道,但是相当管用。

村里哪有不透风的墙,消息当天下午就传遍山头内外,听得大伙都一头雾水。

老季家什么时候跟村支书这么熟了!何支书还专程过来帮忙?

等等,他们家把老葛家治了不说,居然还要搬出去住?

"听说他们家儿子在城里发了横财,直接买了个大别墅,要把老人都请过去住!"

"省城那边房子可贵了,怎么可能!"

"不是吧,今天他们来不是找老葛干架,居然是接二老进城?"

"要享福咯,城里听说好玩的不少,吃的菜都比咱这儿香。"

一时间人人羡慕,恨不得跟他们一块去省城住。

季家两位老人直到收拾好行李一起坐上火车,都还没反应过来。

这简直是从天而降一栋房子,还是给他们买的。

陈丹红以前说话强势又自我,现在都没法再看季临秋,只小声问道。

"临秋,你……你不跟我们一起住?"

季临秋哦了一声。

"我资料文件都在忘哥这边,晚上还经常要开会加班,过来住也影响您两位休息。"他看了一眼姜忘,后者笑得吊儿郎当。

季国慎全程说不出话,双手捂着保温杯摩挲来摩挲去,有些窘迫又有些艰涩地说:"其实……爸爸存了十几万块钱,一直想留着给你买房子娶媳妇用。"

季临秋沉默几秒,低声道:"我在首都还买了一套,纯投资用,回头租出去。"

陈丹红从没想过自己会被儿子接出来,在火车上都坐得不自在,半晌道:"不想给你们添麻烦,我和你爸年纪大了,讨人嫌的。"

姜忘看着这对老夫妇,莫名又想到还是三十多岁,仍在努力生活过好日子的父母。

他有点想他们了,想家好像是一种很突然的细碎感情。

他以前从未有过这种体验,独自打拼多年都只觉得自由到解脱,梦见父母时都只觉得不适。

原来他也会想家,想见见爸爸妈妈。

一行人当天晚上就抵达了省城,直接开车去新家。姜忘简单介绍几句便走了,留他们一家单独相处。

季临秋买的是精装修附赠家具的新房,由于先前没怎么布置,这儿显得有些空空荡荡,但灯光温暖,窗明几净,床单被套也有现成的新品。

陈丹红来省城甚至带了一床棉絮,看见新房子时完全说不出话来。

她一度心痛这孩子读了好大学却日子过得比打工的还不如,自个儿每逢家里聚会都得躲着话题聊天。

真碰到他出息的这一天,恍然到大脑一片空白。

"好,好,好,"季国慎看到宽敞明亮的客厅,连说了六个"好",像是找不出话来形容,"好,真好,一看就好。"

他虽然喜欢田园生活,但待太久其实也会厌倦。

这里文明、先进,邻居一看也是读书人,以后搞不好能交到很多朋友。

"这儿可以让您和朋友下棋,"季临秋领着他们往里走,不紧不慢道,"这里得买张桌子,方便您晒太阳看书,闲着没事练练字。"

他在买房子时一个人来这空荡荡的屋子里许多次,不断幻想一家齐聚的生活。

"这儿有个工作间,我想着妈妈喜欢做衣服,还买了一台缝纫机,是全自动的那种,不用再踩踏板了。"

陈丹红根本没有想到他会给自己挑礼物,竟露出怯生生的表情,像是做错了事。

"你……给我买的?"

季临秋回头看向她,一时间没有读懂她的情绪。

"你不喜欢吗?"

陈丹红怔了半天,生涩道:"我一直……怕你讨厌我。"

她没法再接着说下去。

季临秋完全没想到妈妈会说这样的话,哑口无言。

他躲着他的家庭很多年。他甚至过年都不肯回去,宁可一个人躲在山风呼啸的山岭里,吃点酱菜拌凉粥。

他是从什么时候……有能力去爱他们的?

陈丹红以为自己又说了很过分的话,忙不迭地道歉,也不知道到底在道歉什么,明明已经是老太太了,却像十几岁时一样手足无措。

"临秋,妈妈以前……总刺激你,说了很多不好听的。

"我每次跟你爸、你妹妹,三个人一起过年,就忍不住怨自己,怨我没照顾好你们,让你不肯回家。

"村里那件事,过去了,不提了,提了又惹你不舒服。"

她着急起来,偏偏不知道该怎么说:"我们催你结婚,催你换工作,真的不是想跟你吵架。

"是个人他就得结婚,你都二十多岁了,不生孩子会被人指指点点,妈妈怕你不好受啊。"

季国慎一脸复杂,没有反驳陈丹红的话。

季临秋放轻呼吸,张开双臂抱住他们和妹妹,轻轻拍了拍他们的背。

"咱们先过好日子,别的都不要急。"

他没有再继续那个话题,领着他们看家里的每一处,以及特意给他们挑的小院子。

"这些灯具,红木的家具,都是买房子送的。"

季国慎注意力被转移,不住地夸:"好,料子一摸就知道是好东西,比村里打的衣柜好多了,看着像是外国货啊!"

季长夏看见这样宽敞气派的家,只觉得自己在做梦,跟在后面一直没有说话。

"这是你的房间,"季临秋牵住她的手,"你住这里,还可以在这儿种花，带小枫过来见姥姥姥爷。"

季长夏一时间怔住："哥，你还给我留房间了？"

"那当然，你是我亲妹妹啊。"季临秋哭笑不得，"我特意买的四室两厅，肯定有你的份。"

"村里回娘家会被说三道四，那是他们舌头长，"他伸手摸了摸她的头，"你在省城，大伙对回家这事见怪不怪，心情不好随时回来住，待多久都可以。"

聊天时陈丹红已经走到客厅外，很惊喜地哇了一声。

她像个小孩一样开心得不得了："老季，你来看，这里有个院子，还有篱笆架子，可以种豆子种菜！"

季国慎忍不住笑她："城里人哪有在院子里种菜的，人家都是种花！"

他们听到这突如其来的房子时原本都有些退却和怕，像是从未享过福气，不敢去碰。

可真的来到这儿，又觉得无比快乐。

季临秋把钥匙、门卡交给他们，仔细叮嘱好才离开。

"这就是给您二位买的房子，随意布置，买什么都好。

"我先回去，明天再来看你们。"

老夫妇把他送到门口，又有些恍然："明天还会来？"

"咱们现在得算邻居了，哪天想见都能见到。"季临秋忍不住笑，"再也不用坐那么久的火车来看你们了。"

季国慎急忙道："我过两天回去，把家具都搬过来！"

季临秋想起什么，掏出一张卡递给他们。

"您不说我都忘了，这个是给你们的卡，里面存了二十万。

"密码是你和妈妈的生日，电器、餐具都买新的，别省钱。"

一家人在夜色里分别，各自回到住处。

老夫妇开着灯前前后后地观望新屋四处，不住赞叹。

季长夏坐在出租车后座，侧头看向窗外，一直在笑。

季临秋一个人双手插兜，在寂静的街道上走了许久。

他没有立刻回家见姜忘和星星。

他终于感觉到后悔。

后悔从前几年，只想着逃避躲开，像是没有能力应付各种事。

一个人直面自己的懦弱时，会被刺得很痛。

如果再早一点，如果他再优秀一点，也许早该做到这一步，早该给父母妹妹更好的生活。

季临秋终于惊觉姜忘无声无息地改变他多少。

他原先是极感性的人。执拗内向，认定了什么便远远避开，不肯碰，更不会想办法去改变。

可"改变"两个字，对姜忘却犹如家常便饭。

那个人总是一刻不停地往前走，性格里带着夏风，血液里都有着烈日的烫意。

季临秋自认识他起，便不知不觉地在加快脚步。

他们一起快步往更高处走，甚至忍不住一起奔跑起来，要追赶时间，追赶一切。

季临秋遇到他后，才像终于记起该如何高飞。

前一天回来的晚上，季临秋虽然记着星望有话要说，但小孩已经写完作业睡下了，不好打扰。

他对小孩的想法一向看得重，第二天特意早早下班去接星望放学。

"哥！"星望背着书包跑出来，看到季临秋时特别开心，"你回来啦，咱们晚上吃什么！"

"你忘哥有事，还在开会，我们先去吃烧仙草垫一垫，晚上八点半一起吃火锅，好吗？"

"好的！"

到了店里，季临秋点单一份椰奶芋圆烧仙草，跟小孩边吃边聊。

"你上次说，有事情想和我讲，是发生什么了吗？"

彭星望忘性大，听到这差点被呛到。

"咔咔咔，"他纠结起来，"可能是我想多了，我以前也容易胡思乱想……先前忘哥带我去医院检查身体，我还以为他要卖器官。"

季临秋放松下来，心想事情应该不大，给他递了张纸巾道："那老师不多问，你如果想说，随时都可以。"

"呃，就是，"小孩喝完一大口烧仙草，用勺子搅着道，"我先前要填秋游的表格，去翻了哥哥的身份证。

"不是我乱翻哥哥东西哦，他同意了我才去的！"

季临秋隐隐有种不好的预感。

"然后呢？"

彭星望停顿一会，把声音放得很小，生怕甜品店的其他人听到。

"哥哥他，有两张身份证。"

季临秋瞳孔微缩，双手捂紧小瓷碗，说不出话来。

"两张都是他本人啦，名字照片也都一样，"小孩慢慢道，"但是……款式很不一样。"

他怕临秋哥听不懂，从书包里翻出美术课的绘画本，按照先前的记忆涂给他看。

"真证的后面，有好多个圈圈。但是他那张假证的后面，是万里长城，做得完全不一样。"

"还有就是，忘哥连年份都弄错了。那张假证上写，姜忘，1998年7月11日，"彭星望猛喝一口烧仙草道，"这不就跟我一样大了吗！他明明比我大二十多岁！"

要是忘哥1998年出生，那他岂不是现在才九岁！

季临秋不再说话，而是低着头喝椰奶，一勺一勺吃得很慢。他一时间没办法处理这么惊骇的信息。

彭星望生怕大人以为自己在说谎，搜刮半天记忆又道："还有身份证有效期时间——居然是2021年，现在才2007年！"

"临秋哥，你说他弄了张这么假的假证，是不是要借高利贷啊！"

小孩发现临秋哥哥变得很安静，以为他可能要生气，又可能没有把这个当回事。

他对大人世界的很多事情都不了解，就像长大以后会有很多乱七八糟的规矩。

有的路是单行线，汽车得怎么变道，又怎么拐弯。

有的商店不肯给塑料袋，去之前得自己拎个布袋子。

有的地方要刷身份证，有的地方需要户口本，有的地方只许大人进,小孩靠近门口都会被保安训。

他可能还有很多很多东西……都完全不了解。

彭星望想到这里,渐渐也不说话了。

他好像已经知道答案了。

碰到这种事,很多长辈都会说"这是大人的事,小朋友不要管",或者"你现在不懂,等你长大以后再说给你听"。

可长大以后,他可能早就不记得小时候的问题了。

季临秋思忖许久,最终才很慢很慢地开口。

"对不起啊,哥哥……也不是很清楚,今天听你说才知道这件事。

"如果哥哥以后弄明白,你忘哥为什么有两张身份证,一定第一时间告诉你,好吗?"

他看到小孩担忧的神情,又扬起笑容来。

"但是,你哥哥现在没有任何债务问题,也不会拿假证去做违法的事。

"忘哥是……非常正直善良的人,这一点,我们都可以放心地信任他,所以不用感到害怕。"

彭星望欸了一声,摸摸后脑勺点头应下。

"好的!"

季临秋还在快速思索这个身份证和那件大衣的渊源,半晌又道:"这件事,我们暂时不要和忘哥说,等我找到合适的机会,和他好好谈一谈,可以吗?"

"放心吧,"小孩竖起大拇指,"我最擅长保守秘密了!杨凯藏零花钱的地方到现在都只有我知道!"

与此同时,姜忘刚刚开完会,还在办公室里处理后续的文件。

秘书拎着包裹进来:"姜总,您的快递,这次也是 C 城来的。"

杜文娟做事比较老派,先前都喜欢在邮局寄信,现在也受了姜忘的影响,用更快捷靠谱的快递来寄。

她觉得光寄两张纸有些浪费邮费,索性每次都带一些自己亲手做的点心、腊肠,又或者是几张茵茵的照片,特意给星望买的童话书,等等,以至于每隔十天半个月,他们都能收到一份朴素而沉甸甸的小包裹。

姜忘从前很少被这样牵挂，现在哪怕只是蹭了幼年时自己的光，也收获了一小沓来自妈妈的信，每次能高兴好几天，上班哼歌，下班也哼歌。

这次包裹看着还有点大，但是接到手很轻。

姜忘示意秘书出去，自己拿了美工刀小心翼翼地拆开，里面竟是三份围巾、帽子、手套。

这一次，杜文娟连季老师的也一块做了，用纯羊毛线自夏天便开始织围巾，现在才做好。

成年人的款式都简单大方，姜忘是深灰色，季临秋是深咖啡色，配什么衣服都很方便不说，而且羊毛质地柔软熨帖，不会扎得脖子痒。

除此之外，还附了一封信。

忘忘、星星：

深秋一到，天气开始变冷，一定记得穿衣保暖、开窗通风，适当时候喝一点板蓝根颗粒，预防感冒。

茵茵现在活泼健康，完全不像刚出生那会恹恹的，我实在欣慰。

也期盼着大家什么时候再次团聚，一起感受秋天的美好。

听闻星望在新学校适应得很不错，奥数题也都会做了，我好开心。

但也请忘忘多叮嘱他：戒骄戒躁，不能因为短暂的进步就翘尾巴。

除此之外，还有一件事想与你们商量。

二月过年时正逢茵茵断奶期，母女短暂分离有助于她更快独立，也省得我心软让步，不利于她的成长。

我有意让常华和保姆照顾着她回乡过年，我刚好也可以来省城，陪你和星望一起过个除夕。

但不知道这样做是否会打扰，如果你们觉得合适，之后也可以打电话详谈。

另，秋冬之际容易积食伤胃，来信附带了一小包我做的山楂糕，记得早些吃完，不要放坏了。

再三牵挂，言难表尽。

望一切都好。

杜文娟

2007 年 10 月 27 日

姜忘看完信又去翻那摞围巾、帽子，果真在里头发现一个干干净净的铁皮饼干盒，里面放着梅红色的山楂糕，表面还缀着星星点点的桂花。

他擦干净手尝了一口，酸酸甜甜，好吃到忍不住一直笑。

一晃便是好几天。季临秋虽然有意问一问姜忘有关大衣和身份证的事，但鉴于父母刚搬过来，这几天都要带他们熟悉环境，也不急一时。

两位老人搬家到省城的头一个星期，虽然确实人生地不熟，乡音难改还听不懂本地方言，但终归是惊喜大于不适应。

以至于有天陈丹红晚上十点打电话过来，语气里有完全掩饰不住的开心。

"临秋啊！你知道吗，你买的新房子，可以用热水洗碗！"

季临秋愣了下，想解释城里都是这样，这是天然气烧的水。

还没等他开口，陈丹红又欢呼雀跃起来："我这辈子哪用热水洗过碗，刚开始人都傻了。

"这几天我跟你爸都抢着洗碗，哎，还真别说，这热水洗出来的碗，估计是杀过菌消了毒，干干净净摸起来也特别舒服！

"儿子，你买的房子可真好！"

季临秋原先买房子考虑的都是地段、交通、就医、上学便利之类的事。他从未想过母亲最开心的，反而是厨房也连着热水，洗碗时终于不会冻到手痛。

又好像才反应过来，从前妈妈一个人操持家务，年三十里寒冬腊月的，一样在用满盆的冰井水洗碗。

有些事只要母亲不抱怨，他总是看不见。

可偏偏，陈丹红抱怨的从来都是有关儿女结婚生子这类通俗的人生目标,而不是为她自己的境遇。

他们挑了个秋风送爽的大晴天,带季家父母去不忘教育的培训中心转转。

季国慎是老教师,但在小地方待惯了,没见过如今应试教育下如同捉对厮杀般的残酷战场。

老爷子先是背着手绕着宽敞气派的教学中心一圈一圈地看,看数字化的互动式黑板,看宽大舒适的课桌,甚至还要看头顶的那些照明设计。

然后看教材,看卷子,看玻璃窗里许多在开会的教师。

像是整个人都从病后的苍老气息里缓了过来,重新感受到青春的召唤。

当看见居然还有同龄的老爷爷老太太也在里面开会时,他露出惊讶神情。

"我还以为,你们班里现在都是年轻老师在教?"

"怎么会?我们把Ａ城好些资深老教师也请了过来,"季临秋笑道,"教学的方式方法要统一培训一下,与时俱进。

"但您各位长久以来的经验、阅历,是我们这批新教师追赶不上的。"

季国慎原先觉得退休以后自己已经被时代淘汰,虽然平日遇到棋友牌友都笑呵呵的,但有时还是难掩落寞。

他此刻出神看着仍在热情工作的同龄人,眼睛里盛满朝阳般的光亮。

"姜忘,你为什么会有一件我妈妈送我的大衣?

"姜忘,你那个身份证……是怎么回事?"

季临秋伸手去碰男人的后背,却发现自己抚触的只是椅子上披着的一件皮衣。

他后背发凉,不受控制地剧烈呼吸,冲出房间去找其他人。

"星望,星望你看见忘哥了吗?"

小孩露出吃惊表情:"谁是忘哥?"

季临秋着急起来:"姜忘,你妈妈的弟弟,你怎么可能不记得他了!"

彭星望手里拿着积木,身后的小城堡哗啦一声倒塌。

"我……我不认识他啊。"

季临秋定定看他一眼继续往外冲,甚至感觉周围的世界都一片模糊。

季临秋冲进不忘文化，疾声询问每一个同事有没有看见过他。

季临秋跑进会议室，跑到他的办公室，跑到每一个能找到的地方。

"你们见到姜忘没有？！"

"谁是姜忘？"

"有这个人吗？"

人们露出疑惑神情，仿佛他在发疯。

"自始至终，不都只有你一个人吗？"

季临秋骤然醒来，背后尽是冷汗，心跳声几乎要穿透鼓膜。

是梦，都是梦。

他剧烈喘气，伸手捂着额头强迫自己冷静下来。

大概是希腊神话或者其他看得太多，他潜意识始终担心一旦问了那个问题，姜忘会悄无声息地消失不见。

不，根本没法冷静。季临秋心一横，抱着被子过去敲门。

敲门前还记得看表。

04：31。

他暗暗提了一口气，很轻地敲了两下——叩叩。

如果对方睡熟了，也不要多敲，省得打扰人家好梦。

没等季临秋心里飘浮的慌乱散开，门已经开了。

男人还没完全醒，开门时有很好闻的乌木香，声音有些沙哑。

"怎么醒了？"

夜色很晚，姜忘没有开灯，偌大房间便犹如野兽的巢穴。

季临秋往里头看了一眼，仍然抱紧被子不肯退却。

"我做噩梦了，挤一挤，就一晚。"

对方没有预想的那样嬉皮笑脸开玩笑，反而怔了一下，然后让出门口，让他往里走。

"怎么会做噩梦？"

季临秋没想到姜忘会是这样的反应。

"我……"他想解释，又怕真的噩梦成真。

姜忘原本横成"大"字，睡得床单很凌乱。季临秋突然过来，他还特意把床单捋平，被子重摊一遍，尽力让对方感觉到整洁舒服。

靠墙一侧让给了季临秋，这样可以更有安全感一些。

姜忘在外侧躺下，开着夜灯道："我记得，你好像喜欢睡硬枕头，要不我给你拿过来？"

"不用了，你快睡。"

"那……夜灯也关了？"

"嗯，关吧。"

他记得自己以前不是这样。

他以前……好像早就接受了自己随时可能失去任何东西，可是他现在不能接受了。

如果姜忘有一天真的消失了，他会直接发疯。

他甚至不知道自己居然会这样在意另一个人。

"我……做了个噩梦。"

"我梦见，我问了你一些不该问的事情，然后你消失了。"

"全世界没有一个人记得你，好像你从没有来过一样。"

姜忘一时间想起什么："我怎么舍得这样？"

"我不问了。"季临秋摇了摇头，声音很闷，"我宁可一辈子不问。"

姜忘一时间察觉到什么，开口想解释，又发觉季临秋……在哭？

他会因为我可能消失的一个梦，为我流眼泪？

男人此刻感觉手足无措，本来想把一切都告诉他，此刻只能有些慌乱地告诉他那些都是梦，梦都是反的。

他印象里的季临秋不是这样的。季临秋看着纤瘦却挺拔，是很有毅力韧劲的人。

没有血性，也不可能孤身一人年年支教，去荒芜一片的世界边缘爱其他人。

可这样坚强的人，原来也会脆弱。季临秋都不知道自己为什么掉眼泪，他很多年没有哭过，自己都对这件事感觉到陌生。可又没有办法停下来。

后来他们都不知不觉睡着了，季临秋再也没有做任何梦。

第二天到了中午十一二点，两人相继醒过来，外头传来彭星望的敲门声。

"忘哥！你知不知道临秋哥去哪儿了！"

"他手机还在房里，可是辅导班没有人耶？"

"哥！"彭星望猛地打开门，表情很不满，"已经十二点了，你快点起床！"

"彭星望小朋友，"姜忘裹紧一大团被子，字正腔圆道，"以后进来要敲三下门，等我同意了再进。"

彭星望隐隐约约觉得哪儿不太对劲，但还是很认真地辩解："我上午八点过来敲了一回，十点又敲一回，你都没听到。"

"估计是我睡得太香了……"姜忘嘟哝一句，眯眼道，"我换衣服，你先出去，等会带你去找季老师。"

"那你快点，"小孩鼓着腮帮子道，"不许再赖床了！"

"好好好。"

等门一关，姜忘掀开被子，里头的季临秋跟着长舒一口气。

季临秋刚想说话，小孩又猛地推开门："突击检查！"

空气里出现了尴尬的沉默。

彭星望受到了冲击，直接当场傻掉："季老师……你……你怎么……！"

姜忘伸手捂脸："……"

季临秋沉默几秒，慢慢道："其实我……昨天半夜做噩梦了，一个人睡不着，所以找你大哥一起睡。"

彭星望一脸"你确定要用这个借口吗"，继续看着他们，也不知道自己这会该不该走。

姜忘诚实道："他没骗你，真这样。"

季临秋心想这越解释越奇怪，反问道："不然你觉得，会因为什么呢？"

彭星望琢磨了几秒："不对劲，如果真是这样，我第一次进来的时候，忘哥为什么要把你藏起来？"

"我就说这个被子鼓起来很奇怪！刚才还没好意思问！"

季临秋平直道："因为真的很丢脸。"

他翻身下床，衣着整齐地站在彭星望身边。

"真相是，你哥昨天半夜看恐怖片，自己吓自己到凌晨四点都睡不着，死活叫我过来陪他。"

季临秋轻描淡写道："姜忘，你是个男人，是男人就别厌。"说完牵着小孩转头就走。

彭星望对姜忘做了个鄙视的表情。

"胆！小！鬼！"

姜忘："……"

季国慎连着一个星期都泡在不忘文化，先是只肯打杂倒水，后来不知道被哪个老教师拉去一块听培训讲座，渐渐每天都一大清早端个保温杯过去打卡，估计再混一个月就能成为正式员工。

相比之下，陈丹红没有教育背景，在乡下做了一辈子的家庭妇女，除了农活一概不知，在这儿便显得束手束脚。

她一开始争着做保洁工作，又反应过来这样可能会损了儿子的面子，便埋头收拾新家内外以及那个小院子。

季临秋看在眼里，心想着得给妈妈再找点事做。

姜忘那儿有很多个铺子，要不租一个过来给她开裁缝铺？

现在年轻人都穿百货大楼的衣服，但老年人还是喜欢缝缝补补，正好方便她多结交些朋友。

季临秋正仔细打算着，手机振动两下。

忘哥：下楼，出去玩。

临秋：去哪儿？

忘哥：市郊射击场，咱们去玩射击。

时隔数月，他们终于有空一起出去玩，地方定得还挺特别。

在邀约之前，姜老板开着车把市里好玩的地方都逛了一圈。

思来想去，姜忘决定把自己珍藏的宝贝地方分享出来。

他不太确定季临秋会不会喜欢这么粗犷的场所，但总该试试。

季临秋坐上车以后，才反应过来一件事。

他们现在是上下级关系，姜忘作为他的老板，可以精确掌握他的空闲时间，甚至不用提前一天询问他。

若是放在一年前，季临秋这会儿还在教小朋友 ABCD，工作日溜出来玩根本不可能。

地方有点远，开车花了四十多分钟，路上姜忘很自然地介绍情况。

"我不是前段时间跑程序办证，顺带认识了不少朋友？他们跟我说，城北，就是间山区那边有个私人俱乐部，其实入会费不高，手续正规，枪种还挺全。"

"你好厉害。"

"这有什么？"姜忘被夸得飘飘然，笑道，"我好多年没摸，准头没以前好。"

"我是觉得，你在哪儿都能认识一堆朋友，很厉害。"季临秋递上水让他喝一口，笑道，"第一眼看上去吧，还有点凶，偏偏跟哪行哪业都能打成一片，哄老太太说话能把人逗得乱笑。"

姜忘随口道："当老师一样有这门功夫吧。"

"不一样。"季临秋摆了摆手，"我看得出来，你是真心的。"

旭峰俱乐部坐落在一片红叶李林里，大门两旁紫薇树很有些年岁，当下已是深秋，花瓣早已掉了个干净，只剩下干枯果实缀在枝头。

季临秋原先以为这里会是什么很高端的场所，但真走进去以后，发觉里头布置得类似四星级酒店加农家乐，全然不像电影里的后现代靶场。

射击场分室内和室外，室外是一排平房配窗口，自窗口瞄准草皮远处的旧靶子，朴素简单但是很耐用。

走到这里，他瞧见有铁链子悬在当空。

"这个是……？"

姜忘走近细看，噢了一声："蛮专业，固定枪位用的。很多新手端不稳，容易打着脚或者脱靶。"

他领他去登记处看招牌，一面长墙上挂着不同款型的枪。

接待专员很热情地凑过来，还递了两杯清热祛火的白菊花茶。

"姜老板,好久不见,我们团队新引进了活物狩猎,可以带着枪上山打野兔家鸡,还有猎犬可以租!"

"今天带朋友过来,"姜忘示意她多关照下季临秋,"他第一次入门,选个后坐力小点的款,省得肩膀疼。"

"我来?"季临秋笑着摆手,不好意思道,"我不行,从来没玩过这个,今天在旁边看忘哥玩就行。"

姜忘琢磨几秒,跟旁边小姐姐打了个招呼:"算了,等会我教他。"

后者会意地鞠了个躬告退:"那祝您两位玩得愉快。"

姜忘自己挑了两柄,领着季临秋走到射击窗口前。

他玩这些犹如把玩七巧板,信手拆卸再逐一装好,手上动作不停,一面拆装一面解说其中细节。

"这儿是弹匣,那儿可以装消音器……"他说到一半,看见季临秋在望着自己。

"是不是……我选的地方不太好玩?"姜忘怕他对这些根本不感兴趣,"要不我们去公园转转?"

季临秋笑吟吟道:"没事,你继续说。"

姜忘道:"真不无聊?"

季临秋快速摇头。

姜忘一下子有了自信,端着一把狙击枪开保险装弹上膛,眸光一凝腕子很稳。

破空声呼啸而过,电子板跳出数字——9.9。

他动作不变,连开三枪逐一点射,气质也骤然锋利起来。

季临秋喉结一动,小心地摸了摸桌上的步枪,男人恰好回头看过来:"来,我教你。"

季临秋没再推辞,集中心神听他逐步讲解,自肩头至手腕全落在对方掌控之中。

开保险,装弹,上膛。

瞄准,扣动扳机。

子弹脱膛而出的一瞬间,后坐力骤然爆发,强制性把他的肩膀往后按。却立刻被姜忘的胸膛以更坚决的姿态抵了回来,两股力量迸发相斥。

射击的这一秒，姜忘握紧他的手腕，用力到肩膀、手肘都微微泛痛，是单向控制。

可这个行为同时也是在给季临秋足够力量，让第一枪开得漂亮精准，直接打了个九环。

"很好。"男人目光紧盯着远处圆点，声音沉稳有力，"再来一次。"

他固定着他的肩头，握紧他的手腕。

"三，二，一。"

"砰！"

季临秋目光微怔，看清得分时声音上扬："九点五！"

"很有天分啊。"男人笑道，"再来。"

季临秋天生悟性高，学什么都快，只是肩臂拿惯了轻飘飘的粉笔，略不适应重量和冲击感。

也正因如此，姜忘始终在旁侧帮忙抵冲后坐力，避免他吃痛不适。

爆裂声和硝烟气味环绕左右，有种张扬的烈意。

场子里玩法很多，还可以用半自动步枪打飞碟玩。

大口径四十元一发，步枪十元一发。姜忘教了一会，退到一边看他自己玩，只嘱咐一句注意枪口永远不要对人，小心走火。

季临秋独自摆好姿势持枪瞄准，终于露出猎人一般的眼神。

他默不作声地装弹上膛，气息收敛，呼吸声微不可闻。

"砰！"

一枪未毕又很快接上第二、第三枪，眼神很稳，手腕不动，只是肩臂还会微微摇晃。

犹如斯文人驯野马，动作轻缓，气态决绝，说不出地妙。

姜忘在旁边看了一会，决定以后多带季临秋过来玩。

季临秋把弹匣打空才停下来，揉着肩头道："还是不太会，以后多练练。"

姜忘有意炫耀一把，在季临秋的旁观下打了一串飞碟。枪枪精准，利落飒沓。

飞鸟般的圆碟在空中被击得粉碎，声音很脆。

好几个老军迷本来在凉亭里喝茶,闻声全都簇拥过来,边看边不住夸赞。

"厉害啊!这都打得中?"

"一看就是练过,人家这站姿跟咱不一样!"

两人玩到日暮时才驾车回城,心情畅快。

合同正式自上级盖章落定,邱茉第一个打电话过来道喜,随后速风集团的许多老朋友也特意发来短信,庆祝他的正式回归。

许多人哪怕没有见过面,也听过有关姜忘的各种神奇传说,当初这个人能在A城空手套白狼盘下两家快递店,从零起步一点一滴积累到现在,既是因为他精准剖析出速风的现状需求,更是因为此人实在有魄力敢担当,在哪行哪业都能成个人才。

邱茉作为区域总经理要经手合同,看到股价分成时还觉得可惜:"你没多要点啊?"

"哪里,已经很大方了。"

"也行,回头年度总结时我多给你往上报。"

她车钥匙一拎,带着姜忘去了码头。

当下建立交通网络是各大快递公司的重点,不少高层已经在与国家通力合作,盘下来好几条火车线路,甚至还打算买几架飞机进一步加速。

"我先前跟着陈董、黄董他们去好几个指挥部考察过情况,但总觉得还是不对。"

邱茉如今才三十一岁,能一路成长晋升至高位,与她的高学历和强执行力息息相关。

哪怕她身形娇小,看着妍丽漂亮,码头上路过的工人和同事照样会恭恭敬敬唤一声"邱董",甚至特意站到一旁让开道路,目送他们离开再继续往前走。

"先前去您家拜访的时候,您提醒我一句……系统问题?"

姜忘还在张望缓缓驶离的货轮。

他第一次进入商用码头,对这里并不太熟悉。

省城古时被称为九省通衢,地理处在中枢位置,确实处处都是商机。

只是他许久未见过山丘般浮沉的轮船,以及嗅到这样带着油墨味的、湿淋淋水藻气息的江风。

再度回到省城,才像是再度打开自己的人生。

暗褐色江流宽阔汹涌,宽阔到总让人想要张开双臂就此坠入,如一粒沙石般回到最初的起点。

他突然在想,自己是怎么一步一步,重新走回省城的呢?

人好像只要用对劲,找对方向,总能一步步回到想去的地方。

只不过这一次,他的身边有个活蹦乱跳的小孩,有亲密的朋友,还拥有了写着他们名字的新房。

他不再积累毫无意义的存款数字,除夕夜坐在空空荡荡的出租屋里发呆。

此时此刻,赚钱是为了有底气爱任何人。

"姜先生?"

姜忘回过神,笑着点头。

"带我去中转站看看。"

省城业务量这两年也是呈几何级式增长,速风不仅承接了许多大企业的货运商单,也开始跑生鲜蔬果日化杂货的小单。

后者薄利多销,虽然一单不成气候,但网购已经处在流行风口,居民楼里的一个小工作室都可能每天有几百单快递要发,紧俏得不得了。

邱茱有心展示从外国引进的分流设施,领着姜忘一一看过去,对每一样的原理细节都能应答如流。

出乎意料的是,姜忘对那些不感兴趣。

他没看那些能智能装卸的机械臂,而是顺着货流方向不断往前走,像在寻找什么。

邱茱和陪同的工作人员本来想帮忙找找,但始终没摸清他的意图。

"您在看什么?"

"找到了。"姜忘俯身蹲下,在流水线上随意拿起一个小件快递。

"这上面贴的是条形码,是吗?"

邱茱会意一笑,说起来有几分骄傲:"速风早在几年前已经与国外来的高级顾问建立了这个系统,只要一扫这个条形码,就可以快速查询到货物的省市信息,听说最近其他几家快递公司也在效仿了。"

姜忘用指腹滑过这一长条条形码,又问道:"这个码,可以储存多少信息?"

扫描员一头雾水,邱茉身后的同事抢答道:"好像有三十字节。"

"那太少了。"姜忘笑起来,"都不够说什么。"

抢答的那人露出不太友善的表情:"这已经是最新技术了,你行你上啊!"

邱茉转头示意那人噤声,接过姜忘手中快件端详道:"你的意思是,有办法可以让条形码储存更多信息?"

如果能够扫一次码就自动读取大量信息,按照日期、地区、快递类别、易碎易烂等一次分类到位,人工成本相关耗时必然会直线下降。

姜忘摸了摸下巴:"我回去问问,我对写程序不熟,但知道该找谁。"

他还真能上。

2014年往后,二维码就该全国范围内流行了。

到了那时候,几乎没人带现金出门,小区后门摆个篮子卖白菜的大婶都自备二维码,一扫即可转账。

有时候三十字和三百字的信息差距,足够决定一个企业的生死。

姜忘出码头以后午饭都顾不上吃,端了碗三鲜豆皮就去办公室里找季临秋。

后者刚刚教完课,还在沙发上小憩。

随后季临秋转醒,皱眉笑着看他:"又吃这个,这么忙啊?"

"帮我查个东西。"姜忘道,"二维码。"

国内网站他查过了,但都还在试用或研究阶段,差点火候。

国外的东西……就得拜托季临秋了。

季老师喝着咖啡查了几页,关掉网页又换了种输入法。

姜忘坐在旁边看得入神。

"怎么换了?"

"这是J国人发明的,我去他们官网看看。"

姜忘伸手一摸,发觉他的咖啡都冷了,很自然地接过杯子拿去洗,重新泡好再递了回来。

季临秋读J国文几乎没有阻滞,很快把官网信息看完,眉眼含笑道:"巧了,这家公司开放二维码的使用权,刚好在卖扫码枪和衍生设备,我把联系方式抄下来给你?"

"嗯。"姜忘勉强在网页里认出三成中文文字,回头看他,"你到底会几门外语?"

"这个不难,教你一个月你也可以拼读,"季临秋摆手道,"真没什么,我们学校能人太多,一提我都心虚。"

姜忘看着他把邮箱、电话一类的抄完,低声道:"真羡慕你。我只读书到初三,英语单词都记不得几个了。"

自己和他……还是有许多差距。

哪怕姜忘在现实世界活了二十年,但很多时候,说话做事还是显得粗糙。

季临秋带父亲看新房院子时,能很自然地说"往后您就在这儿莳花弄草"。

姜忘听见这个词,回去翻了好一会字典。

他们相处熟了以后,姜忘有时会去季临秋的书房里逛,经常借他的书看。

看到外文书、英文诗,只能讪讪放到一边,佯装并不在意。

在意。

很在意。

他想站得与他一样高,他想听懂他说过的每一句话。

季临秋发觉姜忘情绪有些低落,没有贸然开口安慰,反而顺着姜忘的思路往深处想。

"你如果有空,可以从头学起。"

姜忘抬眸看他,一样在思索这件事。

"你是说成人高考?"

季临秋摇了摇头。

"先从英语开始,怎么样?"

一次只做一件事,做好以后再往更远处走,不贪多。

"你教我射击,我教你英语,很公平。"

于是姜老板给自己报了个入门基础班。

上午去速风公司开会,下午在自家办公室待着处理书店和培训班的琐事,晚上跟着一帮小学生从零学英语。

这么做其实有点滑稽。

班里都是小孩子,座椅也不合适,他便搬了个小凳子坐在最后一排,拿笔记本一样样地记。

看得家长们特别感动。

多好的培训班!老板亲自在教室后头监督老师,这样哪有人敢偷懒耍滑,小孩肯定能学好!

成年人专注力比幼儿要好太多,小不点们学两个月的书,姜忘一个星期捋完,字母短语都能背能写了,跳班去彭星望他们班上学英语。

小孩本来和同学在上课时偷偷画五子棋玩,冷不丁后排空降一大哥,吓得差点把笔给折了。

一大一小坐在同一个教室里,皱眉摸鼻子的动作都一模一样。

当班老师想笑没敢笑,绷着表情严肃上课。

作业要背单词,周一背英语的一二三四,周二背苹果葡萄香蕉,每天十个单词还要家长听写。

姜忘完全没有心理包袱,背完就去找彭星望:"你来抽背。"

小孩拿着书一脸窘迫:"大哥……老师的意思是家长抽小孩背,我……我还没背完。"

大哥摸了摸下巴,唰唰唰几笔把这几个单词写完,自己对照着看。

错了一个,banana(香蕉)写成了danana。

彭星望看了全程,甚至有种看到学霸后的恍惚。

大哥学习……好用功欸。

季临秋看在眼里,很安静地避开,没有参与任何过程。他小心翼翼地保护着对方的自尊心,期待着姜忘蜕变的每一天。

半个月一过,姜忘又跳班一次,开始补小升初级别的单词。

第十二章
选择

姜忘车让给季临秋开，自个步行回家。

季临秋晚半个小时和彭星望一起到家，换鞋时一眼看见男人背对着自己在看军事·农业频道，里头正在讲孔雀养殖花样致富。

彭星望两三下就换好鞋蹿过去，跟看动物世界一样凑过去一起看孔雀。

"星望，你先回屋写作业。"季临秋笑道，"我有点公事要和你忘哥聊。"

小孩麻溜跑了，客厅只留下他们两人。

两人一起聊了会儿工作，季临秋才想起来另一件事："对了，我得找你借个铺子。"

姜老板在省城买了何止十家铺子，现在都准备去邻区开分店了，毫不犹豫道："看上哪家，说吧。"

"倒不是给我开店，"季临秋笑道，"我妈当了一辈子家庭妇女，主心骨都扑在我和我爸身上，我想让她找点事做。"

姜忘立刻会意，把离他们家最近的铺子产权证找出来："这个刚好在街拐角，空间不大，本来想开奶茶铺，现在开个小裁缝铺也刚好。"

季临秋当天就把消息带了回去。

不仅带回去，还领着陈丹红去看店面，看三公里外另一家灰尘乱飘但仍然热闹的老铺子。

陈丹红搓着双手不安道："我一个农村妇女，城里人应该不会穿我做的衣服吧。"

"再说了,现在年轻人都喜欢去街上买,又不是老年代里要买布做衣服了,是不是?"她自嘲地笑了笑,慢慢道,"妈妈知道你一片孝心,这事……真不合适。"

季临秋眨眨眼,指着自己身上的大衣道:"您知道这身外套,就您过年送我的这件,班里同事猜我多少钱买的?"

陈丹红愣了下:"几百?"

"小刘说,四千起底,搞不好还是国外带来的。"季临秋笑道,"您还真别担心,您年轻那会村里还有新娘子找您裁嫁衣,这铺子姜哥空置半年多了,咱租下来还能付他七成租金,算下来一个月六百,不贵吧?"

季国慎原本还犹豫不定,听说租金时都愣了,转头看车水马龙的热闹街道,又扭过头看季临秋。

"这么好的地段,旁边还有个地铁口,租金他只收你这么点?"

陈丹红表情松动,讪讪道:"你不反对我?"

"我举双手支持还不够,"季国慎半开玩笑地把一只脚都抬了起来,"我现在已经要入职了,以后在公司食堂吃午饭晚饭,还能顺路给你打包带点。

"家里没什么好收拾的,那些菜下班了种种才叫爱好,你说是不是?"

这事还真就这么定了。

季临秋给父母都安排好事情做,心里松了一口气,当天按照惯例替姜忘去接彭星望放学。

彭星望走出来时,有好几个同班同学都挥着手笑容灿烂地说拜拜,小孩表情还有点恍惚。

"你哥刚到机场,要大后天才回来。"季临秋牵着他的手,带着小孩在黄昏的街道边慢慢走,"今天发生什么了?"

彭星望呆了好几秒,仰头看季临秋。

"临秋哥,"他屏住呼吸一会,才继续往后说,"他们居然……管我叫学霸!"

彭星望在遇到姜忘之前,在原先的小班级里处在人气底端,属于美术课、体育课都没几个人组队的落单类型。

后来姜忘出现，又有加长林肯一类的胡闹一通，后来还在疯子伤人事件里毫发无损地逃脱，直接一跃而升，待遇不亚于灰姑娘。

刚开始大伙只是觉得他终于洗干净收拾灵醒了，没想到王室贵族的传言有鼻子有眼，全城最受欢迎的书店也是他家开的，当然怎么巴结讨好怎么来。

彭星望本性不坏，碰到这样的热烈反转也记得保持心态平和，先前在A城基本没怎么飘。

他听过许多马屁，唯独没被扣过"学霸"这个帽子，一时间表情都有点梦幻。

我……居然也有做学霸的这一天吗？

季临秋仔细想了一下，笑得了然，牵着他继续往家的方向走。

学校教育面向集体，既不会迁就最慢的那一批，也不会去够最快的那一批，中规中矩温温吞吞往前走。

可彭星望不一样，他不光每天一对一无死角补课，家里还有个天天猛背单词的大哥，想变懒都难。

明明刚转学过来时，他连英语老师的问题都听不懂，现在睡前读物已经在看英文童话了。

季临秋陪着他一点一滴长大，看着他会的越来越多，心里只觉得平和温暖。

"临秋哥，今天上数学课的时候，老师特意留了二十分钟布置了一道特别难的题。"彭星望提起这件事，都有点不好意思，"但是，培训班里的老师早就教过我了，所以我在草稿纸上算了一遍，上去把过程写完了。"

"然后，邵老师说今天可以提前十分钟下课……全班都在欢呼。"

他停下来，牵着季临秋的手喃喃道："同学们……居然会为我欢呼哎。"

"我以前怎么都不会想到，我会这么被喜欢。"

季临秋蹲下来揉了揉小男孩的头。

"这不是很好吗？"他笑起来，"老师在刚遇到你的时候，就感觉你眼睛亮亮的,一看就什么都能学会,是聪明的好孩子。"

彭星望有点脸红,踌躇一会又和他继续往前走。

"临秋哥,你说……如果我想学小提琴,忘哥他会同意吗?"

"为什么是小提琴?"

"这个,呃……"

小男孩憋不出借口,见季临秋还在看他,跺了跺脚道:"我悄悄告诉你,你不能告诉大哥。"

季临秋举起一只手:"我发誓,我如果告诉他就是小狗。"

彭星望感觉这么发誓很合理,压低声音跟他讲清来龙去脉。

省城小学正儿八经上音乐课,不仅不会有数学老师冲进来占课,而且会有专业老师教大家一起唱歌。

而他们班,有个梳着长马尾的小女孩叫周银心,不仅唱歌好听,还特别会弹钢琴。

小姑娘在班里很受欢迎,也受老师青睐,经常负责给全班弹琴伴奏,很能露一手。

彭星望很希望自己能培养一点音乐细胞。

季临秋觉得有趣:"你想在元旦晚会和她合奏?"

"不一定,"小孩用力摇头,"哪怕我独奏一首,也可以很突出。

"你想啊,到时候别的班一想起我们班,一个会弹钢琴,一个会拉小提琴,那不就顺理成章联系到一块了?"

彭星望见季临秋还在笑吟吟看他,捂嘴道:"我不喜欢她,哥你别乱想!"

"我没问啊。"

"就是没有!真没有!"

"好,明天陪你去挑小提琴。"

于是真安排了一个小提琴老师,每周二、周五上课,还会布置作业天天要求练琴。

姜忘出差几天再回来,看见幼年版自己捧着个小提琴站得有模有样,还有点感慨:"这小孩,很有艺……"

120

彭星望扬臂挥弓，提琴发出猫被踩到尾巴一样的惨叫。
"……一颗不服输的心。"姜忘总结道，"我看好你。"

第一天练，第二天练，第三天继续练。
练到猫一般的惨叫声变成快断气的嗷嗷声，以至于楼下邻居特意过来敲门，拜托他们对动物友好一点，实在不行给他们领养都成。
季临秋忙不迭道歉："不好意思打扰到您各位了……我家没养猫，是小孩在练琴。"
楼下大爷露出复杂表情："真的？"
"这，"大妈一时间也不知道说什么好，"是不是老师不行？"
姜忘完全没感觉到家里有啥高山流水的气氛，一到练琴的点就往书房躲。
小孩练得都有点委屈。
"老师说了刚开始练都这样！我都快拉出完整的《小星星》了！"
季临秋忍住不笑，一脸正经道："你哥可能是工作忙。"
"他不爱我了！"彭星望伤心道，"他变了！"
"姜忘！"季临秋往书房方向喊了一嗓子，"星星说你变心了！"
两分钟后，姜忘慢慢悠悠踱步过来。
看看琴，看看崽，再看看琴。
"实在不行，咱练唢呐去吧。
"那个响。"

彭星望刚学会拉《小星星》的时候，家里两位听众同时热烈鼓掌。
"好！非常好！"姜忘用力夸奖，"拉得'字正腔圆'，拉得'五音俱全'，比你写的字还好！"
彭星望隐约觉得这不太像夸他，但很心大地扬了下弓表示收到，继续完成老师留下的家庭作业。
这小孩和别的孩子不一样，特别能吃苦，也特别有耐心。
姜忘仔细一分析，估计还是和以前的家庭环境有关系。
彭家辉原先还是酒鬼的时候，性格粗暴直接，小孩找他问问题时间一长就会脾气上来,轻则大骂一顿,重则伸手打脑袋。

偏偏那时候妈妈走了,那会他连衣服都不知道该怎么洗,不小心把洗衣粉放多,怎么冲水都满手泡泡,还不敢找亲爹问到底该怎么办,只能跑到杨凯家里哭。

杨凯偷偷跟他回去,把满盆衣服抱到自己家里用洗衣机搅了三遍,才算大功告成。

这是姜忘与彭星望的共同记忆,也是他们性格里沉默又坚硬的一块鹅卵石。

无数鹅卵石罗列铺布,最后组成通往远方的路。

路很远,只是光脚走时会有点痛。

彭星望不再纠结烦琐家务,心思都扑在奥数题和拉小提琴上,老师规定每天练习六十分钟,就准时准点自个跑去练,时间到了再收好东西写作业,乖得不得了。

然后一首《小星星》练了四天,练到姜忘头都要炸掉。

他真不是跟这小孩过不去,谁天天听《小星星》无限单曲循环谁都得炸。

"能不能换个别的?"男人努力表现得和颜悦色,不让彭星望怕他。

小朋友苦恼起来:"这首我还没有拉熟,老师让我多练习一下。

"而且别的……我暂时还不会。"

季临秋及时把姜忘带了出去,每逢饭后直接拽人出去满大街遛弯,遛够一个小时再回家看电视。

姜忘本来还养了点肥膘,被硬生生遛瘦回去,一面吹风看着大街上同遛的老大爷老大妈,一面觉得纳闷。

"这小孩……怎么就执着起拉琴了?"

季临秋漫不经心地岔开话题:"有兴趣爱好是好事,刚开始学是磕磕绊绊听得难受,一两年以后就好了。"

"不,我的意思是,他怎么突然想学小提琴了?"姜忘看向他的眼睛,一瞬便读出什么,"你知道,对不对?"

季临秋倚着街角小花园的西洋风铁栏杆,抱臂笑道:"你想知道?"

姜忘仔细一琢磨:"他们学校放什么电影,里头有小提琴?

"还是班里有朋友在学，所以才跟着学？"

季临秋笑眯眯道："你汪一声。"

姜忘："啥？"

虽然尊严不允许，但架不住好奇心。

"汪。"

季临秋被逗得直乐，笑道："班上有个会弹钢琴的小女孩，他想元旦和人家一起表演。还说，就算不能合奏，他去秀一手，大伙也会觉得他俩很般配。"

姜忘摸摸下巴，心想自己小时候还挺浪漫。

他忽然松了一口气。

理智上，姜忘一直知道此时此刻的彭星望，已经与他完全不是一个人了。

灵魂由成千上万的细碎记忆组成，是这些记忆在塑造一个人真实的性格轮廓。

自他们相遇起，那个惶恐又慌乱的小孩就在不断被新的经历改写，变得积极开朗、勇敢明亮。

小时候的姜忘，和小时候的彭星望，已经根本不是同一个孩子。

而未来的两个大人，哪怕容貌极其相似，也注定会是两个人。

他虽然逻辑严密地这么思考过许多次，但也会有细微的担心。

直到发觉彭星望都开始追赶自己根本不认识的女孩了，才像是真正反应过来。

季临秋察觉到姜忘一瞬的释然，询问道："在想什么？"

"弟弟大了不中留，"姜忘诚恳表达祝福，"看这头小猪以后能拱到谁家白菜吧。"

两人遛完回家，在小区门口还顺便买了两串糖葫芦。

彭星望正写着作业，看到他们时拿着课本出来："我背熟了，临秋哥签字！"

书往前一递，很自觉地就开始叭叭叭背书，虽然语调还是一股"塑料普通话"的味，但背得很快。

季临秋听得直笑，拿笔在课文标题旁签日期名字。

姜忘等他背完，自己借过书，跟着读了一遍。

姜忘英文发音不算纯正，可轻重缓急比小孩好很多，也会刻意停顿。

姜忘读完几行课文，转头看季临秋："读对了吗？"

后者沉默半晌："对了。"以后是该单独补习几节课。

彭星望接过课本，开开心心道："我去看电视啦！"

"对哦，有件事忘了跟你说，"姜忘叫住他，"你妈妈先前写信过来，问可不可以过来过年。

"不带妹妹，也不带那个叔叔，只有她一个人过来过年。"

彭星望愣了下，抱着书有点不知道该说什么。

"是因为我吗？"他扬了个笑，很懂事道，"不用的，我跟爸爸一起过年就好啦，妈妈没必要特意过来。"

姜忘没想到他会回避，本来还以为小孩会很高兴地一口答应，摇摇头道："不是你想的那样。

"妈妈在身体恢复期，需要跟妹妹分开一段时间，让她慢慢学会独立，刚好也可以过来陪陪我们，就小住一个月。

"你不想见到她吗？"

彭星望看向季临秋，露出求助的表情，过了会才小声道："我有点害怕。"

季临秋走过去抱他："是不是很久没看到妈妈了，觉得不适应？"

小孩子点点头，又摇摇头，把脸埋在季临秋怀里不说话了。

姜忘语气有些急："你不想看到妈妈吗？"

季临秋拍拍小孩的背，示意姜忘先不要问，一手拿过书和本子把星望带回房间，许久没有出来。

姜忘突然没法理解幼年的自己，又不能立刻找季临秋问为什么，只能一个人去小花园里透气。

他每次胸闷的时候都想抽烟，但有时候都摸到烟盒了，也还是放回去，说好了戒烟就一直戒下去。

他很想看到杜文娟。这一点和彭星望无关，是他自己的感情。

姜忘在回到A城之前，一度把触摸亲情的开关掩埋在荒漠般的空白心境里。

后来再度见到彭家辉，见到杜文娟，一点点与他们熟悉，不断靠近，才像是一个人又跃进那片荒漠里，潜泳一般找到开关的位置。

真想再碰一下，再感觉一会。

他从前最害怕过年。平时公司一派忙碌，也很少有谁的家属过来探望。

到了过年，所有人突然就有了归处，每个人都会不住讨论自家的年夜饭，以及发愁今天该去谁家里过年。

自工作起，他便没法参与这个话题，甚至都记不清小时候吃过年夜饭没有。

可是……可是现在终于有机会了，彭星望，你为什么会躲着她呢？

姜忘一个人坐在秋千上晃来晃去，连路灯都没有打开，像是泡在黑暗里的一株浮藻。

他望着远处灯火明灭的街市，觉得胸口闷。

栅栏响了一声，季临秋推开门走过来，坐到另一个秋千上。

"想姐姐了？"

姜忘没说话，过了很久才道："我居然比他还急。

"真幼稚。"

季临秋笑了一下，也顺着他的目光往远处看。

"你知不知道，以前在 A 城的时候，有好多人羡慕你？他们觉得你很有能力，很会做生意，甚至吃饭时把你当作话题，可以聊很久。"

姜忘不是很想听这种对比，想要开口让他别再往后说。

"可是我那时候就觉得，你很寂寞。"

他怔住，像是没有听清季临秋说的话。

"你……再说一次？"

"我那时候看到你，总觉得，你很寂寞。"季临秋望向他，"像是一个人站在繁华街道里，每个人都有来有去，想着买东西挑衣服，逛累了就回家。"

"可你站在街道中央，不知道该买什么，也不知道该回哪里。"

他们那时候还不是现在这样亲密无间的朋友关系。

却好像遇到同类一样，在所有人都羡慕钦佩的时候，只觉得这个人好孤单。

"聊这个好像会显得很矫情，"季临秋自嘲道，"也可能是我想太多了。

"不过，星望说他其实也很想见到妈妈，愿意和她一起过年。

"他也不知道，自己刚才是怎么了。"

姜忘还停留在刚才那几句话里，皱眉想笑，又没有笑出来。

"你是这样看我吗？"

季临秋看向他，扬眸道："看对了吗？"

姜忘离开秋千，很久都没说话。

有一瞬的脆弱被暴露出来，又被信任的人小心安放，不让它受伤害。

"季老师，我也不知道我为什么在难过。"

他们落入夜色晚风深处，两个人一站一坐，不再说话。

又好像什么都说了，一切都很明白。

杜文娟接到回电以后又惊又喜，但担忧的点与他们大相径庭。

"我特别怕打扰你和季老师工作，还在想要不要在附近租个房子。"她在亲人面前也有种谦卑的客气，"那你今年回家过年吗？"

姜忘淡淡道："工作太忙，父母也都故去了，待在这儿挺好。"

杜文娟没想到提到他伤心处，忙不迭道："咱们是一家人，你瞧我说的什么话？

"那我过小年前后过来，你看可以吗？"

"我们在省城住的是小复式，房间很够，"姜忘温和道，"你不用考虑太多，说不定年三十我还在外面应酬，不一定回得来。"

杜文娟快速答应，犹豫几秒又道："星望最近没有回信了，是不是遇到什么事？"

姜忘反应过来，哭笑不得："他最近在……练小提琴。"

"小提琴！"

"已经会拉好几首儿歌了，晚上我让他给你打电话。"

"不用不用，"杜文娟听得诧异，又总是怕给他们添麻烦，"长途电话太贵了，我不好意思。"

"不至于，"姜忘笑道，"他一直很想你。"

他和母亲聊着天，发觉办公桌外的窗面已结了一层霜。

原来已经快到冬天了。

一到年末，什么事都像比先前顺利很多。

陈丹红一开始还担心铺子浪费钱，可简单装修一下开了张，赚到的钱付完租金还绰绰有余，已经有不少附近的讲究人家来给老人定做衣服。

二维码的事一层层传达，直接引起了上层的高度重视，率先在省城引入一批国外扫码枪不说，还在组建专业团队进行研究，一旦确定可行性，就可能会为此做出更加优秀、高效率的物流系统。

现在省城这边已经开始试点营业，好些人一开始还不知道怎么用，后来越用越上瘾，说这个比条形码方便多了。

"又能填规格分类，还可以按重量一键归库，强烈推荐！"

"都是扫码，这个码明显比那个好用啊！"

甚至连 A 城都传来好消息。

今年不忘书店又是纳税大户，而且在大众科普方面贡献多多，拿到红奖状和镀金挂牌各一张，被各大部门好评夸奖！

姜忘还在翻二维码相关的书，秘书敲门进来，小心翼翼地开口。

"姜总……那家店，又跑到咱们门店附近抢人了。"

无独有偶，义隆区有家东日培训这两年也在快速扩张，一个月前在不忘教育的两公里外开了家新门店。

全市中小学校虽然分得很散，但住宅区以及商业区总有扎堆的点。

姜忘眼光很毒，还没开店就把附近几个宣传点挑好，手下也有固定团队去发传单送礼品。

东日培训的人相当嚣张，上来直接把扶梯口、地铁口之类的黄金点位抢了，抢不到也要挤在旁边。

有心人把他们的广告单接了几张，带回公司一对比，看得血压直接往上攀。

"这……是'拉踩'啊！"

广告单内容写得阴阳怪气,学生家长看了没什么,明眼人一瞧就知道在损人。

"本公司承诺,绝不以名师分级等噱头分级收费。

"相比市面上的多而不精、覆盖全年龄段的培训机构,东日培训更在意做强做实,专精高中教育。"

方圆五百里,能做到教师能力分级,以及覆盖小初高三个学段的大门店,只有不忘教育这一家。

当初姜忘盘下整整两层,招揽几十个教师过来开培训班,还有人冷嘲热讽,觉得他步子跨得太大,当心招不到生赔个底掉。

谁想得到,现在姜忘能把两层盘活不说,生源滚滚还发愁老师不够,天天都在紧锣密鼓地面试培训新老师。

秘书瞧见姜忘脸色还可以,又解释道,他们的人今天跑到附近小区发传单,甚至还在不忘书店附近转悠。

这已经是抢客源抢到自家门店脸上了。

不光干恶心人的事,还要跑到面前来显摆,不要脸得很。

姜忘久久不语,最后当着秘书的面拉开柜子。

秘书紧张起来,生怕他要做什么。然后姜老板翻翻找找,从柜子深处掏出一盒薄荷糖。

"中午饺子配蒜吃得有点多,"他往嘴里扔了两粒,"还有别的事吗?"

秘书一脸"老板你能不能别这样"的表情。

"这……他们老抢生意,还把咱们正在谈的客户搞走了,咱们要不要应付一下?"

剧本她都想好了。

霸道老板一拍桌子,直接三十六计搞崩对手心态,搞得那帮浑蛋求生不得,求死不能,比灌了满鼻子胡椒面还难受,以后再也不敢造次!

姜老板的赫赫威名公司里的人都知道——有手段有城府,搞垮一帮杂鱼那是分分钟的事!

姜忘嚼了一会薄荷糖,冲手掌哈了一口气,闻自己说话有没有味。

"不应付,没事散了,该下班早点下班。"

秘书像是被重锤一下,幻想和对公司的骄傲一块破灭,第一次有点急:"老板!

"你不能天天想着早点下班啊!

"他们都踩到咱脸上了!"

姜忘看向她,像是没听懂。

"我问你,那家培训机构违法乱纪了吗?"

小秘书苦着脸道:"没有。"

"他们有冲进我们门店里面抢人吗?"

"没有。"

"那不就完了?"姜忘笑得很潇洒,"该留的抢不走,有动摇的留不住,你急什么?"

小秘书有点气,又感觉老板这个调调很帅,以至于生气都轻飘飘的。

姜忘一转办公椅坐直,神态平静道:"我们已经是鹭湖区规模最大的教育机构了。"

"既然他们是杂鱼,就不要随便给杂鱼眼神,懂吗?"

多给一秒注意力都是浪费。

秘书好像懂了又好像没懂,半晌点点头。

姜忘哼着歌下班回家,照例副驾驶坐季临秋,后头坐彭星望。

季临秋接小孩时还在校门口买了个栀子花手环,戴着很清雅。

"今天公司里……有好几个同事在聊东日的事。"他有些不安,"如果他们店继续这样骚扰下去,会不会有影响?"

姜忘留神变道提速,途中瞥他一眼:"你是怎么想的?"

"我觉得可以发展一些新业务,以及去别的区扩张。"季临秋缓缓道,"初高中课程培训这一带,其实咱们客户量已经饱和了,宣传工作到位,但门店暂时在省城就这两层,新的学生也收纳不了。"

男人噙着笑点头。

"业务我已经想好了。"

"欸?"

"中低端,总会有人想要抢生意的,以后大伙闻到风向,做这门生意的会越来越多。"

季临秋接得很敏锐。

"你想做高端？"

"托福口语、自主招生培训、编程竞赛辅导，这边的市场还是一片空白。"姜忘慢慢道，"早抢早立口碑。"

现在才2007年，做到2017年，就是十年经验老牌机构，名声牌资都可以无限往外打。

季临秋停顿几秒，看着他笑。

"你是个很有野心的人，平时装乖瞧着拧得慌，说这种话才相当自然。"

姜忘转着方向盘，漫不经心道："有野心好还是不好？"

"要看谁。"季临秋看向前方，"对别人来说，很有威慑力，会让别人敬你三分。"

姜忘不知是否听出了言外之意，侧头看向他，又把视线移回前方。

过了很久，忽然笑出声。

彭星望等着一起去北城吃泡椒鱼头，扒在中间听得半懂不懂。

"噢对，"他想起来什么，有点开心，"周银心今天教我弹钢琴了！"

两个男人同时看他一眼，很默契地一块听八卦。

"她怎么说的？"

"她弹钢琴，我就总喜欢凑到旁边看，看着看着她往旁边让了一下，问我要不要一起弹。"

彭星望吧唧吧唧把今日份的小互动全讲了，讲完以后也没觉得是不是哪里不对，还跟看军师一样看两个哥哥。

"然后，她还问我学小提琴多久了，为什么突然学这个。"

季临秋感觉就差临门一脚了："你回答呢？"

"我说……"彭星望摸了摸后脑勺，"我想成为很优秀的大人，拉小提琴可以加分！"

姜忘长长叹一口气，这小榆木脑袋。

季临秋感觉这答案还行，继续问："她又说什么？"

"她……"彭星望扭动起来，"她说期待和我合奏，还约我周末带着小提琴去找她玩。"

"行啊，那我周末带季老师看电影去。"姜忘听得很满意，"去人家里时记得带点小礼物,送个小熊啥的。"

季临秋扭头看他:"我还没答应呢。"

"你不能这么草率地决定,万一我周末没空呢。"

姜忘瞧见已经到餐厅了,两三下倒好车停稳,侧眸道:"我得有仪式感一点?"

季临秋缓缓点头。

"最好带上你喜欢的栀子花,再带瓶你喜欢的酒?"

"威士忌,爱尔兰产的那种。"

小孩听得有点蒙:"临秋哥原来喜欢威士忌啊。"

玩笑归玩笑,真到了星期天,姜忘把酒局推掉,先正儿八经买了栀子花,去朋友酒庄里取订好的爱尔兰威士忌,最后拎着糊汤鱼粉和豆浆面窝回家。

季临秋刚刚睡醒,头发还有些凌乱。

他正刷牙,听见门口有动静,探头往那个方向看。

一眼就看见左手拎着花和好酒,右手拎着两碗粉两面窝的姜忘。

季临秋叼着牙刷,倚在栏杆上吹了声哨:"帅哥,你混搭得很潮啊。"

姜忘看了眼钟才上午十点,还晃了下手里的早点:"过个早出去玩?"

"你也没过?"

两人简单洗漱一番,坐到餐桌前分吃的。

两杯豆浆还沾了点溢出来的鱼汤,放在威士忌旁味道很奇妙。

季临秋一醒来就收到礼物,心情很好,眼睛带笑。

姜忘托着下巴道:"你要是喜欢,以后每次我遛弯都带一份回来。"

"说什么呢,"季临秋笑起来,"下次不该轮到我给你买了?"

"我……也能收礼物?"猛男有点踌躇,"不好意思收啊。"

"真的?"季临秋咬掉半个炸面窝,抬眸看他几秒。

两人一出小区门,刚好有满头银发的婆婆在提着篮子卖白玉兰花串,细线自花萼中间穿过,花蕊中心穿出,仔细打结好绕腕一周,白盈盈的很美。

131

季临秋俯身买走两串，先在自己右手腕戴好，拎起另一串看向姜忘。

猛男很没出息地屈服了。

姜忘不习惯被这样柔软灿烂的花瓣衬托，戴好以后转着手腕看了一圈。

"会不会有点矫揉造作？"

季临秋不紧不慢开口："你模样很英气，配上花以后会更特别。"

"再说了，"他眸中含笑，"咱现在不是造作的年纪吗？"

姜忘眨眨眼，忽然道："我觉得，把你从红山小学拐走太正确了。"

"你离开那个鬼地方，来大城市生活以后，才好像终于能舒展开活，枝叶全都使劲往外冒，爱长成什么样就什么样。"

季临秋若有所思。

"那回头我还得好好谢你。"

"行啊。"男人笑眯眯道。

季临秋瞥他一眼，径自去报刊亭买了本《读者》。

姜忘随他一起在十字路口等红绿灯。

两人共事久了，出来玩有种心照不宣的默契，谁买票谁买水都不用事先商量，挑电影也是轮流照应着对方兴趣来。

科幻片看到一半，匡野打电话过来，姜忘没多想给挂了。

然而这大兄弟锲而不舍，连着打了三个。

姜忘示意季临秋先看，自己去外头洗手间接电话。

"出事了？"

"喜事！大喜事！"匡野嗓门本来就大，这会正在兴头上，震得滑盖手机像是要解体，"哥们，我要结婚了！"

姜忘一想不对劲："你现在那位，不是才谈四个月吗？"

"你懂什么！"匡野特别感慨，"我前头怎么也有七八个前任了吧，没人跟我家橙橙一样，那叫一个心有灵犀心心相印心贴着心……"

姜忘平直道："你闪婚了。"

"是！"匡野乐得不行，"时髦吧！我爸妈刚才都傻了，说我是不是苕。"

"我在看电影。"姜忘打了个哈欠,"回头请你吃饭,你到时候再慢慢讲。"

"哎哎哎,你也不急这一会,"匡野还处在狂喜之中,非常上头,"我们已经挑好教堂草坪和婚纱了,下周末就办起来,回头把请柬给你,记得来啊!一定要来,敢那时候出差我就把你飞机给打下来!"

姜忘本来准备往放映厅走,脚步停顿,听得不可思议:"你俩都焦虑症发作还是怎么?什么时候求的婚,婚纱教堂都订好了?"

"爱情来了挡都挡不住,"匡野哼了一声,"我今早上醒过来,看见这小姑娘窝在我怀里迷迷糊糊地睡,跟个糊着口水的橘猫一样,突然就觉得,哎,我这辈子就是她了。

"这不刚看完教堂婚纱,还磨磨叽叽干啥,赶紧把证办了了事。"

那倒也是,这两人门当户对,他先前见过几面,是挺般配。

姜忘祝福了两句,见匡野还舍不得挂电话,长叹一声:"我看电影呢,你找段兆嘚瑟去,行不行?"

匡野哦了一声挂了电话。

电话实在被拖延太长,以至于他再回去时已经散场了。

不过那片子从前看过好多遍,没看见结尾也没什么。

季临秋站在人潮之外,扬了扬手机:"匡野要结婚了?"

姜忘挑眉表示疑问,季临秋把短信列表打开。

匡野:下周末我跟橙橙办婚礼,记得来!我给你和姜忘留最好的位置!

姜忘:"……"

行吧,这人还在上头。

季临秋回了几句,随姜忘一起往外走。

季临秋抬头想笑,却发现自己笑不出来,半晌道:"你见过我父母了。

"他们……都是很古板的性格。

"我不知道以后会发生什么样的事。"

一些话在心底翻搅过许多次，却从来没有可能说出口。

今天如果不是因为匡野一个电话，他可能会一直自欺欺人地享乐下去，假装不知道未来大概率会发生什么。

季临秋深吸一口气，忽然什么都不想压着了。

"如果不是遇见你，我可能会一个人找个地方烂掉。

"不要连接，便也不会被那些连接控制牵绊。

"我没想过我以后会成家，更没有想过未来还会有这么多的转机。"

他看看他，忽然笑得有点悲凉，满腔的话哽在胸间，怎么都没法往下说。

人为什么总要站在十字路口？

可明明是你，是你把我带回他们身边，让我能一步步重新去爱每一个人……

姜忘安慰道："多大点事，怎么眼眶都红了？

"饭要一碗一碗吃，日子要一天一天过。

"你忘哥在，有什么好怕的？"

季临秋怔怔几秒，从情绪里挣脱出来，靠着墙伸手捂脸："我又在犯傻。"

这几句话好像很管用，他一下子又不觉得堵心了。

严格来讲，姜忘和季临秋两个人事业心都很重，只是处事方式完全不同。

季临秋一旦定了目标，会把自己完全摁在办公室里不出去，通宵做教学方案都没感觉。

知情的朋友晓得他早已有房有车，看着都觉得纳闷。

哥们，你都成功到这地步了，还这么拼干什么？玩会也不耽误事啊。

姜忘看着吊儿郎当，忙起来人能全国到处乱飞，压根不在公司待着。

有时候在陪人打高尔夫，有时候泡酒庄里一待就一整天，看着不着调。

可他做的每一件事都是在铺路设线，像是拥有上帝视角一样，早早去各地把关节打通。

等到总公司那边发觉需要什么资源人脉了,这边早已备得充足,前路通畅到不可思议。

一人主内,控制着核心要件的布置。

一人主外,引导方向点亮沿途的灯。

无言默契至极致,像是故交多年一般。

不忘教育短短时间红火到预约排队制报名,把一众同类培训机构甩到身后,直接引起许多媒体乃至市电视台的关注。

台里派记者过来专访,探寻这家同时经营书店、出版社和辅导班的综合性公司的精妙之处。

姜忘作为长期隐在幕后的老板,一露面西装革履、文质彬彬,聊起正儿八经的事时一口北方口音堪称普通话甲等,话锋一转又是一口流利的省城话,很讨人喜欢。

能文能武,让观众看着就特别有好感。

记者采访得心花怒放,特意拜托摄影师多角度拍姜老板,力求把帅气一面全都招呼上。

除此之外,二老板也露面聊了几句。

"怎么说呢,"季临秋笑道,"三位一体,优势在于能多层次地为学生家长服务,这也是我们不忘文化全体员工的荣幸。"

还有一句话他没有说出口,因为骄傲到像狂妄——也只有姜忘一个人,能有魄力和胆识敢跨行业投资到这一步,不可复制,独一无二。

公司一旦出名,各个行业交流会议便层出不穷,一部分确实是同行们抛来橄榄枝,有意互相取经共同进步,也有一部分想用奖项荣誉换加盟机会。

姜忘寻思着自家公司门面怎么也是季老师,跟段兆说一声拜托他留在公司,两人外出开会。

这次全国论坛,汇聚老中青三代骨干力量,会议含金量大,还能发展出许多衍生合作项目,对外人而言抢破头都难混到一个名额。

而今时今日,他们两人却是本次会议的特邀发言人,拥有长达二十分钟的演讲时间。

之所以是他们两个去,有个很重要的原因。

这次不仅邀请了各大培训机构,还请了大量在职和不在职的优秀教师一块研讨。

相当于把各大采矿商和玉石金银矿源凑到一处,发展如何各凭本事。

姜忘善于商务谈话,季临秋眼光精准,一个挑人一个抢人,能完美配合。

段兆乐得在大本营安生收钱,他今年刚辞职彻底只干这行,钱多事少还不用天天写报告。

当年帮季爸爸找医院的匡野引线,他和季临秋本来都是要在省城当许多年的中学教师,谁想到姜忘一带,两人都直接跑路,搞得校长直拍大腿觉得亏。

"季临秋没捞进学校里,怎么你也跑了!"

段兆笑笑不说话,辞职第二天,小辫子青年直接跑去理发店,钩烫了流行发辫。

姜老板表示满意:"可以,以后不良少年学生的工作你来谈,你就是西坡街一霸。"

季临秋看得有点心动。

走之前学校里有些事要谈妥,本来以为很难,真执行起来意外地顺。

——为了给凶猛竞争的对家们一点面子,不忘教育提前把高配班推出来了。

编程竞赛辅导+自主招生培训+无领导小组讨论,高门槛高收益,属于T0批次高中生的进阶玩法。

门门学好了都可以奔着保送名额去,学不会也对以后找工作考编制有用,根本不亏。

当初价格定下来,金牌小班课贵到离谱,其他人还有点担忧。

谁想得到内定名额刚放一批,家长们全闻着味找过来,高配班名额直接哄抢一空,甚至没有对外多宣传一句。

再后来,这几个金牌小班直接放出去当个空招牌,谁来了都说满员了等下期吧。

——放那儿单纯为了气气对家。

你折腾啊？咱就是挣钱比你多，人气比你高，嘿。

东日教育真派探子过来看新招牌，几个生面孔扮成家长模样，前台小妹一眼就能认出来。

当然还是装作在专心刷手机，不关心不介意。

闻山区、义隆区分校都在建了，还怕你这个小杂鱼不成。

探子先看看新课表，再看看新套餐，心里直呼好家伙。

这么贵！你当别人学生家里是开印钞厂的啊？！

"那个，小姐，请问一下，这门课现在还能报名吗？大概什么时候上课啊？"

前台小姐刷了半分钟手机才悠悠抬头，看着这探子似笑非笑。

"不好意思啊，这几个小班已经全部爆满了。"

探子脸都绿了，满……了。

你再说一遍？这才刚放出来就满了？还卖得这么贵！

"这……这里头有几个课，好像不是高考的内容啊，这么热门吗？"

前台小姐笑眯眯道："这位家长，您证件袋的带子是不是露出来了？"

探子一摸兜以为工卡被看见了，掉头就跑，身后传来欢乐笑声。

姜忘早早就担心师资力量不够，预先请外部高人过来进行特别培训，没想到季临秋堪称十项全能，花半个月直接写了整本内部资料，内容丰富深刻到令人咋舌。

高人花了一个月帮着完善好高配班的教师筛选培训系统，临走前特意问了下姜忘。

"你们公司那个季老师，听口音像首都来的？该不会是首都中学那边来的吧——怎么这么厉害？"

姜忘压低声音道："他之前在十八线小城市，一直在教小学英语。"

高人肃然起敬："伯乐，你才是伯乐！"

去参加论坛不光要拍照合影，开始前还有个走红毯的环节。

姜忘自己收拾灵光了，绕去季临秋那边看他穿好了没。后者简单喷了一下头发，气色很好。

男人绕了半圈,伸出食指往他领结下一扯。
"波点的更好看。"
季临秋看他一眼,还是去旁边盒子里拿另一条深灰领带。
手腕又被按住,转而取旁边银绿色领带。
"系这个颜色。"姜忘笑得很痞。
季临秋取出那条银绿带波点纹领带,指节不轻不重地在上面压了一下。
最后打好温莎结,双指夹住结扣往上一提,勒紧至咽喉处。

五星级酒店在绿水环绕的城郊森林深处,欧风建筑透着股巴洛克的味,内里金碧辉煌,很是气派。
他们等候在队列中间,等引导人一示意,迎着镜头走向红毯前方,炫目的闪光灯次第亮起,又晃又喧嚣。
意气风发的两个青年并肩前行,在一众中年男女之间显得格外年轻,也格外不凡。
季临秋直到这个时候才觉得热,热到想解开两颗扣子透透气。

接下来的环节都平板而正式。在荣誉墙上签名,和一众商界人士点头寒暄,在喜庆音乐里入座,聆听等待,上台致辞。
然后是颁奖环节。主持人在缓慢又冗长地念一个个名字,有时会碰到多音字或者生僻字,又要耽误十几秒。
季临秋开始等得难耐起来,以至于原本清明的意识被领结扣下,像是在起落不定的潮汐里漂着。
"临秋,站起来。"男人淡笑道,"去领奖了。"
季临秋回过神来,低咳一声跟在他的身后。
满脸堆笑的主办方已经捧着奖杯证书,高声介绍着这对教育界和出版界的新星,赞美之词堆砌了十几句。
"让我们热烈鼓掌!"滚烫灼热的聚光灯打在他们两人身上。
季临秋还是有些喘不过气,仍旧没有解开那个结。他接过奖杯,客客气气地对着台下微笑,然后轻轻看了姜忘一眼。

喉间的领带也被闪光灯映得泛光。

会后宴席热闹,美酒佳肴流水一般堆满圆桌,像是要摆出年夜饭的架势。

季临秋吃得心不在焉,觉得有些疲倦。

奔波劳累一天,他只想回房间泡个澡好好睡一觉。

姜忘被劝了几杯酒,但也没喝太多。

察觉到季临秋的疲惫,姜忘对众人道:"晚上公司还有个视频会议要开,我和季董先回去了。"

大伙惊诧唏嘘,有点舍不得他们走。

"菜刚上完,再吃一点?"

"这么忙啊!难怪生意能做得这么大!"

"那姜总、季董明天见啊!"

姜忘领着季临秋往酒店房间走,明明在席间还像有些不清醒,出来时脚步反而稳得平直。

…………

一直到下午一点有人敲门,姜忘醒过来。

"姜总!姜总你在吗?"

"嘿?人呢,跑哪儿去了?"

姜忘遥遥应了一声,披了件外套过去开门,只虚虚打开一条缝。

"嚯,我就知道你在这儿,"卢老板笑道,"早餐没看见你俩,午餐又没见到,再过一个小时又有会要开,醒醒吧。"

"多谢,"姜忘看了眼表,"昨晚通宵加班来着,键盘都快敲散了。"

"看出来了,不过奇怪,你这人怎么加班还气色这么好?"卢老板把自家产品材料递到他手上,"我也是顺路来叫一声,来来来,这是我们新出的护眼灯和学习桌,有机会了解一下……回见啊!"

"回见。"

姜忘当着他的面收好牛皮纸袋,再次道谢后关门。

论坛第一天是教师和培训方的行业交流,第二天除了自由沙龙以外,还有各大教具和办公用品的展销。

姜忘开会时还有点心猿意马,到场打卡有一半是为了给主办方面子,第二是为了挑新老师。

不忘文化早早开始购置地产以方便安置员工落户,入职即可低价租集体宿舍不说,绩效过人送套房子也没什么。

他们赚的不是快钱,核心目标还是要做老牌经典机构。

有高福利长发展的规划在,第一天就跟不少老师互换了名片,甚至还专门有人来递名片毛遂自荐。

季临秋第二天虽然话变少了,一直待在角落喝咖啡不怎么走动,但一下午过去,没等姜忘回来问,候选老师的名单已经填了七成。

姜忘遛累了回来一看,还惊了一下。

"你怎么做到的?!"

季临秋摇摇手指。

"行业机密,不可外泄。"

两人又要了杯红茶,慢慢吹着热气边喝边聊,中午来敲门的友商又来套近乎。

"姜老板好眼光啊,这就买走我一批桌子!我跟你们说,我家厂子用的材料可好了,甲醛绝不超标,都是为了学生伢们好!"

卢老板聊得唾沫横飞,见姜忘听得心不在焉,又有意讨好他,神神秘秘道:"昨天你们走得早,有八卦没听到,我偷偷跟你们讲一声。"

"看见那边正在递简历的小姑娘没?"中年人伸手一指,对着东南角的人影道,"就全场个子最显眼的那个小矮个,你们可千万别招她。"

季临秋神色一动:"她怎么了?"

"她啊,不省油的灯。"卢老板谈起这种人都觉得晦气,一摆手道,"自己当老师好好的,非要改善什么教师待遇,反对无薪加班,还要求校领导建立反性骚扰监察机制。

"一般正常人哪,那不都是多一事不如少一事?她呢?恨不得搞个工会出来,成天拱火不说,还帮自己学校一个女老师告校长!"

姜忘闻声看过去,又喝了口红茶道:"她教书怎么样?"

"小卷毛教书还有点本事,以前带过保送的学生,是教物理的。"卢老板回忆了下酒桌上的闲言碎语，不以为然道，"教书好有什么用？不会做人一样得活受罪。"

"昨儿听那几个认识她的老师说，这女的得罪校长以后，足足在学校坐了两年冷板凳，最后自己终于识趣走了。"中年男人嗤笑了一声，"她帮的女老师倒是庭外和解，拿到一大笔调解费就走了，也没见那人分她半个子儿啊，傻。"

季临秋与姜忘对视一眼，幅度很小地点了下头。

等卢老板走后，两人找了过去，客客气气地请她喝茶吃点心。

被人们戏称为"小卷毛"的女老师个头大概一米五五，褐色短发烫得很卷，黑框眼镜架到鼻梁上，显得脸只有巴掌大。

她也是饿极了，顾不得其他，在服务生端了蛋糕来以后一顿猛吃。

季临秋试探道："要不再叫一碗馄饨给你？"

后者用力点头。

两人等她吃饱喝足了，才递出名片和公司宣传册，表示欢迎她来面试。

"我叫符耳。"女教师推了一下眼镜，自报家门道，"今年二十七岁，不婚主义，薪资要求有抽成分红和年终奖，年假双周。"

姜忘很大方地点头应允："如果绩效好，可以给十四薪。"

符耳今天一整天都在因为薪水问题碰壁，看到他这么爽快，又警惕起来。

"我知道有人在议论我。"符耳皱起眉头，放下勺子认真道，"我确实在有的事情上很计较。

"事先说清楚，我不喜欢参加酒局，接受高强度工作，前提是有对应的薪水，而不是画个大饼玩人。"

她说话声音很脆，又带着些先入为主的防御感，像是已经被惹炸毛的小型动物。

季临秋意外感觉这会是一个很得力的合作伙伴。

现在在不忘教育，他主管英语部，段兆管数学，语文由另一个女老师管，但理科还差高精尖的狠人。

符耳看着个子还没学生高，但也许意外地能镇住人。

"那很好，"他开口道，"方便试课吗？"

符耳眨眨眼，感觉情况有点夸张。

"我要求这么多，你们……居然能接受？"

她完全是被爸妈推到这个会上看看有没有能找的新工作，连着两天净碰到一些想低价捡漏的人，张口把这两条谈完基本人就跑空了。

姜忘与季临秋交换一下视线，把随身带的电脑打开，给她看 4.0 版本的内部物理教材。

符耳接过鼠标，看的速度很快。

她几乎是扫一眼就翻页，让人觉得根本没看清楚题目，然后微微摇头。

姜忘观察着她的表情，询问道："你觉得哪里不行？"

"题型很多变，难度也分级了，"符耳的眼睛还在盯着电脑屏幕，"但是……没有把陷阱整理摘选，核心考点也疏漏很多。"

"喏，这里，"她伸手标红一段，"基本概念都写错了，你们那编书的不行啊。"

动作非常自然，基本是把人情世故丢到一边，专心研究题目去了。

"行啊。"季临秋笑起来，"约个时间，省城见。"

符耳愣了下，快速道："那我等下去火车站买票！"

"不用买，我们公司面试老师一向往返机票、酒店全包。"姜忘帮服务生把一大碗馄饨端到她面前，"你要是试课通过，我这儿包吃包住。"

两人在论坛待够四天才走，其间打包了一票老师的联系方式。

在回城的飞机上，季临秋看了眼闷头做题的符耳，侧耳道："你说彭星望这时候……在干什么？"

姜忘已经忙到昏头了，一拍脑袋才想起来家里还有个小孩。

"奇怪，"他也反应过来，"我昨天给他打电话，小孩没什么反应。"

要是搁平时，早就黏黏糊糊说想我们了，再怎么着也要打电话啰唆好久。

该不会在家出事了吧？

事实证明，没有出事。

两个大人推门回家的时候，小孩正蹲在花园里发愁。

等玻璃花房的门被哗的一声打开,他才发觉哥哥们回家了,慌慌张张回头:"——哥!"

姜忘顺手把行李箱放下,走过去看他在干什么。

然后就看见自家跟花卉基地一样,摆了满地的绿芽小苗。

男人笑眯眯道:"彭星望小朋友,你解释一下发生了什么。"

彭星望咕嘟咽了一口口水。

"楼下张阿婆……过来送了咱们一袋老家种的瓜子,说炒炒就可以吃了,很新鲜。"

"然后?"

"然后……我想试试……生瓜子种不种得活。"

季临秋刚换完鞋过来,看见郁郁葱葱挤在一起的成簇绿苗也呆了。

"你全倒水里了?"

"我……我就铺了一脚盆啊。"彭星望也快哭了,"我哪想到它们全长出来了!"

这么多向日葵——不移植到土里全都会死的啊!

姜忘没多说话,袖子一捋端起其中一小捧去干活。

季临秋揉了揉彭星望的小脑袋,一块跟着种向日葵。

两人面朝黄土背朝天,在温室里流水线种花。

姜忘直犯嘀咕:"怎么每次咱们回家都得当苦力……上回拖地,这回种花,搞不好下回就得帮忙孵蛋了。"

彭星望刚好抱着又一小盆向日葵绿芽走进来,眼泪汪汪道:"哥,我真不是故意的!"

姜忘立刻哄人:"没事没事,大哥小时候最喜欢向日葵了!"

彭星望委屈巴巴地看他:"你不喜欢,你就是哄我开心,我知道。"

季临秋已经在旁边笑到捧腹。

彭星望确实倒了一大盆的瓜子,他其实悄咪咪"脑补"过很美好的画面。

春日的阳光倾洒下来,满园的向日葵花一起快乐转头,早上都朝着东,傍晚都朝着西,甩头的时候肯定特别壮观。

143

小孩本来算盘打得很稳,想趁着哥哥们回来之前把花都种好,不给他们添乱子。

谁想到他们提前回来了!

姜忘一边想着自己小时候好像是很喜欢向日葵,一边熟能生巧地快速培土移植花苗,脑海里有各种好玩的儿时记忆涌出来。

他那时候属于野放状态,小时候还被寄养在爷爷家一阵子,后来读初高中时彭家辉濒临破产屡屡向家里要钱,两家渐渐生疏,他也不再回去给老人添麻烦。

但至少在七八岁以前,住在乡下的日子很快乐。

水稻田里可以摸鱼抓虾,伸手往里头挖还有肥滚滚的鳝鱼。

绿豆荚和芝麻秆掐起来都很有趣,剥下一小碗家里还会帮忙磨成糊糊做饼吃。

那时候没有幼儿园,没有托管班,可以追着大黄狗在田里一玩一下午,累了就和小伙伴收集一堆枯树枝、干树叶,点燃篝火以后把地瓜玉米都扔进去,甚至用黄泥裹一只叫花鸡,好吃得不行。

"哎,你还记不记得,"他看向脸上都沾着草叶的小孩,眼睛很亮,"小时候你去抓泥鳅,结果没拽住摔进沟里,像泥狗子一样湿淋淋回家。

"奶奶拿水管子把你拎到门口洗,刷了半天才干净。"

彭星望一下子想起来这件事,又难为情又觉得好笑,差点把向日葵苗插歪。

小孩接着他的话吧唧吧唧说以前在乡下有多好玩,讲到摘丝瓜的时候突然反应过来什么,欸了一声。

"哥,你怎么知道这个呀?"

姜忘回过神来,意识到自己说漏嘴了,笑道:"我去看他们的时候,你爷爷奶奶说给我听的。"

"啊,我就知道!"彭星望抹了一把脸,哼了一声继续蹦跶着去拿小花铲。

季临秋发觉了什么,记忆在与线索悄然扣合。

他又想起那个梦,最后还是没有问出口。

几天没有回来，家里变化都很大。

彭家辉前两天来接彭星望去动物园玩，听着像是明年就要调到省城来工作，今年刚提完职，在新单位里很受重视。

他的前女友关虹听说上个月就已经嫁给了一个有钱人，两人似乎是一见钟情，没谈半年就见了双方父母。

除此之外，陈丹红如今忙得脚不沾地，听说儿子出差回来也没有眼巴巴地做饭煲汤好生款待，一家人在餐厅吃了顿饭聊了一阵子，满脸都写着"想回家"。

季临秋原本还想留父母和妹妹多说会话，发觉亲妈状态跟平时不一样，有点好奇："妈最近在操心什么？"

"她啊，"季国慎大笑道，"刚接了一个大单子，做梦都在踩缝纫机！"

原来附近有个富商太太打算陪女儿去国外学艺术，特意找老铺子定制几件旗袍想一并带过去。

她第一次找到陈丹红时还半信半疑，没想到这一口外省乡音的老太太做的坎肩又轻薄又舒服，线条还衬得人身材很好。

富商太太穿出去被老姐妹们一通夸，当即心花怒放，找她下了个价值数万元的大单子。

陈丹红出嫁前什么精细活粗活都做得，即便之后下地种田了，也时不时纳鞋底绣花绷子贴补家用，先前也给县城里的客人做过旗袍。

她只是长久盼着儿女回家，盼着一辈子不断奔波的丈夫回家，整个人都扑在家庭上，时间一久就变得偏执又情绪化。

如今久违地被人看见，被人热切期盼着，工作反而成了生活里最大的享受。

季临秋听到这里，点头称是。

"今天看见妈，就感觉她……朝气蓬勃的，像是越活越年轻了。"

陈丹红被夸得不好意思，伸手摸了下脸，仓促笑道："少说这种话，我满脸皱纹丑死了。"

"确实气色比平时好很多，心窝疼也不怎么犯了，"季国慎给女儿盛了一碗藕汤，又认真起来，"我和你妹妹都非常支持你妈妈这么做。

"我虽然干家务活没你妈妈精细，但洗衣服晾衣服这种其实也顶用，只要她有能专注投入的事,我就觉得很欣慰。"

季临秋看向他们,心里松了一口气。

他们居然还有这么和平地坐在一块吃饭的一天。

不提要求,不一张口就是控制和勒令,甚至还在讨论母亲的新职业。

这如果放在三年前,他只会当作自己在做梦,根本不可能是真的。

他不敢奢求更多,仍旧打算把私事隐瞒家里一辈子。

现在只要一家能团圆幸福和谐地相处,就已经是极大的幸事,他已经知足了。

匡野的结婚时间定在 2008 年 1 月 1 日。

两周前这哥们在他们看电影时打电话过来,说是脑门一热起床时顺便求了个婚,要以闪电速度定流程办婚礼,姜忘还觉得悬。

想法很浪漫,执行几乎不可能。

别说新郎这边家里的事,单是新娘一个人的种种筹划选择,都能折腾好几个月,哪怕临时请个婚庆团队来,两个星期也实在太赶了。

谁想得到,还真就办成了。

婚礼时间在 1 月 1 日的中午,姜忘提前一天开车带季临秋过去看场地,想着力所能及给兄弟帮帮忙。

地点定在湖边教堂的小花园里,大草坪被包了下来,由新娘画好路径分区,匡野则带着人一块布置。

他们两人来的路上还在想,结婚这么急,现场可能会有点乱哄哄的,得帮忙理顺归置。

谁想到车子一停,路口连火烈鸟引导牌都做好了。

新娘提着裙子在到处指挥,一群人聚聚散散地搬器材调音响,热闹里井然有序,很有意思。

姜忘和季临秋对视一眼,两人顺着引导牌往里走。

入场小径被做成一片气球森林,每一个氢气球里都放着亲友的祝福,以及小两口的许多合影。

橙红明蓝的气球随风微摆,组成轻盈又浪漫的一片森林。

再往里走，有甜点师手忙脚乱地搭着翻糖蛋糕架和甜品塔支架，柳木小方桌已经全部铺好白蕾丝桌布，有伴娘抱着一大袋小熊玩偶一桌一桌地往上放。

"哎！你们来了！"匡野抱着一摞白瓷碟路过，笑容灿烂，"我老婆厉害吧，嘿嘿嘿嘿，你们看到她没有？她今天穿了个小红裙，可美了！"

"看到了，"季临秋很自然地帮他接过一半碟子，跟着一起往前走，"我跟忘哥想着过来帮帮你，也是见外，怎么不早跟我们说这里缺人？"

"哪儿缺人啊？我这不是手下一堆伙计？够用。"匡野示意姜忘看另一边的酒柜，"来，哥们搭把手，把这个推过来，咱几个一块去餐饮区。"

三人一块推着货物往西边走，沿途不断有人跟工蜂一样嗡嗡嗡飞过来问完指示就跑。

到了婚礼当天，一切顺顺利利，大清早的所有布置餐点都已经准备齐全，只等良辰吉时到。

他俩到得很早，帮忙摆了下桌子，空下来便一起去逛教堂。

人们都簇拥在外头，教堂里面反而很空。

神父还没有来，只有清洁工在背对着他们扫洒。

姜忘看向十字雕花玻璃窗，目光在《圣母子》的油画上转了一整圈，落回远处的小隔间里。

"那是什么？"

"忏悔室。"季临秋眺望过去，解释道，"两个人中间有隔板，这样神父不会看见忏悔者的脸，既可以保护隐私，又能让人放下心防，把所有的想法都说出口。"

清洁工大概把这当个小景点来清理，桌子全擦一遍以后拎着桶出了大厅，只留他们两人站在这里。

季临秋一时兴起，有心逗逗他。

"姜先生，你现在有什么想忏悔的吗？"

"在主的面前，什么都可以讲出来。"

男人仔细想了想："什么都可以？"

"当然，小时候欺负过阿猫阿狗，大了有过什么坏心思，全都可以忏悔。"

季临秋再回到婚礼现场的时候，匡野那边的大批亲友正在陆续停车过来。

现场乐队已经在预热式表演中，还有人穿着花栗鼠玩偶服举着气球转圈跳舞。

婚礼还真是很能体现策划人的性格。

姜忘过了一会才出来，刻意和他错开露面的时间，顺便接了个速风集团那边的电话。

二维码的推广时间会进一步加快，公司已经在物色国内可定制扫码枪的厂家了。

作为主要策划者，他要负责对接公司内部的运作流程，以及参考多方意见做出一套新工具运用的对应体系。

比起以前在房地产那儿的高强度高压力工作，这点事实在不算什么。

电话接完，姜忘走回季临秋身边，听他在和朋友们聊些什么。

"所以之前上课的时候，我们一般……"

姜忘看向他紧扣的第一颗纽扣，在一旁斟了杯冰酒："今天阳光这么烈，季老师穿得也太严实了。"

朋友们很快被转移注意力："对啊，你不热啊？"

"还好。"季临秋淡笑道。

众人注意力又转回聊天内容上，八卦得很起劲。

婚礼按计划举行，新娘在众人的注目下被父亲挽着款款走来，一对新人交换誓词与戒指，站在独角兽和彩虹间接吻。

这一场宴会实在热热闹闹轻松快乐，说得上是宾主尽欢。

餐点精致可口，乐队很会调曲子，一直有人在场地中央旋转着跳舞，气氛很好。

比起先前在小县城里的那场婚礼，这里没有令人窒息的问话打探，没有哭闹不停的小孩，老人们也都平静柔和。

把人情世故全摒弃掉，只保留炽烈纯粹的一面，反而显得更真。

新娘敬完一轮酒便去换了身雏菊一样的小金裙,渐渐和朋友们聊高兴了,单手拿着香槟,去台上大声唱歌。

匡野看见她就忍不住乐,听完新娘唱的《甜蜜蜜》,他也要了个麦克风,上台跟着唱《今天你要嫁给我》,不过他五音不全,一唱情歌就像鬼哭狼嚎,听得台下众人哄笑。

…………

年关将近,几个艳阳天刚过完就猛地降温。

头一天还热到恨不得穿T恤配沙滩裤,第二天就能把所有人都冻成孙子,晚上门窗关好都能听见狂风呜呜哇哇地不停鬼叫。

街市终于开始装点各种中国结和金红年画,社区里还有人组织老人一块剪纸贴窗花。

到了腊月二十三,过小年之际,杜文娟拎着行李箱准时抵达省城。

如果不是姜忘预先找好保姆、月嫂,她这一年会极其难熬。

刚生星星那会,虽然家里有婆婆和亲妈照看着,到底事情繁杂又没有经验,接近半年都昼夜颠倒以致精神衰弱,听到小孩哭啼就会头痛胸痛心脏也痛。

多了两个专业的帮手,实在要好很多。

杜文娟自知亏欠家人太多,有心趁着与女儿断奶的分离期过来陪他们过个好年。

一个小行李箱都没有装多少自己的衣服,大半是买给他们三人的书和礼物,以及自己亲手晒制的香肠、腊肉。

卤鸡酱鹅之类的,等到了省城再做新鲜的,一定好吃。

妈妈来的前一天,姜忘特意拎着小孩从上到下洗刷干净,又搓出来不少泥。

搓得姜忘都开始纳闷:"你不是天天都在洗澡吗?平时都是怎么洗的?"

小孩主动示意:"开水,冲一遍,抹泡泡,再冲一遍,擦干!"

"要!搓!是让你搓脖子胳膊,不是涮毛肚一样过遍水!"

两人收拾干净了一块去车站接人,看见杜文娟时都心情大好。

小孩先前还扭扭捏捏不好意思,见到亲妈时嗷的一嗓子扑了过去:

"妈——"

姜忘站在原地,看着他们用力相拥,笑容浅淡。

杜文娟抱完儿子,主动走向始终孤单一人过年的远房弟弟,张开双臂道:"来,咱也抱一个。"

男人露出错愕神情,但也配合着抱了一下,表情青涩道:"走吧,家里房间已经收拾好了。"

今年季临秋一家留在省城过年,也不回山里看那些亲戚了,乐得清静。

刚好姜忘他们也聚在这里,两家人各自团圆。

杜文娟的房间不仅有露台,还有一个小花盆,里面种着彭星望单独种的一株向日葵。

还没有到开花的时候,但小绿芽长得很高,一样生机勃勃惹人喜欢。

杜文娟把行李箱放好,拎出自己腌制的年货找冰箱在哪儿,顺便看看有什么食材可以做顿大餐。

彭星望跟屁虫一样寸步不离地和她一块转悠,说话时眼睛里亮亮的一直在笑。

姜忘简单介绍了下房子布局,还拿出一份钥匙、门卡送给她。

"我下午还得去公司看看情况,就先不陪你们了。"

"好的好的,你忙你的,"杜文娟连忙道,"晚上不回来吃饭的话,发个短信就行。"

"嗯。"

姜忘披上外套准备出门,刚一打开大门,看见举着右手准备按门铃的彭家辉。

"哟,姜总回来了?"彭家辉手里还拎着准备送儿子的机器人模型和新书包,看见姜忘时很热情,"咱好久没见了,最近还好吗?"

姜忘呆了几秒,头一次看见他不知道该说什么。

彭星望刚好跑过来拿塑料袋,见到亲爹站在门口时也倏然蒙住,呆呆道:"爸,你来啦?"

彭家辉还没反应过来,不知道儿子怎么愣愣的,特意晃了晃给他买的书包和礼物："爸爸刚出差回来，看看这个，喜欢吗？"

彭星望这会哭也不是笑也不是，甚至不敢接他送的东西，满脸求助地看向姜忘。

姜忘从未如此庆幸自己现在不是自己本人。

"星星？怎么拿个垃圾袋人不见了？"杜文娟拿着一根大葱从厨房走出来，用围裙擦了擦手道，"找不到的话……"

然后跟着站定，也说不出话了。

目前四个人都非常尴尬。

彭家辉好几年没有见到前妻了，看见她时甚至一瞬间想到刚结婚那会她的年轻模样，骤然间无言以对。

姜忘率先反应过来："抱歉抱歉，我忘了跟你说……"

"该是我道歉才对，"彭家辉忙不迭把手里东西放在他们鞋柜上，后退道，"那我改天再来陪星星，你们先忙。"

杜文娟强扬了个笑："要不你进来坐坐？"

彭星望没听出来这是客套话，条件反射给亲爹拿了对鞋套。

彭家辉哪有脸进来，偏偏儿子已经把鞋套都塞手里了，只能硬着头皮进来。

"好……好久没有看星星了，咱们一起陪陪他，挺好的。"

姜忘本来还要去公司给员工们发红包，一转头小孩已经一脸"哥你快救我"的表情，内心长叹一口气，掏出手机给秘书发消息，说自己明天再来。

一家四口在客厅里相继坐下，连空气都好像被冻在这里。

沉默，沉默是今晚城江大桥。

其实一家人像是已经有大半辈子没有坐在一起了。

彭星望只有九岁，四年对他而言就是半辈子。

而对于姜忘来说，他原本此生都不会再看见父母，更不可能与他们坐在一个屋檐下。

无论是幼年的彭星望，还是幼年的姜忘，都幻想过这个场景无数次。

做梦都会梦见爸爸妈妈重新在一起了，梦见他们开开心心地一起吃饭，没有争吵没有推搡，还都在伸手摸自己的脸。

可这一幕真的出现时，反而说不出地僵硬。

此刻的彭星望完全没想到情况会这样，憋了半天道："我期末成绩出来了，英语考了九十五分！"

杜文娟还有点恍惚，先是噢了一声，又想起来自己没有夸奖孩子，急急忙忙道："英语这么好，平时学习一定很辛苦吧？"

彭家辉原本想跟着夸，哪想到她把话全说了，更没法开口，很被动地坐在沙发上，怎么坐都感觉不合适。

姜忘看见彭家辉的屁股一分钟里挪了快二十次，轻咳一声，作为彭星望现在的代理家长，主动讲起他的近况。

"小孩现在数学很不错，语文基础不好，我们也在帮忙补，以后肯定能提高很多。"

他说起小孩现在就读的实验小学，说小孩和那个会弹钢琴的小女孩，聊那一簇簇还没有开花的向日葵。

杜文娟和彭家辉完全错过了孩子的这两年，听得都很出神，不时和孩子聊聊天。

姜忘心里放松下来，又觉得释然，又觉得苦涩。

他居然也会成为这样的角色，能够让已经离婚多年的父母心平气和地坐在一起，听一听幼年的自己所拥有的崭新人生。

好像很对，他本该是这个家的一分子，本该多和他们说说话；又好像不对，他似乎不该坐在这里，像开家长会一样交流这两年里小孩的成长。

这场重聚，本该说更多的话。

他的爸爸本该去向妈妈道歉，不该吼她，不该打她，不该迟迟没有戒酒清醒，错过整段婚姻与儿子的整段人生。

他的妈妈本该向星望道歉，不该离开，不该扔下小孩一个人在那个孤立无援的地方，总是抱紧枕头哭到睡着，然后噩梦一做就是一整夜。

可现在，反而是姜忘在维系着对话，笑容温和客气。

杜文娟和彭家辉全程都不敢看对方，更谈不上相互交谈。

姜忘和彭星望坐在他们两人中间，这一刻只感觉像是坐在悬崖与海岸的半空，背后是白茫茫的一片割裂。

姜忘低头喝水之际与小孩交换了一下眼神。

他们突然有一瞬的互通。

明明背叛他们的，是面前的这对父母。

这两个人逃离了拥有这个孩子的人生，以这种逃离来换取人生的喘息，以及长久的自由。

可现在感受到无尽背叛感的，反而是他们两人。

如果亲近妈妈，就是公开摒弃和怨恨父亲。

如果靠近父亲，就是忽视妈妈多年以来的伤痛。

可坐在中间，却也无法让任何人露出真切的笑容。

左右为难，无言以对。

聊天期间，秘书发了好几条消息过来，询问他是不是遇到什么事了，需不需要帮忙。

姜忘有一瞬间很想找个理由把彭星望也带去公司，又堪称荒谬地想把他留在这里，让父母多抱一抱他。

姜忘自己在这一刻都有些没有想通，他是希望星望得到这个抱抱，还是不希望？

彭家辉最终在姜忘家里坐了不到四十分钟，简单聊了一会便推说有事，下次再来。

离开前，他才终于定定看向前妻，当着儿子的面很深地鞠了一躬。

"我从前对不起你。

"真的很对不起。

"我只希望……你和儿子以后都要幸福，还有就是，提前说一句新年快乐。"

彭星望一直都在懊恼自己怎么给爸爸递鞋套了，以及坐立不安地听他们三个聊天。

爸爸突然道歉的这一刻，他眼眶又红起来，舍不得爸爸走。

你们这些大人真是过分，为什么要这样？

要是我爱的所有人，永远都能开开心心地住在一起……该有多好。

153

姜忘把彭家辉送出门的时候，原本有很多话想问一问生父，可话都涌到嘴边了，反而没法说出来。

如果不是那场车祸，他根本不会做这场梦，更不会再见亲生父母一眼。

所以在他的概念里，从来不存在一家人齐聚一堂这件事。

真的发生时，他连情感都是一片空白，甚至不知道该悲或喜，四十分钟一晃而过，还没等他从这个冲击力极强的事件里缓过来，一切都结束了。

彭家辉敲门前还开开心心的，再出来时心事重重，欲言又止，走两步停两步，还回头来看姜忘的表情。

"大兄弟，"中年男人从公文包里找出一个崭新红包，递到姜忘手里，"这里头是我今年一半的工资，还有年终奖金，加起来终于能有五六万块钱了。

"你待星星实在好，我也看在眼里，可他的吃喝穿戴，还有他的学费，这些本来该由我来出。"

彭家辉讲到这里，窘迫地摸了摸脑袋。

"你也知道，我是跑机械工程的，款项都是两三个季度结一次，平时发的固定工资不算多。

"之前不敢跟你讲，也怕你觉得我在说空话糊弄人，今天才拿到手就来找你……小孩那边我也跟他讲了，学费、生活费爸爸一定会负担，不要有压力，只管开开心心上学就行。"

姜忘思绪还停在父母同时出现这件事上，过了很久才反应过来，看着手中被红纸遮挡的银行卡。

"你千万要接，密码是孩子出生的年月日，我知道钱比较少，你们先前择校费什么的……我都不好意思问，"彭家辉鼓起勇气道，"其实我已经跟上级争取调岗来省城了，但前提是今年、明年的项目超额完成，我岗位晋升才可以。

"本来还说在 A 城买房子，没想到你们带着星星来省城读书，无论福气大小都惦记着分他一份，我……我加油在省城买房子，再耽误你们一两年，以后不行我租房子陪他住，你看可以吗？"

姜忘低头摸着那个红包，终于开口道："你见到杜文娟，什么感觉？"

姜忘嘴里是一个意思，话传到彭家辉耳朵里，又是一层意思。

在彭家辉眼里，他面前这个孔武有力、精壮强悍的青年，是前妻的弟弟。

而他曾经做过太多对不起前妻的事，这一点他们双方都非常清楚。

彭家辉的气势陡然弱了下来。

"我真没想打扰你们，"他回到有些卑微又有点狼狈的状态里，"当年很多事……我不是个东西，我不该打她。"

彭家辉本来还揣着一张卡，想着带些钱给自己换个像样的地方住，给爸妈置办点年货，买点新衣服。

他拿着钱包，咬咬牙重新打开，把这一张也拿了出来。

"第二张，拜托你转交给娟，这是我欠她的。

"密码是我爸妈生日，她知道。"

姜忘沉默一会，把属于彭星望的那一张推了回去，把第二张卡接到手里。

"这张我会转交的。"他转身往回走，背对着彭家辉扬了下手里的卡。

"你欠彭星望的，永远不可能用钱来还。有空多来看看他。"

彭家辉没想到姜忘会这样选，呆呆地拿着那个红包不知该说什么，却像是挨了个耳光一般，脸上火辣辣地痛。

姜忘忽然脚步停下来，再度转身看向彭家辉，像是放下什么了一样，笑得释然。

"对了，新年快乐。"

杜文娟在客厅等了许久，心里仍旧觉得忐忑。

她没想到会这样突然地见到前夫，既有种熟悉的恐惧，又有种自己已经为他人生育一女以后的报复快感。

但在孩子面前，这些情绪都需要收敛起来，只保留作为母亲的一面。

至于姜忘会看出来多少……已经不是她能控制的范围了。

姜忘在楼下抽完一整根烟，拍掉身上气味以后才上楼。刚好看见母亲独自在厨房做饭，星星在客厅看电视，打了个招呼就进了厨房，把门关好。

"这张是他拜托我转交给你的,说是早该给,一直找不到机会,密码是他爹妈生日。"

杜文娟本来在炝炒生菜,听到这句话时伸手关了抽油烟机,转头道:"对不起,我刚才没听清楚,你说什么?"

姜忘很有耐心地重复了一遍。

他谈不上爱母亲,但能把这两种情感分得很清楚。

谁欠谁,谁又离开谁,终归是不同的事。

杜文娟愣了一会,把菜铲放下来,很仓促地用围裙擦了擦手。

"这不是说话的地方,我们去下客房。"

她快步和姜忘一起回到她住下的房间,从旅行包的深处翻出一个内兜,竟然还用麻绳细细密密地缝了边沿,防止火车上有贼摸兜。

剪刀咔嚓一下剪开封口,掉下来一个红布包的小东西,看着是个本子。

红布一层一层揭开,还用小塑料袋装着,像是怕进水。

等最后一层塑料袋取出来,东西交到姜忘手里,他才看清楚这是什么。

一本存折,一本边缘卷翘、烫金字样都模糊的旧存折。

他已经十多年没碰过这么古早的储蓄物了。

"就彭家辉那个性格,哪里可能记得给我存钱?"杜文娟很冷地笑了一声,"真要是留给我的,密码该是我的生日,而不是他爹妈的。

"他就算有钱对全天下所有人好,我也排在最后一个,他还能用碰不着面这个机会躲掉,当作无事发生。

"这笔钱只当是他留给星望的上学钱,你收好,密码是528111。"

她隐约感觉到几分晦气,把那张卡放到一旁不提,郑重把存折双手递给姜忘。

"忘忘,星星一直在你这里,也耽误你找个好人家结婚——二十多岁带着一孩子,总会被人说闲话。

"我在想,要不等孩子读完这一年,带他回C城,刚好茵茵那边也能腾把手了,是吗?"

"我不会结婚。"姜忘本能道。

"星星刚在一所学校安顿下来,再贸然转学,他也不一定能再调整过来。"

她想到什么,有点着急地拍了一下姜忘:"说什么傻话呢?"

"这事还真不能耽误,不行我把工作辞了,在省城租个房子照顾星星?"

姜忘没想到她会在意这么多事,一时间没有想好其他说辞,低头咳了一声。

"你不用考虑太多,如果需要,我肯定会跟你说。"

杜文娟连连点头,双手绞在一起,半晌道:"这本存折的钱不是很多,只有四万不到。"

"算上星星在省城的开销,还有你给我请的月嫂、保姆,我觉得不够。"

姜忘没想到她会把账算得这么清楚,一时间甚至觉得有些疏离,不安地往后退了些,拉开与杜文娟的距离。

"弟弟,你不要多想,姐姐不是不接受你的好意,也知道你手头比我们都要宽裕,"杜文娟看到他的小动作,忙拉住姜忘的手,"可是忘忘——你总该为自己的未来打算,多存点钱啊。"

"现在城里女孩子可不好娶,彩礼也要得不少,你父母不在了,这些事肯定要我这个做姐姐的帮忙考虑,你别嫌我烦。"

姜忘突然反问道:"你觉得我未来最该考虑的,是结婚吗?"

杜文娟本来还有很多话想交代,突然被反问这么一句,笑得有些无奈:"可是,人总该成家的啊。"

"成家,立业,生子,有个延续,将来也有人给你养老,是不是?"

姜忘看着她眼角的细纹,脑海里想到多年以后电话里另一个苍老的声音。

他没有给任何人养老。

他年少时被他们忘记,成年后便索性忘记他们。

结婚生子,养儿防老,听这几个词,都有些荒谬。

"那如果,"他郑重道,"我这辈子都不会结婚呢?"

杜文娟的瞳孔一震,呼吸都跟着暂停下来。

姜忘从没想过这么突然,也这么毫无铺垫地和杜文娟聊这个话题。

他甚至打算一直不说，等杜文娟那边二胎也安定下来了再循序渐进地说。

可在这一刻，他面对的人不是彭星望的妈妈，所谓的"姐姐"，而是真切的，面容年轻的，自己的母亲。

妈，那如果，我这辈子都不会结婚呢？

你还敢把幼年的我放在我身边吗？

你会把我当成疯狂的异类吗？

杜文娟听见这话，脑子里也是轰的一下，半晌都反应不过来。

她怔怔几秒，伸手抱紧他，声音颤抖："忘忘……你这几年，一定很难熬，对不对？"

杜文娟在拥抱他，试图多给他一点温暖和力量。

姜忘很少被女性拥抱，小时候也没有几幕被妈妈抱着的记忆。

他被妈妈抱着的时候，像是都不知道该怎么呼吸，过了一会才道："我不会做任何影响星星的事。"

杜文娟慌乱起来："不是不是，我绝对没有这个意思，我相信你的。"

她想安慰他又怕被误会，但突然听到姜忘的话，自己也手忙脚乱。

杜文娟忧心忡忡道："你身边只有我这个姐姐，父母都不在了，就算真的一辈子不结婚，其实也没有人能拦着。

"以后有星星，想来年老也不会寂寞。"

姜忘发觉杜文娟的思维始终都站在他这一边，以他为出发点在想事情。

他很少有过这种待遇，以至于都会因为这个认知而分神。

原来妈妈是这样温柔的人。

她当年顾不上儿子，为了躲开丈夫一个人逃到外省，也有她的苦衷吧。

杜文娟张开双臂，又用力抱了一下他。

仿佛这个一米九的男人还是个小孩，很需要被这样安慰一下。

她笑起来："星星能长成现在这么活泼积极的样子，也可以看出来你们对他有多好。"

小孩是最藏不住事的，甚至可以说，像是一面镜子。

每个人对他如何，他受到怎样的对待，全都会从一言一行里明明白白地展现出来。

杜文娟来到省城亲眼见到星望，看到他开开心心无忧无虑的样子，只感觉到无限的欣慰和亏欠。

"忘忘，姐姐啰唆再多，也是怕你在未来遇到难受的事，"她自嘲道，"不过我混成这样，好像也没有资格说这些。"

姜忘慢慢喝完杯中温水，侧睇看她："你当初……为什么会喜欢彭家辉？"

杜文娟先前提到彭家辉的时候，总会有种踩到狗屎一般的骤然反应，语气也会突然冷下来。

姜忘预感她的回答也会变得很刻薄。

可是杜文娟想了好一会，反而平静下来了。

"他其实结婚以前，脾气性格也跟现在差不多，变化不大。

"但那个时候，我喜欢他对我热情大方，每天都照顾关心我，在一个单位相处久了，慢慢就喜欢上了。

"现在想来，他是个很需要被扶一把的人，特别吃惯性。

"有势头能让他好，他就能变好。

"情况不对，工作变糟，人事关系斗争复杂，他就会突然衰颓下去，没法靠一个人的力量再往上走。

"我当初就是认不清这一点，一直渴望他能振作起来，再上进一点，逼得很紧。

"结果刚开始天天吵架，后来他也意识到什么，开始酗酒，开始打人。"

杜文娟回忆这些时，语气有一丝不易察觉的怀念，又很快收了起来。

"好啦，我也打扰你很多，"她擦擦手，起身道，"我先去做饭，晚上咱们吃顿好的，不聊这些伤心事了。"

姜忘下意识嗯了一声。

他第二天下午去了趟银行，把存折和银行卡都寄存在保险箱里，确保不会丢失。

临存放之前,他在父亲给的银行卡里取了六块钱,在妈妈给的存折里取了四块钱。

然后用这十块钱,在公司楼下蛋糕店里给自己挑了一块很小的蛋糕。

姜忘从小到大都不怎么吃蛋糕。

小时候没机会,只能蹭别人的。

长大了有钱了,路过蛋糕店时总会忍不住多看几眼,真买回家时反而不想下口。

他现在用这十元钱给自己买了一碟新鲜蛋糕,小小一份,上面还缀着一枚樱桃。

午后阳光泛着暖意,他对着蛋糕发了会呆,有种这是爸爸妈妈一起买给他的新年礼物般的错觉。

一元复始,万象更新,很多事在这一年里结束,又在这一年里改变,开始重新萌芽开花。

鲜奶油很甜,一勺舀下去,能感到戚风蛋糕的塌软质感。

他吃得很慢,又忍不住开心起来,每一勺都吃得很开心。

就好像他的全部人生,凭这十块钱可以足够弥补,可以终于填上不少空缺。

姜忘从未这样放松地去吃一块甜点。

仔细嚼碎巧克力块,品尝奶油的芬芳清甜,感受咬下蛋糕那一瞬间的快乐。

他好像从什么桎梏里走出来,又好像桎梏在某一个瞬间无声无息地灰飞烟灭,只留给他这样明亮的冬日暖阳,和这样一块小小的、柔软香甜的蛋糕。

等蛋糕吃完,男人对着空纸碟坐了很久,终于伸了个懒腰。

面前忽然来了一个人。

季临秋坐在他的对面,笑眼盈盈。

姜忘蒙了一秒,条件反射道:"你刚才看见了吗?"

"看见啥?看见你背着我偷偷吃蛋糕?"季临秋凑过去看,"好啊,吃独食。"

"没有!要不咱再来两碟!"

"行了行了,我等会还要上去讲课。"

"好啊,"姜忘非常自然地起身,"走,一起上去。"

第十三章

过年

虽说到了过年的时候，各行各业都在忙着发年终奖搞个年会全体放假，唯独姜忘待的这两个行业不一样。

——干快递这行，越是要过年越是物流爆单，机子都能被催命连环提示音搞到冒烟。

买卖年货的人都渐渐乐于用电商平台了，去年高峰期顶多算平时的百分之一百六，今年公司拿数据一模拟，保守估计百分之三百二。

而教育培训这行，全年更不用说了。

小孩们一年四季三百六十五天都得做题，全体员工碰到寒暑假更得加班。

——好在姜老板痛快大方，乐得跟大家一块大口吃肉，逢年过节都有双倍甚至三倍工资，此外还有绩效奖励和新年红包，不少人都乐意留下来加班。

符耳第一个冲。

小姑娘看着娇娇弱弱，说话声音跟小黄雀似的，当初试课的时候吓人一跳。

一站到讲台上，这姐们中气十足，眼睛雪亮雪亮跟要吃人一样。

来试课的学生有不少只是来凑个数，被家长拎过来听免费的课，哪想到能被这个新老师吓得一哆嗦，完全没法走神。

姜忘更惊讶的一点在于，符耳这人上课能跟散步一样全程保持匀速运动，边讲边兜圈子，精准卡点上台板书作图，以至于台下没有一个人敢偷偷玩手机写作业。

这一点看着轻松，其实一般老师还真不行。

走动和观察学生会频繁打断脑海思绪，一般初高中老师都会选讲卷子的时候再下去转悠，这样手里有个书本，照着顺序讲就完事。

可是符耳能做到讲课时都一丝不乱地双线并行，整个教纲体系彻底刻在脑海深处，以至于能一边讲受力分析一边拿书敲头，吓得小孩手机哐当掉地上。

她对领导和同事没有心理负担，对学生也直来直去，反而让人觉得很好打交道。

"过年期间我留在公司加班吧！"

大伙还跟着劝："小耳你才刚来几天，过年不回家啊？爸爸妈妈肯定也要陪吧？"

"没事！我已经给他们报好欧洲七日游的团了！"

小姑娘干劲很足："趁着还没正式上课，我把物理教材全部修订一遍，姜哥你说行吧？"

姜忘直乐："行，辛苦你了。"

到了大年三十那天，姜忘起了个早，先按照省城本地的风俗全身洗净换个新衣服，然后带彭星望出去买花炮。

现在还没到全国禁燃禁放的时候，他看着小孩抱着半身高的十二响大礼花往车上搬，觉得新鲜又怀念。

"小心烧着手啊，年年都有炸伤的。"

"知道，哥！你玩甩炮不，咱要不给季老师也买点？"

姜忘嘬空 AD 钙奶，把空瓶扔垃圾桶里。

"买，买大份的，咱几个大年初一一起放！"

严格来说，这是他记忆里第一次和家人过年。

妈妈在，爸爸提前给过红包，身边还有个亲弟弟般小号的自己。

季临秋和他的父母就住在隔壁小区，到处都能听见热闹的爆竹声，整个世界喜气洋洋的，特别温暖热闹。

杜文娟也起了个大早，跑去菜市场里买最新鲜的茼蒿、莲藕、排骨、胖头鱼，回家时瞧见一大一小正在门口贴春联。

彭星望觉着不够有参与感，特意把书法课的墨汁盒拿出来，拿毛笔蘸满了写大大的"福"字。

姜忘习惯性喊了一声临秋，没等到回应时才想起来，他过年这几天和他爸妈一块住了。

一会没瞧，小孩已经跟打印机似的写了一沓"福"字，前头满满当当恨不得把笔画撇到纸外头去，后头还开始即兴创作，把"福"字画得跟花蝴蝶一样。

姜忘伸手捧走大半。

"哎哎哎！我这些写得不好！"

"没事，都沾了你的福气，"姜忘对着光粗略一看，字圆滚滚的很喜庆，满意道，"我拿去送季老师。"

"等等，你要去见他吗？"小书法家忙拿了张新纸挥笔狂草，完事拈了一角递给他，"你拿好，这个是我写给他的！"

姜忘定睛一看。

祝季老师：
　　吃多不胖，
　　财元滚滚，
　　天天天天开心。

"是'源头'的'源'。"他认真道，"不是'一元两元'的'元'。"

小孩耍赖："我不管！就这张了！"

"行。"

姜忘跟杜文娟说了一声，下楼亲自送"快递"过去。

去之前想了想，还是意思意思拎了一盒茶叶一盒酒。

季国慎刚从培训中心回来，上午在公司里给大家写春联写"福"字，见到姜忘时一怔，忙不迭迎他进屋。

165

"请进请进，怎么还带东西来！"

季临秋围了身深蓝围裙，正捋起胳膊在擦窗户，手肘还沾了点肥皂泡。

"姜忘？"

"这是星星给您几位写的'福'字，"姜忘一摞一摞放在茶几上，"这是我的一点心意。"

"忘哥来了！"季长夏笑着唤儿子过来，"来，团团，喊一声'姜叔叔好'！"

旁边的小男孩乐颠颠道："恭喜发财，红包拿来！"

"团团！"

姜忘非常顺手地掏了个红包给小孩，揉揉头道："以后叫哥哥，辈分不重要，别喊老了。"

小孩欢呼一声："谢谢哥哥！"

季国慎瞧见"福"字，惊喜道："这是星望的字？有长进啊！"

季家父母第一回碰见彭星望是在不忘文化的公司里，当时还吓一跳，以为姜忘年纪轻轻儿子已经这么大了。

他们拉着季临秋私下一问，后者哭笑不得，把前因后果大致解释了下。

"原来是这样啊，"陈丹红听得唏嘘，"姜老板这么好的一个人，怎么到现在都没娶媳妇？回头我们也帮忙留神看看。"

季临秋哑然："怎么见着一个人你就张罗着让人结婚，结婚这事有这么好？"

陈丹红习惯性想要反驳，又隐隐觉得他也有道理，还真给问住了。

"难道……不好吗？他多个人伺候，有人知冷知热，还能生个孩子养老，难道不好吗？"

"可是他现在已经忙到吃饭睡觉都顾不上了，多个媳妇孩子伺候，这不是一样要辜负两个人吗？"

季临秋看着母亲，语速放慢许多："妈，你最清楚天天等着一个人的日子。

"你觉得别人现在要是嫁给他，天天在家等着见不到面，真的幸福吗？"

陈丹红若是以前听见这话，必然要激动到跟季临秋吵起来。

可是她现在终于有了正式工作，有了自己的生活，反而终于能好好想想。

想到最后搓搓手，苦笑一声。

"也是，人家日子过得自由得很，我瞎操心什么，缘分到了自然就结了，是不是？"

季临秋笑着摇摇头，觉得她还是没懂。

后来两家人渐渐熟了，有时候彭星望还去他们家蹭饭。

季国慎先从小学部教起，闲着没事还给彭星望物理、化学开蒙，一老一小聊得很和乐，天天一块做入门小实验。

"星星还在家贴'福'字呢，明儿再找您几位拜年。"

"行，到时候我跟他陈奶奶一块封个大红包，一定得收！"

姜忘笑着聊了几句，便绕去小院子里跟季临秋一块擦窗户。

季临秋全程看在眼里，意味深长道："姜老板这是要把我全家人都攻略下来啊。"

姜忘在旁边弯腰洗抹布，拧干以后递给他。

"我今天晚上会放一个带哨声的红焰火，你瞧着，就在东南方向，我家那个位置。"他拉着他往东南方向看，"哨声一响，就是我在隔空跟你说话。"

季临秋看向万里晴空，好奇道："你想跟我说点什么呢？"

姜忘思考了几秒。

"焰火在说，季老师！新年快乐！多吃水果多睡觉，不要熬夜要多笑！

"焰火还说，这个世界上有好多人都特别爱你，不过有个叫姜忘的人最在意你，季老师你记住啦。"

季临秋正经道："行，我回头数数焰火叫了多少声，多退少补。"

"少补可以，"姜忘道，"多了不许退。"

季临秋："大过年的，你让人家一盒烟花干这么多活，厚道吗？"

姜忘想想也有道理："那我再买几盒去？让它们轮流喊？"

"倒也不用。"季临秋笑眼弯弯,"我听见啦。

"哪怕今晚一声炮仗没响,我也都听见了。"

虽说年夜饭只有三个人吃,但杜文娟一下午煎炒烹炸忙活不断,端上桌时整整十大碗。

"吃的就是十全十美圆圆满满,"她笑着接过彭星望手中红纸剪成的流苏,小心翼翼插在煎鱼口中,郑重道,"这条鱼初一到初三咱们都不能动,留一个好彩头。"

她做菜勤快,一大一小几次想进去帮忙,都被推出来看电视。

姜忘闻着味都饿了,像是中午没吃过东西一样。

等到了晚上八点,一家人围坐在桌前看《春节联欢晚会》,满桌美味佳肴让人食指大动。

省城流行做蒸菜,莲藕、排骨、茼蒿、五花肉一块上锅蒸,饺子是现包的荠菜馅,咬一口都充满春天的味道。

姜忘过去年三十都是随意煮个速冻水饺完事,今天坐在他们身边看着满桌子的菜,动筷子前忽然道:"等等!"

这要是二十年后,肯定得发个朋友圈炫耀一下。

现在连人人网都还没流行起来,微信更要等好多年,还是拍张照留个纪念吧。

他跑回书房找出相机,先对好焦给满桌好菜拍一张,再坐回母子身边,示意大家一起看着镜头:"来,自拍一个!"

杜文娟笑眯眯比剪刀手,小孩跟着举起双手欢呼。

窗外已有起起落落的烟火声,气氛很足。

"2008年到啦,"杜文娟感慨道,"时间过得真快,一晃眼星望都要十岁了。"

"还没到呢,"小孩吃得脸上都是茼蒿糊糊,"我不长大啦,就这样挺好!"

等大家吃得玩得差不多了,姜忘率先抢着洗碗,和小孩一起把桌子收拾干净了才抱起一大纸盒的烟花去阳台。

他给季临秋发了条短信,叫他去院子里看烟花。

168

短信发完，姜忘把烟花店招牌特卖的"天地霹雳红蛇狂舞三千响"搬到空地中央，示意杜文娟带着小孩往远处站。

这盒礼花得有一米多宽，大到只能搁在车后座，后备厢都放不下。老板卖的时候一脸伯牙遇知音的惺惺相惜："买它！买它就对了！"

彭星望已经提前把耳朵捂紧了，有点紧张。

姜忘也有十几年没点过爆竹，这会还有点慌，点出火花来掉头就跑。

引线很长，彭星望捂耳朵半天没见动静，松开手道："这怎么不……"

"砰！"

"砰砰砰！"

"哗啦……砰！"

小孩被炸得原地一蹦，姜忘伸手给他捂耳朵："笨啊。"

没想到这盒《天地霹雳红蛇狂舞三千响》名副其实，每一发飞天时都轰轰烈烈，像是要炸出一个三阳开泰，炸一个桃花梅花漫天开，哨音和爆破音齐发还带三连响五连炸，直接惊动整个小区的人都开窗户探头看。

"嚯，谁家买的炮仗这么冲？"

"牛啊，这都响了两分钟了还没放完呢？"

"好看好看，来来来咱跟这个烟花合个影，真喜庆！"

姜忘也没料到本土烟花一分钱一分货，当时掏九百九十九元时只当人家卖的是个溢出价，这会被烟花炸得胸腔都跟着怦怦跳，节奏感还挺强。

没等烟花放完，季临秋电话打了过来。

"姜忘，"他忍笑问他，"你还挺话痨啊，这大喇叭广播得有两分钟了吧？"

"没完呢，多重复几遍，怕你记不住。"姜忘已经笑到脸疼。

十二点还没到，外头就已经热闹到听不见电视声了。

屋里人说话都得扬起嗓门，一句话能被噼里啪啦的爆竹声轰成几个尾音，听啥全靠猜。

他们索性下楼闲逛，由姜忘带着小孩把一整卷大爆竹点完，相机交给他随便对着天空拍，一起慢慢往街道开阔处走。

这个点大马路上已经没有什么车，大部分都是大人带着孩子看烟花放炮仗，也有少数孤寡老人在找角落给故人烧纸。

星望在前面走几步就仰头拍天上，姜忘和杜文娟则并肩在他身后慢慢走。

天空已是浩渺又澄净的幕布，由地上的人们点缀上星火烟花，任由璀璨色彩张扬迸发，映得世界都不住闪烁。

杜文娟年夜饭时喝了两杯，散步时有些薄醉，脸颊泛红。

她走在姜忘身边，看着前方彭星望的背影，缓缓开口。

"其实当初彭家辉第一次扇我耳光，是因为我误会他在外面有人，说了很难听的话。

"我爸妈一直疼爱我，从小到大都没舍得打一下，我第一次挨耳光时人都蒙了，当时就想着要离婚。"

姜忘慢慢往前走，大概猜到后面的事情。

"准备提离婚的那天早上，我给我俩都下了一碗葱花面，心想这碗面吃完，咱俩缘分也就散干净了。"

杜文娟望着街头天上的银树金花，脚步停顿："结果我刚吃了一口，恶心到当着他的面一顿呕，然后整个早上都只能喝点清水，闻到面就想吐。

"去医院一查，已经怀星星三个月了。"

姜忘终于也停下来，看向她的眼睛。

他很少有怕的时候。可这一刻，他却很怕她接下来会说什么，甚至有几分逃避地想立刻找个话题跳开。

他很早就有过这种想法，可把它放在大脑最角落的地方，根本不会去碰。

不要再往下说了。

没想到杜文娟望向星望，笑得很开心。

"我在医院等结果的时候，一直还在想，万一真怀上了，该怎么处理这个孩子，接下来又该怎么提离婚。

"没想到医生真告诉我我已经怀孕的时候……我只觉得特别开心。

"开心到像是天都放晴了，这辈子都只会有大太阳。"

她眼睛里都是笑意，一想到那天，还是忍不住地笑。

"当时再从医院走出来，我摸着肚子心想，原来我这么喜欢彭家辉，这么喜欢这个孩子啊。

"我原来真想和这人有个孩子，和他一起有个圆圆满满的小家庭，一起努力把孩子抚养大。

"一想到这儿，好像突然间什么事情都可以原谅了，只图过些和和气气的小日子。"

姜忘站在原地，大脑一片空白。

杜文娟走了两步发觉他没跟上，招呼星望停一停，以为他喜欢这里的风景，想要多停一会。

姜忘有点控制不好情绪，声音发哑。

"你……不怪他没让你成功离婚吗？"

如果当时你没有怀孕，说不定你早就离开彭家辉，也不会受那么多的苦了，不是吗？

"为什么？"杜文娟细眉一扬，揣兜笑道，"他是我的小孩啊。

"谁会把大人的错怪到小孩身上呢？

"其实想一想，星星可能那时候还在妈妈肚子里，就在跟爸爸说，我给你争取一次机会，你要好好表现，不要让这个家散了。"

"早不吐晚不吐，偏偏挑在那个时候。"她感慨道，"怀星星的时候，这孩子省事到让我好多朋友都羡慕。

"特别听话，也不折腾我，出生以后能吃能喝能睡觉，我坐完月子出来，气色好到同事还以为我家里请了月嫂。

"他爸爸再不长本事，靠打人逃避责任，那也是我没挑对人。

"只是……星星一来到这个世界上，我就好像什么都想通了。"

她揉揉眼睛，看向姜忘，神情里满是愧疚和感激："刚逃跑那几年，一直不敢回去接，怕那'人渣'靠孩子直接把我扣在那儿。

"也多亏有你作为娘家人撑腰，我才敢回去。"

姜忘想要开口说句什么，这一刻却鼻头发酸，嗓子干哑到微痛。

"我以前还觉得，孩子对你而言是一种痛苦。

"如果不生他，你可能会幸福很多。"

杜文娟眼眶也红起来。

"不会的，"她泪中带笑，声音轻柔又坚定，"他是我的小孩，我只会很爱很爱他。"

姜忘觉得脸颊上有什么滑过，滚烫又冰凉。

杜文娟愣了下，慌乱道："你怎么哭了？是不是我说了什么不该说的？"

她连忙掏兜找纸，找不到索性伸手去擦，用干净指节蹭开他脸颊上的眼泪。

女人手指冰凉柔软，还带着茉莉花的香气。是妈妈的味道。

"要是我说什么让你不高兴的……"

"不是，"姜忘没想到自己会哭，仓皇道，"我是在想，原来我妈也会爱我。"

原来我的妈妈也会爱我。

"怎么会犯这种傻呢，"杜文娟哭笑不得，"星星有时候呆呆的，盐和糖都分不清，我都喜欢他。

"你这么能干懂事，一个人在外面闯荡打拼，有责任心有担当，还照顾亲人。

"姜忘，你妈妈一定也很为你骄傲，每天都会想着你啊。"

彭星望拍到一半发觉妈妈哥哥都不走了，跑回去找他们，被哥哥吓一跳。

"哥，你没事吧？！"

"你哥哥想家了，"杜文娟招呼小孩过来抱抱姜忘，"不难过了，外面风大，我们回家吧？"

姜忘弯腰用力抱住彭星望，把眼泪全抹他新衣服上。

小孩心疼衣服但更心疼哥，还主动往前递了递，表示不介意的话可以继续用他的袖子擦脸。

"走，回家。"

大年初一正是拜年的好时候，彭星望早早连银行卡都开好了，新卡还是印着高斯奥特曼的特别限定款。

姜忘昨晚玩游戏到很晚，本来打算一觉睡到自然醒，早上八点还是睡眼惺忪地陪他去各家串门。

彭星望往往在这种时候特别懂事,不闹腾不乱叫惹人生厌,而是趴在床边跟小狗狗似的看他,看得人没法拒绝。

姜忘一开始选择蒙着被子睡,又翻过身假装没看到,偏生就是能感觉到那一道热烈真挚又特别无辜的目光。

算了算了,起床吧。

新年收红包算是中国小孩的节日特权,放其他国家顶多圣诞袜里收到点小玩具啥的,春节红包可是真金白银。

省城这边习惯给个好几百,东三家西三家拜完年,小包包就已经鼓到装不下,只能放到车里备用的小书包里。

姜忘纯粹是来跟老客户、老朋友们叙叙旧,碰到有小孩的人家给的也很爽快。

他边闲聊边悄悄看着小孩花式跟人家推推拉拉,卖卖乖还满脸不好意思,最后收得毫不手软,一整套下来非常熟练。

看着看着在旁边笑。

真像我啊,搁我我也这么干。

与此同时,杜文娟在家里炸蛋饺和藕圆子,哼着歌心情很好。

手机响起来,她看着油锅里的气泡随手接听:"常华?"

"茵茵在奶奶家过得很好,还收了好几个红包。"常华示意家里人把孩子抱远点,询问她的近况。

长途略贵,两人聊得简单,甚至有几分照本宣科。

等到要挂电话时,杜文娟逐一把炸好的圆子夹回藤篮里,低声道:"我想把星望接过来。"

电话那头沉默几秒,半晌才有回应。

"怎么又提这个?

"我就知道……但是文娟,茵茵才一岁不到,咱们给她抓阄完,还要教她说话,陪她到处走走,哪里还有时间照顾你儿子?"

杜文娟不悦道:"我负担得起,家里也有给他住的地方。

"常华,你要是一上来就把这个话给否了,我可以开始考虑要不要带着茵茵来省城住,星望现在刚十岁。"

对面像是翻了个白眼,过了一秒,语气变得怪怪的。

"你可是在结婚前一两个月,才跟我说你有个儿子。

"文娟,这事我从来不怨你,可你也得理解理解我的苦衷。"

杜文娟听得心里发堵,一想到孩子还这么黏着自己,又想到电话另一边的茵茵,像是卡在十字路口不知道该怎么走。

她关掉火,握着电话缓缓开口:"我的银行卡上个月少了一千五,怎么回事?"

对方愣了下,很快道:"少了一千五?我怎么知道?你记错了吧。"

"我已经把密码改了。"杜文娟平静道,"常华,我虽然刚晋升完,但如果你再犯原则性问题,我绝对会带着茵茵直接走。"

她以前没有这个勇气说这句话,甚至不敢动一下这样的念头。

但现在,哪怕茵茵刚出生不到一年,她居然可以直截了当地提出来,甚至当面和他对质。

原来一个人真的会不断变好。

常华被这话直接饿到,语焉不详地糊弄了两句,直接挂断电话。

杜文娟看着短信提示的话费余额,半晌往嘴里扔了颗藕圆子,边嚼边啐了一声。

结什么婚,一个个都是不省油的灯。

与此同时,姜忘拜年拜到口干舌燥,带着星望回自家店里喝港式奶茶。

如今他在 A 城有四家书店,在省城开了两家书城,辅导班不仅分布在省城的三个大区核心商圈,而且生源不断,赚得盆满钵满。

若是以小富即安的标准,他早该收手作罢,只打顺风牌,但他一直很谨慎,世上没有稳赚的钱。

只要处在流动的市场里,就会有竞争,有对比,危机。

所以必须时刻对比确认,不断领先其他人独自往前猛跑。

由于不忘书店和不忘教育的一路高飞,现在省城出现了和 A 城一模一样的情况——新的书店、奶茶店、培训班如雨后春笋般一个个冒出来,甚至恨不得把店就开在他家公司旁边,不光照抄模式规划,甚至连菜单名都直接照搬。

没等不忘文化的员工发火,包括奶茶店常客、书店金卡会员、培训班常驻家长等热心群众就纷纷提出异议。

"你们看看那家奶茶店——居然叫要旺奶茶,你们店卖荔粉气泡他们也卖,名字都不改!"

"哎哎,广家口的那家培训班也太嚣张了吧,居然偷偷复印你们的讲义拿去给学生讲,要不要脸啊!"

姜忘着手申请好各路专利号,转头同员工们一起好好感谢这些热心人。

蟑螂、老鼠这种阴沟里的臭玩意,哪里能灭个干净?

拾人牙慧,亏损阴德,自己等报应吧。

他现在有更重要的事。

新年正是宣传营销的大好时间,很方便招揽新客人提升业绩。

姜忘提前三个月已经规划好方案,趁着人多热闹推出新年盲盒活动。

——凡是在书店办卡消费满六十六元,即可抽取十二生肖书签之一,集齐全套则可以兑换数码相机、笔记本电脑等任意大礼。

书签用的是镂空工艺,还有银流苏串珠缀着,十二款各包含着憨态可掬的不同动物,颜色和材质在细微处也各有区别。

无意凑齐全套的小孩买完书可以白得一个书签,有心多买多赚的则可以整盒抱走,抽到多的拿去跟朋友换。

前台店员一个个都训练有素,表示买不了这么多书也可以报辅导班口语班,咱几家店都在联动,一样可以消费办卡换盲盒。

还真别说,每天都有一两个小孩凑够十二款,喜滋滋地当着所有人的面拿书签兑换大奖,抱着限定款手办快乐凯旋。

其他人半信半疑,但还是忍不住跟着抽。

本来只是抽一个看看里头到底是什么,不知不觉地就来了个十连抽,等人反应过来的时候,音标班物理竞赛班已经报完了。

"等等……我来这儿好像只是为了买本字典来着。"

"我的压岁钱呢？我这么大一包压岁钱怎么花光了？不可能吧？"

"还差一个龙签就够十二款了，啊啊啊，重金求一个龙签！有没有人跟我换？"

省城、A城的活动都全程同步，几家店业绩疯涨到不得不叫会计加班算账。

姜老板表示非常欣慰，特别满意。

压岁钱这种东西，当然是要转化成知识和学习成绩才最保值啦。

员工们收红包收到手软，跟着天天加班，心想我家老板笑起来真像个好人，黑起来也是打心底地黑。

但好歹大年初一到初七都该好好过个年，姜忘也没太为难他们，大部分人都是下午随缘过来加个班，多多少少干点活再回家吃饭，人事部那边不会有强制要求，但只要来都可以领红包，加班氛围很好。

雷打不动早上十点来晚上八点走的只有一个人——符耳。

符耳就差把被子躺椅牙刷枕头搬到办公室了。

她爹妈在风景如画的F国浪完以后，正筹划着跟团再去趟自由开放的M国。

符耳推推眼镜，表示你们爱去哪儿去哪儿，我这人只想赚钱，唯一的人生目标就是加班干活天天赚钱。

她一个人在空空荡荡的公司里待得很惬意，就算公放摇滚乐也没人管。

大年初三，符耳正准备着竞赛教材，大门那儿传来问询声："请问有人吗？"

符耳倏然抬头，以为是其他区来的同事，踩着兔毛球拖鞋过去接人。

面前出现一个剑眉明眸的女老师，她穿着一身工装夹克配深咖色牛仔裤，气场很足，个子贼高，她得仰着头看她。

"你好……"她打量着这人胸前没有工牌，"请问您是？"

陶英启作为彭星望的小学班主任，放假了也没什么事情做，散步过来想看看小孩在不在。

她和季临秋关系很好，后来没事也去书店买买东西，偶尔来辅导班逛一圈。

"请问星望在公司里,还是去书店了?"

符耳怔了下:"你是他的……需要我打电话问一下吗?"

"噢,我是他学校的语文老师兼班主任,"陶英启意识到自己可能表现得有点傲,也可能是面前这小姑娘个子太矮了跟自己说话费劲,笑着摆摆手道,"我只是顺路想看看他,不好意思,给你添麻烦了。"

"没有没有,"符耳很快拉开门,"进来转转?我来接待你好了。"

她对不属于自家公司的同行都非常上心,毕竟管理层明确说了,只要拉来的人符合考核要求,来一个给一回提成。

万一能拉个人呢?

这不得替姜老板好好表现表现,最好把分红提成年假补贴之类的提一提?

来我公司发光发热,美好明天就在眼前!

陶英启跟在符耳身后,隐约感觉到这小姑娘心情突然变好。

她自己独居省城,过年也懒得回去,观察了一会符耳道:"是姜老板他们为难你,还是你主动留下来加班?"

符耳心情很好地哼着歌,按公司流程给她介绍最新的教学设备和配套教材。

"我喜欢做题,喜欢上课,过年加加班也很开心。"

"在学校当老师也逃不开加班。"陶英启笑道。

符耳侧眸看她一会,突然道:"你很有前途。"

说话清晰利落,一看就是个资深好老师。

要不跟我们干吧。

陶英启在培训中心待了一下午,其间有员工陆陆续续过来加班,她看得好奇:"你们活儿很多啊,过年还要求加班?"

符耳抿唇直笑,侧耳把红包数额告诉她。

陶英启听得一愣:"真的假的?"

好家伙,姜老板够大方啊,这快抵得上她半个月工资了。

她在实验小学教书,如果回老家过年,人人聊起来都会感到羡慕。

"公家饭就是好啊!我儿子考编制都三年了,唉,想想都晦气,死活考不上去！"

"真是，赚得多还受人尊敬，比咱们种田搬砖强多了！英子好样的！"

陶英启长期被这种观念熏陶，也没觉得哪里有问题。

今天一转头看见这么多人过年还乐呵呵地过来加班，反而感觉自己有点跟不上时代。

原来……还能这样？

临别之前，她思忖再三："我今天过来的事，就不用让姜老板他们知道了。"

"好嘞姐，"符耳利落地掏出手机，"咱换个号码，就当交个朋友啦？"

陶英启看着直爽飒气的一个人，内心其实总带着怯意，平日朋友很少，都是中规中矩的同事关系。

她怔了一下，也扬起笑容。

"好，以后就是朋友了。"

与此同时，季临秋正在书房里埋头写教案，房门被敲响两声。

"请进。"

季国慎不紧不慢踱步进来，弯腰看他在电脑上敲什么。

"你还打算教数学啊？"

"教着好玩，"季临秋往旁边让了一下，"您有事？"

"没事，没事，我就看看。"

季国慎自己搬了把椅子，专注地看他工作。

大概过了十分钟，季临秋还没有忙完，随手又打开一份PPT，看着屏幕平淡道："妈又给我找了个相亲对象，是吧？"

季国慎不自然地咳了一声："怎么突然说这个？"

"您平时哪里会这样？"季临秋把鼠标放到一边，转身看他，"又是谁家女儿？"

季国慎本来还想掩饰一下，被他这么一盯心虚起来。

说来奇怪，这孩子身上多了股锐气。

以前只觉得他温文有礼，没什么棱角。

是从什么时候……开始变了？

"其实，是我给你找的，你妈看了眼人家的照片，没说什么。"

季临秋没作声，缓缓喝了口水。

季国慎觉得哪里不对劲，也没有马上接着提这件事，而是自己琢磨逻辑。

"不对啊。"老父亲教理科太多年，很快反应过来，"我们也没有要给你包办婚姻，只是张罗着看看能不能帮你找到合适的人。

"怎么每次我跟你妈提到这事，搞得像我俩在犯罪一样？

"临秋，你今年也要满二十八了吧？这难道有哪里不合理吗？"

季临秋看着父亲，有一瞬间很想和他全部讲清楚。

人瞒着事情会特别累。

无论事情大小，只要时间长了，它便会压在心口，让人喘不过气。

他张口想说什么，半晌才道："我不喜欢和异性接触。"

季国慎像是没听懂，扬起眉毛有些不可思议。

"以前读高中的时候，有女同学表白不成想强亲我，我没来得及躲，被她亲到了脸，我……很不舒服。

"后来工作了和女同事有工作往来，若有肢体接触，我也会尽量避开。"

季国慎愣愣地说不出话，像是碰着晴天霹雳一样。

老人想到了什么，自责起来："是不是村里那件事，对你有影响？

"还是我年轻的时候一直不在家，留你妈妈一个人抚养你长大，所以你哪里出了问题？"

季国慎像是碰到什么棘手的麻烦，开始坐立不安。

"我……这事……临秋，你怎么不早告诉我和你妈妈呢？

"要不，我们陪你去找个心理医生看看，或者你跟爸讲讲，你是从什么时候开始这样的？"

季临秋身处这个从未想过的谈话里，有一瞬荒谬地觉得自己终于开始叛逆。

他的青春期过得很平和，甚至可以说，在遇到姜忘之前根本没有什么青春期。

没有欲望,没有冲动,没有渴求。

二十出头便古井无波,像是早早地就认了命。

他感觉到牙齿都在泛酸。

"如果,我一辈子都不和女人结婚,更不去碰她们,你们会把我送进精神病院吗?"

季国慎连连摆手:"可别乱说,我们是你爸妈,怎么会送你去那种地方!"

老人脸上只有心疼和慌乱:"爸等会就去把相亲取消掉,咱们不去了。"

"剩下的事,我和你妈好好商量一下,我们再谈,行吗?"

季临秋轻轻点头,把他送出了书房。

等门关上以后,自己才靠着墙深呼吸,有些难以置信。

他刚才居然真对父亲这么说了。

父亲走远以后,书房又安静一片。

季临秋靠墙站了很久,掏出手机给姜忘打电话。

对方过了一会才接,听声音像是在应酬。

"临秋?"男人笑意满满,"怎么,等会见?"

"不用,就是给你打个电话。"季临秋抿唇想了个理由,临到嘴边却又不想说了。

季临秋一时间不知道该高兴自己暂时不用相亲,还是烦忧父母接下来又会做些什么。

他只是屏住呼吸,听姜忘那一侧酒杯碰撞、人们谈笑的声音,不再说话。

姜忘怕太吵了听不见,特意去酒店外沿走廊里接电话,他等待了很久都没听见后续,不确定道:"临秋,你碰到什么事了吗?"

"这样,我等会吃完晚饭就来找你散步,好吗?"

季临秋笑起来,轻轻嗯了一声。

"去吃冰糕吧。"

姜忘瞅了眼玻璃窗外纷飞的雪,笑着颔首:"咱们季老师就是这么烈，我真欣赏。"

　　他们两人最近又在计划买房子。

　　虽然不忘教育在快速扩张中，但公私账务分得很开。

　　公司引入一批投资，不断攻城略地，实际收入也非常可观。

　　《黄金十二卷》今年已经正式引入各省学校，因为有名校金牌讲师的一众光环加持，加上姜忘这两年人脉资源扩张得实在太快，光是卖书收入都非常可观。

　　至于奶茶店、书店和卖周边手办漫画的大笔收入，以及培训班里源源不断的定金和学费，足够他们今年再全款买下好几套房。

　　2008年这会实在房价便宜，买哪里都成。

　　两人散步时，季临秋也没有聊自己的事，随姜忘一起在长街堆雪的边沿走着，和他介绍首都和S市紧俏的学区。

　　他看向姜忘，隐约猜到了什么。

　　"你打算把房子都买下来，租给那些陪读的家长？"

　　"如果房产数量多起来，很有可能管理不过来，得在两个城市安置人帮忙看着。"

　　姜忘在现实世界里没怎么读书，对重点中学了解很少，听季临秋跟报菜名一样说了一串才反应过来。

　　……工程量很大啊。

　　投资要赶早。他原本留在省城只想守着一亩三分地，听见季临秋这么一说，又莫名地觉得野心在烧。

　　"哎，临秋。"男人笑起来，"要是我干教育培训到一半，还想搞点房产生意，你会不会觉得我疯了？"

　　季临秋看着姜忘映着飞雪的琥珀色眸子："我想跟你一起疯。"他声音清冷，尾音微软，"活在这世上，能有个人一起折腾，会不会更幸福一点？"

　　姜忘笑着看他："也就你这么纵着我。"

　　他原先以为，把他从几十年的孤寂里拉出来，从自我孤立一般的囚笼里救出来，也许便已经是圆满。

181

现在看来，故事才刚刚开始。

虽然来暂住的时间很短，过完初六就要回 C 城，但杜文娟一直很高兴。

她看见星望睡懒觉也开心，看他在院子里跳绳也开心，哪怕小孩在厨房里乱转悠什么忙都帮不着，她也会被星望的两三句话逗笑到直不起腰来。

自己乐完，有时候还拉着姜忘一块在旁边乐。

"你知道吗，星望现在不做噩梦了，晚上睡得特别好。"她看见自己养的小熊崽子长得特别苗壮，发自内心地感到欣慰，"我刚来那几天还不放心，半夜起来好几次，结果他打着呼噜还吧唧嘴，什么糟糕的事都想不起来，真好。"

姜忘看向杜文娟，也点了点头，静静地在旁边看。

彭星望上学期间被繁重课业压迫太多，好不容易逮着放假的机会，带着妈妈去省城各个地方转悠，还拿压岁钱买了一大束郁金香送给她。

白天到处逛，大人回来都玩累了早早休息，小孩吃顿饭的工夫就能充电满格，再精神百倍地跟小伙伴们打电话。

"杨凯，你知道吗，我们寒假作业居然要我们去养鱼！"

小哲学家懒洋洋打个哈欠："我早写完了，你一走，许老师还是那脾气，我找她拜年她还问你过得怎么样来着。"

彭星望啊了一声，拍脑袋道："我都忘了给她打电话了，明天就打！"

"那你在省城过得怎么样啊？有人欺负你吗？"

"这怎么会有？"彭星望很骄傲，"我跟新同学都处得很好，他们都喜欢高斯奥特曼，我现在也喜欢了，天天一起聊来着！"

杨凯警惕起来："你不喜欢迪迦了？！"

"啊，也还行……"

"还行？"杨凯严肃道，"你这才去省城几天就背叛组织了，彭星望！"

"我不跟叛徒打电话，挂了！"

"哎……哎！"

小孩哼了一声，一路翻滚到沙发尽头趴着。

"那我也不理你了，看谁厉害。"

杜文娟简单睡了一会便出来做饭，不一会姜忘也揉着乱糟糟的头发爬起来加班，在客厅啃着梨子看报告。

季临秋刚好过来谈事顺便吃饭，两人一人一台电脑并肩坐着，渐渐都开始专心工作。

杜文娟给他们端了两杯水便忙自己的去了，等香炸藕盒陆续出锅了，抽神自厨房玻璃门往外看。

客厅里两人都在埋头做事，间或喝一口水聊句什么。

姜忘喝完水便习惯性用手背将季临秋的杯子推给他，示意他也喝一口。

季临秋有时候记得，有时候一直在敲键盘顾不上，男人便用指节敲敲杯沿，示意他喝水。

杜文娟在厨房里炸完藕盒炸鸡翅，又炖了大锅鲜鱼汤仔细掌着火，偶尔看看他们，竟感觉到几分温馨。

季临秋喝完，很自觉地伸手拿茶壶给两人的杯子续满，再推回去给姜忘。

后者随意抿一口，转过电脑给他看上面的数据。

你一杯我一杯，茶壶不知不觉就空了大半。

杜文娟把鱼汤盛进砂锅里，抽空还去给他们重新泡一壶。

季临秋扬眸笑道："谢谢您，真给您添麻烦了。"

他一笑起来，眸子里像是有一泓灵泉，澄净又明亮。

杜文娟反而不好意思当面看着他，笑着客气一句便回厨房泡茶。

氤氲雾气荡漾开，淡雅香味很好闻。

她看着起起伏伏的茶叶，心里有个荒谬的想法。

弟弟就算不结婚，能有这样的人陪着，可能每天都很开心。

彭星望一个人看电视无聊，这会抱着作业跑过来和他们一起写。

杜文娟给他也倒了一小杯，温声道："妈妈后天走，宝贝，你可以晚几天再写,咱们这两天一起多玩会。"

彭星望抓着笔反而有点不敢确信:"——后天就走吗?"

"来之前说好了啊,"姜忘随口道,"小年来,初六走,你妈还得回单位上班呢。"

彭星望突然写不下去了,拿笔动作都有点生硬。

他看向杜文娟,哀求般拖长声调。

"妈妈能不能多待几天啊?"

杜文娟犹豫了下,还是摇摇头。

"妹妹很久没看到妈妈了,也需要照顾,对不对?"

彭星望低头嗯了一声,很快又抬头:"那我暑假的时候,妈妈会来吗?"

杜文娟伸手摸他的额头:"妈妈还有年假,等你想妈妈了,妈妈就过来陪你,一定会来。"

彭星望难受起来,想反驳几句,又把话咽了下去。

他不能任性。他得做个乖小孩。

他一直都很乖,不是吗?

虽说是过年,但姜忘能留在家里吃饭的机会很少。

他身为公司老板,注定要时刻注意商界风向,以及不断增进和各界朋友的关系。

碰到要紧的关系,应酬便推托不了,尽可能地处理周全一些,方便以后的合作。

杜文娟初六要走,他初五还是不得不在外赴宴,跟来自首都的几个重点客户一起吃顿饭。

席间还有帮忙牵线的朋友和他女朋友,以及几个自家公司的老师。

这顿饭姜忘做东,自然要第一个到,多关照下菜肴特色口味轻重一类。

等其他人陆续入席,他才发觉有个女人很眼熟。

那女人妆很浓,说话带着几分金属音,一时间他都有点想不起来是谁。

"这是我女朋友,关虹,"朋友笑道,"来,亲爱的,跟大家打个招呼,这位是姜老板。"

姜忘与她视线交会，一瞬间才回想起来。

这位——是彭家辉前女友！

他内心深处不太接受父母另有伴侣，因此对常华和彭家辉那几个前女友都印象淡薄，被提醒名字时才反应过来。

关虹看清这顿饭东道主竟然是姜忘，一开始笑容也有点勉强，但很快心情平和下来，和其他人有说有笑。

这顿饭吃得宾主尽欢，姜忘也没有多思虑，席间以打电话名义出去透了口气。

包厢里烟味太重，刺得他眼睛不舒服。

过了一会，关虹也走了过来，同他一起吹外面的风。

姜忘道："我和彭家辉是朋友。

"之前的事，我替他道歉，对不起。"

关虹扫了他一眼，笑声很轻："你知道他为什么会跟我分手吗？"

她语气有些讽刺："居然……是为了他儿子。

"我一直没想明白。

"你说这男的有责任心，在意自己孩子吧，为什么会一直把那小男孩交给你俩抚养，还让你们带他到省城来读书？

"真要这么在乎那小男孩，早干吗去了？现在不也有钱了吗，还不接走？"

关虹看向他："你说说，这不自相矛盾吗？"

姜忘并不知道这一层情况，心里也觉得讶异。

彭家辉居然会在意星望到这份上？

他看着亲爹这几年情场里翻来滚去，失恋一回灌醉一回，却从没设想过儿子被他放在这么重要的位置。

他回过神，发觉关虹还在等他的答案。

"其实很好懂。"

"有人这么跟我说过，"姜忘淡淡道，"有的父母，没有能力来爱孩子。

"有的人终其一生都过不了这个坎，心里非要盼着父母有这个能力，能够以他们期望的方式来给出爱。

"也有很多父母一辈子都固执地认为，自己有这个能力，给出去的一定是爱。

"彭家辉既不是前者,也不是后者。

"他发觉自己没有能力,索性把孩子送到更好的处境里,然后自己慢慢往对的位置走。

"他和你分手,坚持在家里留一个儿子的位置,又不立刻把儿子接回来。"

"大概在于……"男人说到这里,眸色渐暖,"他想要在未来,和星星再次相逢。"

以对的境遇,与对的爱。

而那也是姜忘所等待的。

过年免不了有一帮亲友熟人前来拜年。

人多了姜忘也嫌烦,加之杜文娟难得在家里待几天,他也不想看她给外人端茶倒水,索性让关系一般的人都年后再见。

熟的几个人前后来了一趟,其中就包括房全有。

房全有自打碰见姜忘以后,如有吉星高照,像是跟着姜老板多混几天,能混得七窍全开、八面玲珑,一日比一日会做人。

他来时提了两箱好酒、两屉新出炉的时兴点心,先是乐呵呵地给彭星望递圆鼓鼓的新年红包,然后轮流向家里所有人问好。

姜忘跟他闲聊几句,引他进了书房。

"哥们,给你个东西。"

房全有生怕收着什么大礼,进门时表情都有些惶恐。

没想到姜忘掏出一串钥匙。

其中有接近一半被贴了红胶布,一半贴了蓝色,寥寥几把则是白色。

每一把都形状不同,质地不同,明显来自不同房产。

"有件事得拜托你,当然肯定会有酬劳,机酒全包。"姜忘把钥匙放到他的面前,不紧不慢道,"你有没有兴趣辞个职,当我的房产经纪人?"

房全有呆呆看着那一串钥匙,没有马上接。

"您这……也太信任我了。"

"房子一共有十二处,给的都是装修钥匙,母匙在我手里。"姜忘慢条斯理道，"我买的时候没顾上分类登记，现在还需要你帮忙跑个腿。

"这十二处房产，需要每季度估值一次，并且实时更新租赁状况，具体租价你参考好做个表格交给我，还需要每个房子都有多角度拍照，以及周边环境变化的跟进记录。"

他从抽屉里拿出一个文件夹，推到房全有面前。

"全部工作内容在这儿，月薪是你现在的百分之一百五。中介抽成再涨百分之五，怎么样？"

房全有被从天而降的新工作砸到眼冒金星，半晌喘过气来，先是接过文件夹仔仔细细地看，然后咽了口口水，有些不敢说话。

姜忘十指交叉道："有什么想法，你说。"

"工资太高了，不用涨那么多，"小伙紧张地说，"我就是觉得……姜老板，你是不是想干点别的了？"

姜忘展颜道："你挺精啊。

"确实，我打算再开个房产公司，具体还在考量。"

房全有心想：姜先生您是超人变的吧！您将来是要横跨几个行业当巨头大佬啊？

他隐约猜到姜忘的想法，此刻颇有种一人得道自己跟着抱大腿飞天的梦幻感，飞快地点头答应了。

"老板，您也知道，您在哪儿我就在哪儿，以后跟您混了！"

工作太忙，计划也多，真到了送别杜文娟的那一天，姜忘反而没太多心思伤感。

小孩自前天起就闷闷不乐，平时晚上能猛干两大碗，知道妈妈要走了连汤都舍不得喝，想表现得成熟点也没成功。

这一次季临秋提前去杭州出差，没有过来跟着一起送。

杜文娟推着行李箱走在前面，拿着票快要进检票口了，回头看彭星望。

"星望，"她温柔唤他，"妈妈要走了，真的不抱一下？"

小孩憋了一会，还是冲过来紧紧抱住她。

姜忘每次看见彭星望扑进亲妈怀里，自己内心也感觉会被撞一下。

他偏开头，像是害羞一样不肯多看这一幕。

"我还在生你的气。"彭星望眼眶红红的。

杜文娟有点诧异："生气了？"

小孩这时候才发觉她都不知道自己生气了，用力跺了一下脚，认真道："你……你每次这么突然地走，又这么突然地来，我怎么可能习惯啊！"

每次刚习惯有妈妈的生活了，你又消失掉，我……我真的很难过啊！

他还想再任性一会，却硬生生改口道："也就生气十分钟，已经结束了，你走吧。"

杜文娟俯身亲了一口儿子，也不知道该如何回应。

"你一个人时要听忘哥哥和临秋哥哥的话，放学了不要乱跑，妈妈一直爱你，一定会努力多过来看看你。"

彭星望点点头："替我向常叔叔和茵茵妹妹问好。"

杜文娟又用力抱了他一下，随后走向姜忘，也给了一个用力的拥抱。

一大一小再开车回家的时候，车里少了人，空落落的。

彭星望伤感起来，有点文艺又有点忧伤地坐在副驾驶看着窗外："哥，你开始想他们了吗？"

姜忘叼着棒棒糖，把糖棍撇到一边，思索道："我开始想，还有五天就开学了，你寒假作业做完了吗？"

彭星望："呜呜！"

日子一转正式开学，家里彻底清静下来。

杜文娟不在，小孩不在，季临秋还在外头出差学习，家里登时只剩下姜忘一个人。

他本来觉得日子会有点寂寥，没想到先前约着晚点上门拜年的同事和朋友接踵而至，摆明了元宵节之前都算过年。

"姜哥！我儿子最近这数学成绩死活上不去，你可得听我说说，来来来，喝点酒……"

"姜老板！别来无恙啊，你看我们厂新年期间又推出经典款台灯……"

"新年快乐！恭喜发财！姜老板，咱们是老朋友了，我闺女学英语一直……"

姜忘被迫当了四五天交际花，其间收下波士顿龙虾六只、面包蟹一整箱、普洱茶团一摞、活鸡两对，后面的索性懒得清点了，爱啥啥。

最夸张的是，某天早上八点有人敲门，姜忘睡衣还没换，一开门看见两个抬着冲浪浴缸的伙计。

"姜先生是吗？这个您要放哪儿？我们进来需要换鞋吗？"

姜忘脑袋上缓缓冒出一个问号。

等浴缸安装完了以后，他才打电话辗转问到，是之前有朋友来做客，偶然听说这房子里都是淋浴，特意上心物色了个顶配大浴缸。

小姜同志现实世界里日子糙到没谱，现在全家上下都透露着暴发户的气息，让他有那么点不习惯。

正环顾四周，琢磨着要不回头把这么多礼物全送公司人手一份得了，门铃再次响了起来。

"又是谁啊？"姜忘苦着脸过去开门，迎面看见拉着行李箱的季临秋。

后者听见这不耐烦的语气，略错愕地扬了下眉毛。

"临秋……"姜忘一手接过行李，然后汪汪哭，"家！家里要堆满了！浴缸里全是面包蟹和龙虾！我都没法泡澡！"

季临秋越过姜忘肩膀往后看："全……堆满了吗？"

举目望去，处处是礼品盒。

某人刚下飞机还没喘口气，被迫跟着姜忘收纳东西打扫家里。

一上午忙完简单吃了点，没开空调身上都是汗。

"我去给浴缸放个水，海鲜全部放冰箱了。"季临秋揉着后颈，叹口气道，"以后不要什么礼物都收，实在不行，人家提两件，你就另外拿出两件给人家提走。"

姜忘很听话地应了一声，忽然道："泡澡？"

"对啊。"

"等等……你先放水，我出门一趟，很快回来！"

"你去哪儿？！"

十五分钟后，姜老板提着一篓橡胶小黄鸭回来了。

季临秋："……"

季临秋这些天去出差学习，一半是因为确实有公务在身，另一半也是有意躲着父母。

父亲那边知道他不想和女性接触的事以后，肯定会跟母亲通气，暂时都没有什么反应。

没反应就是最好的反应，先让双方都冷静一阵。

门外传来门铃声。

"老板……老板你在家吗！"

小秘书刚好租房子也在这个小区，过来也方便得很，哐哐敲门然后一抬头："老板……欸，你刚泡完澡吗？"

"嗯。"

小秘书还在仰头看他脑袋上的毛巾王冠："额，好消息……咱们培训班的一学生拿数学竞赛金奖了！"

姜忘一拍巴掌："好样的！那小孩人呢！"

省际数学竞赛金奖这事是去年十二月份进行的，但是刚好阅卷和评选的时间卡了个过年，这会才正式公布出来。

段兆跳槽前是重点中学老师，本来私下就有很多学校的小孩家长求着私下上课，正式脱离编制以后声名更是远扬，带的小孩进班之前还有资质筛选考试，根本不是奔着收人头费挣快钱去的，自然成功条件充分。

这回一拿奖，对机构来说是一针强心剂！

金奖！

好家伙，明晃晃的新招牌！

"不光是这样，季老师培训的那一批学生，有三个已经进国家英语竞赛复赛了，家长都在问能不能加课补习一下，小孩口语不是很好！"

季临秋刚好从卧室出来："我今晚有空，明天下午也可以加课。"

小秘书看看季临秋，又看看自家老板："那……那我不打扰你们，回头公司等您二位开会。"

姜忘再到公司的时候，发觉有些目光非常热切，看来大家都知道金奖的事了。

姜老板很欣慰地向他们点点头，转身进入办公室。

得奖学生和家长都已经到位了。

"首先恭喜您几位，春天刚到，咱们已经到收获的季节了，有这个奖在，保送已经可以说是板上钉钉的事，"姜忘示意他们坐下，"按照咱们之前的约定，拿二等奖退还80%学费，一等奖不仅退还100%学费，而且还有一份8888元的现金红包。"

他接过秘书递来的文件夹，温和道："这里还有一份价值六万的签约合同，您几位考虑一下。"

家长还沉浸在狂喜的情绪里，过了会才反应过来："签约合同？"

"嗯，分A级、B级和C级约，看您和孩子的意向。"

姜忘轻咳一声，注视着他们道："我们公司，想聘请您孩子做我们的形象代言人。"

小孩听蒙了："代言……培训班？"

只听说过代言洗发水、巧克力、薯片之类的，辅导班也可以吗？

"C级约只会占用您一下午的时间，简单化妆换衣服拍几张照片即可。

"如果是A级约，我们会在您孩子确认保送名牌大学成功，并且没有任何学业负担的情况下，来我们这儿的阶梯大厅分享一下学习心得，以及一些考试技巧。"

合同谈得很顺利。

本身培优课程对于普通家庭来说便是一笔极大的支出，小孩在确认保送以后都不用操心高考的事，给大家分享些考试心得都可以算信手拈来。

段兆这会虽然还在安抚其他没拿奖的小孩，但电话已经被打爆了。

他亲手带出来一个奥赛金奖，以至于好些望子成龙心切的家长听到消息的第一时间就是报他的1对1金牌私人小班，排队名额早早抢完便索性蹲在前台要求见他本人，报不上名不肯回去。

季临秋刚来公司还没跟同事说两句话，就被另一帮家长架走了。

"季老师！看看我家孩子！"

"季老师，那个复赛和决赛的事您有把握吗？"

"老师，现在参加竞赛还有可能吗？我孩子读高二了，平时考一百一十多分。"

等姜忘签完代言约，走出办公室时左右一看。

"我……那两个老师呢？"

助理小小声道："已经被家长们架走了。"

姜忘快速思索怎么把两人捞出来吃饭。

"前台为什么这么多人？"

"都是来报名的，"助理紧张道，"他们想让您加塞……多安排几个班。"

话音未落，听见动静的几个家长快速回头。

"这是你们老板？"

"他是管事的？"

闻声就朝姜忘冲过来。

姜忘：等等！

另一间办公室里，季临秋嗓子都快要讲干，一看时间星望快放学了，办公桌前还有一堆家长堵着。

"那个，"他伸手示意提问的家长先等一等，转头看向同事们，"你们谁有空，帮我去接下星望吧？"

陆续有两个老师举手表示有空，符耳已经冲到了季临秋面前。

"我来！以后都可以让我来接！实验小学是吧？"

季临秋这几个月已经和符耳渐渐混熟了，看到她这么热情还有点错愕。

"是的，具体我发你手机？"

"嗯，"符耳笑容满满，俨然要孤身前往金矿，"我现在就去！"

符耳走进实验小学时满面春风、脚步轻快，门卫伸手拦了一下："初中生不能进去。"

符耳笑容凝固，非常熟练地把身份证掏出来给他看："我进去接小孩，顺便跟他班主任聊聊天。"

"你二十多岁了！"门卫跟见鬼一样让开，"行吧行吧，下次穿成熟点。"

符耳含糊嗯了一声，再度踏入校园里。

她再呼吸这里的空气，都觉得亲切又熟悉。

距离下课还有十五分钟，她来得早，刚好在附近逛一下。

陶英启刚好拿着讲义过来，两人碰了个照面。

"小符？"

"启姐！"符耳笑容灿烂道，"我来接星望放学！"

陶英启没什么要紧的事，便靠着栏杆同她闲聊几句近况，小姑娘话尾一转，眼睛亮亮地道："对了，我打算明年末买房，启姐有推荐的楼盘吗？"

陶英启以为自己听错了。

"你……打算在省城常住吗？"

"有这个想法，现在房价涨得快，越早越好，"符耳算着自己的存款以及爹妈那边会补贴多少，小算盘打得飞快，"买个两室一厅就好，要是能临湖临江更棒，七八十平吧，太小了住得难受。"

陶英启一时间五味杂陈："你这么年轻，没必要拼命加班急成这样吧，偶尔也适当放松休息一下？"

她天天加班被小孩们烦到头秃也得有五六年了，按照现在的微薄工资，就是付得了首付，还房贷都困难。

可眼前这个后辈，不光身上没有那种被压榨到干枯的暮气，整个人泛着光不说，居然已经在挑楼盘了。

"是这样，"符耳一脸深沉，"我得了不赚钱买房就会死的绝症。"

陶英启："啊？"

彭星望背着包走出教室，一眼就看见班主任在跟符老师聊天，蹦过去打招呼道："老师好！"

"你哥被家长们围住了，我替他们来接你过去。"符耳同陶英启招招手："回聊！"

等她牵着彭星望走出学校，小孩才想起来哪里不对。

"你认识陶老师吗？"

"对啊，"符耳笑眯眯道，"我和她是好朋友，以后还要做邻居呢。"

193

姜忘本来要把段兆和季临秋都捞出来吃饭，没想到门口家长太热情外加还有几个客户过来，等季临秋上完一节课出来还是没看到他影子，索性带彭星望回自家吃。

如今季家父子都在不忘教育当讲师，老太太开裁缝店忙里偷闲帮忙做饭，偶尔忙不过来了也会招呼临秋回家一起搭把手。

他们和彭星望处得很熟，小孩能说会道还讨老人喜欢，陈丹红就差把他当亲孙子养，做菜都不肯放一点剁椒，生怕小孩肠胃受不了。

今晚刚好季长夏带了新割的黄牛肉过来，一家四口带个小孩，做满了满一桌子菜，临时还拿高压锅弄了个土鸡汤。

彭星望进屋就找地方写作业，电视遥控器都不要，写完帮忙拿筷子端碗，看得老太太一脸喜欢。

"来来来，陈奶奶给你盛汤！"

季长夏工作刚忙完一段时间，这回也是有意和家里人聚聚，饭桌上尽拣新鲜的话题聊。

彭星望猛干两碗饭，吃完就去院子里看鹦鹉去了。

等又一个家长里短的聊完，季长夏想起什么，笑道："我们小区最近不是组织着慰问孤寡老人吗，我也当了志愿者，过去帮忙来着。结果送粮油的时候，看见有家是两个老太太在一起住。"

陈丹红好奇道："是不是她们家老头没了，所以在搭伙过日子？那也挺好的。"

"我还真问了下，"季长夏摇摇头，"她俩这辈子都没有结婚，也没有谈老伴，就是两个人一起住了一辈子。"

季临秋眸色微怔，很收敛地低头喝汤。

"怎么会这样？"季国慎露出担忧的神情，"是不是年轻时遇过什么事，她俩互相照顾得过来吗？"

"这有什么照顾不过来的？"陈丹红不以为然，"你以为没有男的，女的就不能搬煤气罐背大米啦？你去新疆支教那会，我一个人拉扯两个孩子，不也好好的？"

季国慎本来还想说什么，一听这话心里有愧，点点头也跟着应了。

季长夏在老人家待了一下午，帮他们做了些家务，中途也聊了不少,再回忆起来都有些唏嘘。

"我问她们,两个女人一起过日子,容易吵架吗?

"结果她们说,跟寻常两口子一样没什么区别,但是那都是小打小闹,没有隔夜的气。

"你们猜,她们年纪多大了?"

陈丹红听得投入:"得六十了吧?"

季长夏比了个"八":"一个七十九,一个八十三,牙都快掉没了。"

季国慎完全没听过这样的奇事:"一辈子都没结婚?也没男的上门求亲吗?"

"人家不结婚日子过得也很好啊,"季长夏不以为意,"能痛痛快快活到老,我看也蛮不错。"

陈丹红本来还想附和两句,听到这里才猛地想起自家儿子,快速看了眼沉默喝汤的季临秋,讪讪道:"终归是别人家的事,咱们也就听听。"

她当了一辈子家庭妇女,真听说有女人这么过日子,心里第一反应居然是羡慕。

多好啊,两个女人,做家务都有人互相照应着,也没有公婆公爹要伺候,图个一辈子清净。

可真要这么想,又觉得哪里怪怪的说不上来。

直到这顿饭吃完,季临秋都没再参与话题,吃完便披了外套,和星望一起告别父母回家。

等儿女们都走了,季国慎拿了块抹布帮着擦桌子,表情不太好。

陈丹红看他情绪不对,问道:"又怎么了?闺女又不是不理你。"

"不是长夏的事,"季国慎烦躁起来,"你说她讲的那两个老太太,到底什么情况?"

陈丹红听得莫名其妙:"什么什么情况啊?"

她看季国慎皱着眉,过了好一会才反应过来,没当回事:"搭伙过日子怎么了?听说汕城还是哪儿有不少女的这样,你想多了。"

"可是,临秋先前说他不喜欢女人啊。"季国慎忧心忡忡,"他现在天天跟着姜老板,工作也在他公司里,房子还和人家一起住,说是合作方便省得开会两头跑,我怎么觉得不对劲呢?"

"你就是操心太多了,别胡思乱想。"陈丹红反手把抹布接过来洗了,擦着手道,"我跟楼下黄姐商量着,一起报个老年大学,你愿意不?

"现在裁缝铺的活一上午基本能干完,不行就晚上拿回家裁,但是我要是去上大学了,家里饭时不时得你来烧。"

季国慎有点愣:"你……你要去上老年大学?"

他觉得这样特别好,老伴多上上课两个人也能有共同语言,可又跟小孩一样不知道该怎么办:"你这一忙起来,家里都没人照顾……"

"那你就跟临秋一起吃食堂啊,"陈丹红哭笑不得,"是你自己说食堂营养搭配手艺还好,天天有汤有肉,周末我再给你做好吃的。"

这根本不是吃饭的事。

季国慎本来觉得这个理由能留住她,听完几句话以后一个人发愣,这才发觉自己其实一直很依赖她,现在都舍不得人家走。

"行,"他半响应下,算是被老知识分子的一面战胜了情感,"去哪儿读书啊?要上多久?"

"坐公交车四站地,什么都学,好着呢。"陈丹红眯眼笑道,"这样你们爷俩也不会看不起我啥都不懂了——听说还要学英语,呵,我这个老太太还有学英语的日子!

"我们从来没有那么想过!"

姜忘开车回家的时候,瞧见路边有熟悉的身影。

季临秋没有穿风衣,只是搭在肩上,一手牵着彭星望,在夜色里慢慢地走。

他放慢车速,先是匀速跟了一小会,发觉对方还没注意到自己。

他这才按按喇叭:"这是谁家的漂亮老师跟倒霉孩子啊?"

彭星望有点高兴,又有点生气:"哥!你说谁倒霉孩子呢!"

季临秋回过神,看清是他,也随之展颜,带着星望一起坐了上去。

只是上去以后也一直没说话,缄默得像落单的鸟。

姜忘跟彭星望有一搭没一搭地聊着天,自后视镜里看见他情绪不好,不知道是职场还是家里有事。

彭星望把学校里的鸡毛蒜皮讲完,忽然想起来今天在季家听到的事,兴致勃勃道:"今天长夏姐姐吃饭的时候,说有两个老太太一起结伴活到九十岁,感情特别好!"

季临秋怔了下:"你不是去院子里看鹦鹉了吗?"

"我耳朵好着呢!"小孩骄傲道,"坐在最后一排我都能听见讲台上老师们小声说话!"

姜忘一瞬听明白了,继续套话:"两个老太太?"

"是啊!一辈子不结婚,什么搭伙过日子。"彭星望给出大胆猜想,"你说这样多好,她俩可以一起看《还珠格格》,一起敷面膜,从来不用抢遥控器换台。"

"要是忘哥和临秋哥也能这样就好了,"小孩悠悠叹口气,"我都舍不得出去上大学,真想一辈子跟你们住在一起。"

姜忘轻轻笑了一声,伸手用力揉了揉小孩的头。

春日一盛,两人工作渐渐忙起来。虽然都待在一个公司,有时候甚至六七天见不着面。

——季临秋今年起便在不断外出学习,姜忘时常南北来往开会,常常委托季长夏他们帮忙照顾星望。

以至于小孩都没打算跟他们说运动会的事,还是老师群发短信他们才看见。

陶英启:各位家长,这次亲子运动会是校方特意举办的活动,用意在于促进亲子感情,增加互动机会,时间也特意选在了星期六,希望家长们积极参加,不要错过。

姜忘隔三岔五和彭星望打电话都没有听他说过这事,收到短信时才反应过来,先吩咐秘书改日程订机票回省城,然后再给星望打了电话。

"大哥!"小孩都有点害羞,"我们不是昨天才打过电话吗,你这么想我啊!"

姜忘笑眯眯地拖长声音:"彭——星——望。"

小朋友每次一听见这声就会自发心虚起来:"我……我最近超乖的,老师上课还表扬我来着!"

"你最近有没有什么事没跟大哥说啊?"

"没……没有啊。"

姜忘心想这小孩还是见外,慢悠悠道:"运动会的事,怎么不跟我们讲?"

亲子运动会这种事,红山小学没有举办过,姜忘也没有这方面的经验。

但现在有这个机会了,肯定要陪着小时候的自己好好玩一把才行。

彭星望刚才听见他喊自己大名时就有点紧张,把两周内自己摸过的狗、偷懒没写的作业紧急全部回顾一遍,万万没想到事情出在这里。

"啊,是有个运动会,"彭星望没太明白问题重点,"我还报名了四百米跑步和接力赛,你和临秋哥有空可以来看!"

"星望,你陶老师跟我说,这是亲子运动会。"姜忘淡淡道,"不光小孩有项目,还有亲子项目甚至是家长之间的比赛——你是打算把我和你二哥都开除家长籍吗?"

"可是你们很忙啊!"彭星望着急起来,"我这边又不是什么大事,你们来不来都行,真的!"

他生怕自己的小事打扰到他们,平时很少着急,但这会说话都有点抢,以至于听起来像是普通话烫嘴:"哥,你们不用为了我回来的,我一个人去运动会就够啦!"

"别乱说!"姜忘撑了回去,"再这样小心翼翼的你哥扒了你的皮!"

小朋友长长呜了一声。

"我跟你临秋哥需要你这么见外地护着吗?巴不得多跟你一起玩会,知道吗?"

彭星望愣了半天,分不清这是他们在哄着自己,还是真的这么想。

"真的吗?"

姜忘这会想把手通过电话线伸过去揉他脑袋。

季临秋外出交流许多时日,一听说有这样的机会也欣然赴约,两人在周三便先后回到家里,小孩开心地在家里乱蹦。

"这个是家长报名表!陶老师说截止到比赛之前都可以报名!"

姜忘接过去先看了一遍。

"我报个五公里长跑,再报个铁人三项好了。"

彭星望星星眼:"我到时候给你加油!"

季临秋接过表,饶有兴致道:"还有挺多团体项目,咱们三个一起去。"

第二天彭星望把家长报名表交上去,陶英启吓了一跳。

五公里跑全校只有三个家长报名,里头还算上一个长期跑马拉松的女家长,除此之外再也没有成年人报了。

姜老板居然这么要强!

她一行一行看下去,发现两个男家长还把亲子项目全包了,每行统统打钩。

彭星望站在办公桌旁边,小心翼翼地瞧班主任的表情。

他知道别的同学都是爸妈来参赛,一直有点担心自家两个哥哥不能来。

"好,我这边知道了,"陶英启语气复杂地道,"你记得跟你哥说,这个五公里……跑起来容易拉伤,咱们重在参与,不必强求。"

重点是最后一句。

上班以后还天天锻炼的统共就没几个人,姜老板你自求多福吧。

彭星望很欢快地嗯了一声,挥挥手走了。

周六一到,实验小学跟过儿童节一样喜庆热闹,校门口还特意放了好几盆花树,红橙黄绿的氢气球成串悬着犹如彩灯。

彭星望走在两个哥哥中间,还是有点忐忑。

别人都是爸爸妈妈过来玩,他这样和两个哥哥一起,会不会显得很奇怪?

结果还没进校门口,所有顾虑烟消云散。

像他这样情况的小孩很多,不仅有带着姑妈姨父表哥姐姐来参加运动会的,还有不少带爷爷奶奶过来玩的。

他们三个站在人流之中,没有任何特殊。

唯一与其他家长待遇不同的是,如今实验小学已经有不少孩子到不忘教育上课,校门口买袋梅花小蛋糕的工夫就已经有十几个眼尖的小孩跑过来,声音洪亮地大声打招呼。

"姜校长好!"

"季老师好!"

"季老师!又看到你了!"

"季老师,呜呜呜,我英语作业还没写完……"

以至于前排接待的老师都吓一跳,特意看季临秋身上有没有学校的制服。

姜忘也没想到自己这个差生还有被叫"校长"的这一天。

……真是三十年河东三十年河西。

季临秋见哪个小孩都亲切温柔,唯独牵着彭星望的手,去哪儿都不松开。

彭星望看见其他同学一脸羡慕地看着自己,很骄傲又有点脸红。

能被喜欢的老师牵着真好呀。

实验小学比红山小学要大两倍,后者只有一个四百米跑道的石子小操场,而实验小学不光有八百米跑道的塑胶大操场,旁边还修了可以游泳的体育馆,很是气派。

姜忘先前来这儿没仔细逛,走到后方才发觉这里的规模,有些感慨。

"以前我在小学操场玩,里面都是小石子跑道,那会跑太急一没留神摔倒,石子都嵌进伤口里,得拿镊子一颗颗挑出来,后来还是留了好大一个疤。"

季临秋翻看着手里的宣传册,随意道:"左边还是右边膝盖?"

姜忘习惯性摸了一下:"右边,当时校医就给了点紫药水,后来还是化脓了。"

季临秋步履未变,心跳却顿了一下。

他给彭星望洗过澡,亲眼见着小孩右膝盖上有个疤。

最初彭星望还在彭家辉那里养着,一年级上学期其他班有小孩故意在操场上玩闹时抢走他的钥匙,星望急得直追,最后踉跄着摔倒在石子跑道上,膝盖刮掉一小片油皮不说,石子还扎了进去,流了好多血。那是他第一次对这个孩子上心。

许老太太年纪大了,很多事管不过来。

季临秋明面上只是个副科老师,但其实也是那个班的副班主任,出什么事都有小孩过来打报告。

他听说有小孩受伤，第一时间去了校医室，然后看到了灰头土脸的彭星望。

小朋友明明眼泪鼻涕一大把，见到他却还在笑。

"是我自己跑太快了，没事没事。"

季临秋走在姜忘和彭星望的身边，在晴日朗风中看着他们两人。

他其实猜到了许多，但没有一项可以说出口。

心里那个想法实在太奇幻荒谬。

一样的痣，一样的伤疤。

笑起来嘴角弧度如同一个人，做错事了都会挠挠头顶。

都喜欢吃桂花米酒汤，都讨厌胡萝卜和鸡肝。

姜忘闲时说过好几次自己小时候的故事，无独有偶，每一件他都能在彭星望身上看到对应的。

如果说那些全部都是巧合，可那件大衣又该怎么解释？

季临秋始终觉得，这件事不会仅仅悬在这里。

迟早在某一天会突然尽数揭开，犹如晴天霹雳，又可能只是虚惊一场。

姜忘在张望指示牌的文字，找到他们的座位时很高兴，一拍季临秋的肩膀道："你看，我们在紫藤萝下面坐，这里不光开了好多花，还不用被太阳晒着。"

"是哎，"季临秋把种种想法都扔到一边，由衷开心，"我当老师这么多年，没想到还有当家长的时候。"

与此同时，陶英启站在远处，内心非常纠结。

她跟符耳聊了很久，先前就打算跳槽。

如果真的跳槽，姜老板以后就是自家老板。

万一老板跑五公里中途瘫在路边成死狗，那丢脸丢大发了……以后自己也前途危险啊！

姜老板看着精瘦强壮，但是那可是五公里！老板你真的要这么自信吗！

想来想去，陶老师还是决定过去聊一下。

"姜先生，季老师，好久不见啊！"

两人闻声抬头，心情很好地寒暄起来。

陶老师笑容温和，不着痕迹地开口："对了，我看见姜先生报名了五公里，看来平时经常锻炼的样子？"

姜忘对比了下以前跑二十公里的日子，再想到现在偶尔就跑个五六公里遛弯玩，有那么一点心虚。

"得有五六年没有认真锻炼了，体力没以前好。"

"咱们这个比赛其实也没几个家长参加，"陶老师立刻把台阶扔了出来，就差把话递到姜忘嘴边，"算上您才三个，不行咱就算了，五公里跑下来估计人得腿断啊哈哈哈……"

季临秋猜到什么，忍笑没说穿。

姜忘正色道："既然这样，我更要好好跑一下，谢谢陶老师提醒！"

陶英启表情凝固，点点头强笑一声。

"那你注意拉伸预热，别受伤。"

凉了啊……

家长和小孩共用一个赛道，前头几项比赛人数都超过规定，熙熙攘攘的一群人图个热闹，不少小孩也在旁边卖力助威。

等一百米、四百米、八百米相继跑完，家长人数越来越少，到了五公里这一项时更是哗然散空，连围观群众都退得远远的，唯恐被裁判当成有意参加。

全校报名这个的，统共就三个人。

三人按裁判分配站在前后，被数十人围观比赛。

女家长自然是专业装备上阵，赛前拉伸姿势都相当流畅。

另一个小个子男家长穿着崭新的运动裤，看见只有三个人时满脸都是"我这是被坑了啊"。

彭星望始终兴致勃勃，举着小红旗用力挥舞。

"大哥！你最棒！冲啊！"

季临秋站在旁边吃柠果味冰棍，没太多紧张情绪。

"预备——三，二，一！"

发令枪一响，三人弹射出去，先后奔跑起来。

彭星望本来还很有把握，看了一会急了："临秋哥！他们怎么跑得那么慢，我冲起来都比忘哥现在快！"

这小孩跟他哥性子一样要强。季临秋随手接了一把小红旗跟着挥，看着远处身影道："五公里呢，八百米赛道也得六七圈。"

彭星望愣了下，觉得很有道理，但看见那个小个子家长直冲在最前头不要命地跑，还是觉得担忧。

姜忘慢慢悠悠跑在中间，第一圈经过他们时照了个面。

季临秋笑眯眯挥了挥小旗子，表示你玩得开心就行。彭星望已经脸都通红了，像是全身都在跟着用力，恨不得替他哥上来跑。

姜忘觉得有趣，居然跑到一半停下来："咋了？"

"你别停啊！"彭星望双手捂头，"哪有中途停下来的，你快去！"

"很想让我跑第一啊？"

"当然了！"彭星望突然鼓起勇气，当着所有人的面巨大声道，"我大哥是全世界最厉害的大哥！"

姜忘眉毛一扬，听得非常受用，伸出双手道："刚才忘了击掌了，来击个掌再跑。"

彭星望见他还赖在这儿不走被甩下一大圈，这会已经快原地去世。

陶英启在后面默默摇头。

姜老板，你这样逃避比赛也太鸡贼了……

季临秋和彭星望伸手用力拍了一下，姜忘转身轻轻松松往前跑。

大概是能感觉到彭星望的着急，季临秋看着他的背影忽然双手扩音喊起来。

"姜忘！

"你要是没跑第一，明天去公司穿裙子跳舞！"

众人大惊：倒也不必玩这么野！

男人背对着他伸手比了个OK，腿一迈突然开始加速。

像是一辆松松垮垮散步状态的桑塔纳一变道开进高速路上，油门直接踩到底往死里跑。

三分钟从最后一名反超到最前面不说,而且大有速度越来越快的架势。

小个子男人本来跑在第一名,正埋头猛跑着,突然感觉有一股劲风呼啸而过,眨眼就被甩到后面。

这……这人他不讲武德啊!哪有在五公里拿冲刺速度跑的!

姜忘一野起来,整个人像是周身束缚尽数解开,在晴日下恣意轻快,步步都踏着风。

季临秋噙着笑容看他,像是看见一只狼狗终于解了绳子可劲撒欢。

后面两个人本来还有自己的节奏,没想到来了个这么不讲道理的对手,不自觉地也加速追赶起来。

一场略显尴尬的三人赛跑一下子燃了起来。

三个家长来自三个班,本来只有五六个小孩鼓着腮帮子猛喊,后来就莫名其妙带动一大片小孩跟着对吼,场面一度沸腾。

"3班3班,绝不一般!"

"5班最棒!冲啊大翔妈妈!"

"大哥!大哥!实验一哥!"

季临秋乐不可支,眼瞅着姜忘又一圈跑完经过他们。

姜忘脖颈都淌着汗,看见他们时咧嘴一笑,举双臂比了个大爱心。

整个班的小孩都以为收到了来自大哥的肯定,直接喊破嗓子甚至开始放声尖叫。

陶英启站在后排纳闷道,怎么感觉老板不光要把她撬走,还要把全班小孩都一块打包?

小个子男人跑到第四圈就彻底背过气去,跟跄几下想离开赛道去旁边草地上瘫着,被两个早有准备的体育老师架起来带着慢慢走。

排第二的女家长虽然被打乱了节奏,但很快也调整过来,始终落了大半圈。

姜忘跑到高兴都忘记数圈了,最后看见彭星望跟另一个小女孩站在跑道两侧,手里牵了根大红缎子。

几十个小孩跟唱诗班一样放声大喊:"冲呀——"

他一提气快步奔去,两侧还有纸礼花砰砰炸响。

"好耶!"

"大哥厉害!"

季临秋眼疾手快地接住他的胳膊,架着人顺着惯性往前走,不贸然停下来。

姜忘习惯性回头看了一眼,发现彭星望他们又把红带子给举起来了。

女家长随后也成功抵达,礼花欢呼跟着炸响第二遍。

"哦,我忘了解释,"季临秋笑眯眯道,"她拿的是女子组冠军,你是男子组冠军,不影响。"

姜忘跟着乐。

"合着第四圈那哥们跑路的时候我就赢了?"

"本来想提醒你,但看你跑得很爽,也没拦着。"

他们一块迎着长风往春光灿烂处走去,过了大半分钟姜忘才放下毛巾,仔细闻了闻自己身上。

"会不会有一股汗味?我离你远点?"

两人休息一阵子,到了团体运动会时默契满点。

有个项目需要家长背着小孩夠气球,姜忘第一轮背完,季临秋紧跟着上去,体力竟不输于他。

彭星望第一回被临秋哥哥背着,都有点受宠若惊。

"抢他的!"季临秋眼神相当好,"伸手!现在!

"看右边!对!抢她!

"准备往上够,一二——没抢到再来!!"

某小孩在临秋哥哥背上才感受到什么叫狂野。

等等,我家临秋哥哥不都是温温柔柔、说话轻轻的一个人吗?

——这个玩游戏的时候连小女生都欺负的比赛狂魔是谁啊!

当天晚上,姜忘把陶英启帮忙拍的照片都传到了个人主页上。

公司内部一片哗然。

第十四章

宿命

第二天季临秋去公司上班的时候,瞧见有好几个姑娘凑在电脑前嘀嘀咕咕。

"在看什么呢?"

旁边符耳猛然后撤:"没没没什么!我报表还没填,先走了!"

电脑页面还没来得及关,露出姜忘博客的某一页。

小秘书眼看着要暴露,小声道:"这个是……姜老板的博客。"

季临秋一眼记下网页编码,随意寒暄两句就走了,回自己办公室里找这个页面。

他很少上网,平时空闲时间都在看书,今天由她们提醒才想着看一看姜忘的社交账号。

注册程序很简单,甚至可以实名制搜索他的主页。

姜忘建了好几个相册,全都显示为公开,并不介意被其他人看见。

前面五六十张都是在运动会拍的照片,有几张抓拍得恰到好处,看得季临秋都忍不住笑。

再往后翻,每一张都可以和他们的生活轨迹重合起来。

送彭星望上学,一起去郊外春游放风筝,还有搬家之前……

他停了下来,目光定定地看着电脑屏幕。

在相册中前位置,有近百张老 A 城的照片。

有彭家辉的客厅,红山小学的操场,老巷口的炒面摊子,甚至是石板路上稚嫩的粉笔画。像是一个小孩努力留住所有记忆,但拍摄手法以及对焦清晰度都出自大人的手。

他在这一刻发觉，他得回一趟 A 城。

在季临秋的印象里，星望早已是幸福满满的、呼呼大睡的，无忧无虑，每天都过得快乐。

可他很少去想，从前的姜忘，小时候的姜忘，会是什么样子。

他原本觉得姜忘如今沉稳强大，站在高处可以把任何人从深渊里拉出来。

不，有些事还没有过去，有些执念始终停在原点，是一个沉默小孩的安静心事。

他现在就要回 A 城一趟。

事发突然，季临秋随意找了个由头跟朋友调了课，独自开车驶向 A 城。

今年高速新开，一小时有余能抵达旧地附近，转国道再开一小会就到。

他自飞叶繁花中穿梭而过，能看见车窗外大片金灿灿的油菜花田连绵如画，恍如隔世。

如今的他，有蒸蒸日上的事业，有自己的车与房，安身立命俱全。

遇到姜忘以前的种种低郁，都仿佛是一个短暂而不愉快的噩梦，忘掉也无所谓。

姜忘。

季临秋低喃一句，踩下油门开得更快。

他脑海里浮现出许多画面。

初见的那一天，星望刚刚拿到新校服，开心地直转圈给他看。

那个男人就站在走廊尽头，到最后都没有向他走来。

像是旧识，又不曾照过面。

彭星望，姜忘。

名字一换，许多事便悄然无息地变了。

新的名字虽然也好听，如今的他终归多出几分萧瑟疏离，有几分凉。

他早上便离开了，抵达时才十一点二十，漫无目的地找着地方，最后还是停在红山小学门前。

季临秋拎着钥匙跟门卫打了声招呼，缓缓走了进去。

姜忘和他聊过许多小时候的事。

就好像每个人的童年都会有一个凶巴巴的班主任，每个人骑自行车时都从高坡上摔下来过。

就好像每个人都会在小学时遇到一个极温暖的朋友，以及总是忍不住买的小卖部零食。

一桩一件，说起来都稀松平常。

季临秋沿着他和他说过的每一件事往前走，脚步与话语轮廓重合，没有半分异处。

他无法想象姜忘在童年结束以后，在离开他以后会是怎样。

怎么就没有去读高中，为什么决定北上，在寒风呼啸的北方陷在雪中几回。

他看不见他在另一端时间里的青春，看不见他们错过的那些日子，唯独看得见去年与此刻。

姜忘在某一刻折返，这一次选择再来找星望，找他，改写所有的困兽之斗。

如今正是周末，许多小孩在操场上嬉笑着放风筝玩游戏，细碎石子跑道还没有换成塑胶跑道。

季临秋缓缓坐在石椅上，喉头干涩。

他清晰明白，现在的彭星望，与九岁的姜忘，绝不是同一个孩子。

今后便是长大了，也绝不会是同一个人。

他感到说不出地心疼。

人一旦能感觉到刻骨的感情与牵挂，便能骤然间放下许多，又一瞬间肩负更多。

像是在某一秒被宿命击中，仿佛呼吸都会烫肺。

季临秋掏出手机，再度翻了一次姜忘的个人主页。

手机网速比电脑慢很多，要等好几分钟才会出现相册里的缩略图。

他循着这些照片找了过去,去看姜忘曾驻足流连过的地方。

老城墙、槐树林,已经被开发商掘成土堆的荒地,还有彭家辉曾经住过好几年的、破破烂烂但烟火气很足的小巷。

彭家辉早就搬家了,连那一处棚户区如今都快拆了个干净。

季临秋停在炒面摊前,小贩守在旁边看了又看,不确定他是否要光顾自己的生意。

电话响了起来。

"临秋?"男人声音响起,澄澈又温柔,"你还好吗?"

"小符她们说你突然请假走了,是在生气吗?"

季临秋听着他的声音,半响道:"你喜欢吃炒面吗?"

"炒面?"姜忘笑起来,"很喜欢啊,你想吃的话,有空我带你去个老地方吃,他们家的面特别细,味道我觉得比省城这边好。"

季临秋看向小贩玻璃推车上的招牌,又问道:"都吃什么类型的?"

"我一般习惯加个蛋,少放豆芽青椒,也可以加根肠。"

季临秋点点头,对小贩道:"要细面,加个蛋,少放豆芽青椒,再加根肠。"

小贩忙不迭答应了,洗洗手忙活起来。

姜忘听到他们之间的对话,愣了一下。

"你在A城?"

"对。"季临秋轻声道,"我刚才在红山小学逛了一会,等会吃完了面,想去火车站坐一会。"

电话另一头没了声音。

大概过了十秒钟之后,姜忘才深呼吸道:"你在火车站门口等我。"

"今天风有点大,要不要我给你捎一件外套过来?"

"可以带我妈妈的那一套,"季临秋笑得很释然,"咱俩穿一样的,会不会很好?"

男人低低答应一声。

"你在那等我,不要乱跑。"

炒面果然很好吃,价格便宜,油也不是新鲜油。

偏偏就是这种夜市般的廉价风味，让人一直忘不掉。

季临秋很少吃这种油腻的东西，可今天居然不知不觉间连配菜也尽数吃完了。

他知道姜忘还要好一会才到，索性把车停在这里，一个人走去火车站。

在门口等了没多久，熟悉的香槟色豪车疾驰而来，在门口停下。

火车站保安呼喊起来："哪有把车停大门口的！兄弟！停车场在那边！"

"马上，我等会就开走！"

姜忘还穿着商务会议的那一套，今天梳了个油头，跑过来时却莫名添了几分少年气。

他一路奔向季临秋，有些紧张又格外关切。

等真的跑到他的面前，只来得及喘气，想好的说辞全部空白一片，什么话都说不出来。

"你急什么，"季临秋掏纸巾给他，失笑道，"先去停车。"

"好，你在这儿等我。"姜忘定定看他一眼，像是生怕他消失了一样，又冲回去停车。

保安忙不迭指挥起来："这才对嘛，赶不上这趟咱改签呗。"

姜忘停车的工夫，季临秋去售票口买了两张站台票，像是要进电影院一样冲着姜忘晃了晃。

后者停好车出来的时候，多拎了一个装外套的袋子。

两件大衣都被妥帖叠好，紧密地贴在一起。

姜忘接过他手中的票，再度看向他。仿佛一开始就有预感，姜忘总觉得，这件事不可能瞒过他。

可他也怕过很多次，就像季临秋做的那个梦一样。

怕坦白时会突然有货车撞过来，怕自己莫名其妙掉进水里。

虽然不太可能，但姜忘这两年都不敢再去游泳，过马路时也总是十二分的小心。

他如今有了无法失去的家，满心牵挂，绝不可以轻易醒来。

两人没有出发地，也谈不上送行离开，一同走进候车厅也只是一起坐在木质长椅上喝汽水。

虽然是周末,但候车厅里还是挤满了人。

抱孩子的女人在张望晚点时间,老婆婆在角落里嗑着自己带的花生,几个男人围在一起打牌。

每个人都在等着离开,或者是目送着谁的离开。

姜忘喝汽水时在看自己曾经走过的那个检票通道。

那天很冷,今天其实很暖和。

他甚至记得,当初的季临秋站在那里,他们曾经在哪里再次相见。

两人虽然没有对话,但一直靠得很近,肩抵着肩,都有些不安和雀跃。

秘密被突然解开的前后两刻,便是双方最痛快的时候。

不再有任何隐瞒,不再担惊受怕,从此以后别无二猜。

等芬达喝完了半罐,季临秋才侧眸看他。

"你会像人鱼一样变成泡沫消失吗?"

先前在浴缸里还读过这本书,没想到自己还有问这么奇幻问题的一天。

姜忘仰头喝了一大口,颇有舍身犯险的意思。

他等了好一会,先是摸摸脸,然后又摸摸手,全须全尾,什么都没消失。

男人大笑出声。

"看来我不是人鱼了。"

季临秋长松一口气,此刻还是有点紧张。

候车厅里人来人往,他们仍并肩坐在一起。

姜忘活着的感觉从未如此强烈过。

姜忘把两件外套翻了出来,大大方方地展开。

第一件给季临秋穿,又让他脱下来,把第二件也拿给他穿。

第一件是去年过年时在他妈妈那儿拿的衣服,自然很合身。

季临秋穿上略显破旧的第二件,发觉袖子长了一大截,肩膀也说不出地宽。

"补丁都打在里头,外面看着一点痕迹都没有。"姜忘笑起来,"也难为我,一直小心翼翼收着,生怕你看见。"

他太在意他,以致瞒着什么事都像是喉咙里哽着骨头。

很多事不说出口其实无事,可如果久久不说出来,他又怕对方不知道自己有多在乎他。

季临秋晃荡两下袖子跟着笑,又把大衣脱下来,神色郑重地披在姜忘肩头。

"既然是我送你的,该归你穿。"

姜忘看向他时,眼眸里满是温柔与快乐:"好,归我。"

他们像是不用解释,看到对方的眼睛就什么都可以明白。

不用说前因旧情,明白了,都明白了。

两人离开得急,后来给季家打了个电话,说是要留在A城处理公务,第二天下午才回来,托季父帮忙照顾星望一天。

季国慎一向喜欢彭星望,跟带亲孙子一样乐呵呵地接他放学,同他一起去姜忘家里拿换洗的衣服。

彭星望知道今天得睡在季爷爷家里,想了想跑去阳台取晾晒好的睡衣。

"爷爷,你稍微坐一下,我马上就好!"

"不急!"

季国慎先前来这里做客过许多次,也时常给儿子带些老伴做的酱鸡腊肉,只是那时候常常是在客厅与临秋一起说说话,不怎么注意旁的装饰。

他一人站在空空荡荡的主厅里,原本想找个塑料鞋套,结果看见鞋柜上的三人合影。

身穿运动服的彭星望头上还绑着条红飘带,旁边两个年轻男人笑得明朗。

季国慎心里一沉,若是临秋的寻常朋友,他完全可以出声试探一二,有什么事情也可以开开玩笑及早弄清楚。

可姜忘不一样。

俗话说三十而立,但对于年轻人而言,能够在三十岁时正式入行,在自己的事业上有所驰骋,已经实属不易。

像姜忘这样早早便主领多家公司蓬勃发展,同时横跨好几行还全都管理得井井有条的年轻人,满省城都找不出几个来。

季国慎站在他面前时,总是能感受到几分无形压力,好在后者一向平和谦逊,两人相处也算融洽。

彭星望背着小书包噔噔噔下楼,见季国慎拿着小相框在仔细看,笑道:"爷爷!这是我们去参加运动会的照片!"

"拍得真好,"季国慎由衷道,"以前临秋很少拍照,说是觉得不舒服。"

现在在这个家里,到处都有相片合影,他都感觉到好几分羡慕。

这孩子怎么在自己身边时性格沉闷内敛,和姜忘在一起才像是活开了?

"对了,"他想到什么,好奇道,"你平时在这儿住,有看到过什么大姐姐吗?"

彭星望不假思索道:"经常有啊!而且都是漂亮大姐姐!"

好几个秘书姐姐、助理姐姐都超美的!还有元老师、丘老师、橙子老师!一个比一个好看!

季国慎没想到姜忘竟然这样风流,惊道:"都是?有好几个人?"

"有几个常来的,也有经常换的,"彭星望琢磨道,"我看她们都很喜欢忘哥的样子,不知道忘哥喜欢谁。"

季国慎心想难道是自己想多了,姜老板能耐啊……合着平时桃花这么多,应该没问题了?

他领着彭星望回家,吃完晚饭后又去跟陈丹红说。

陈丹红在学着用磁带机听英文课的教材录音。

"人家甭管谈几个女朋友,只要不欺骗小姑娘感情,日子痛快比什么都好。"

"那倒不是,"季国慎琢磨道,"我感觉小姜不是那样的人,他平时就算酒局里有姑娘主动贴过去敬酒,说话做事也很有分寸的,顶多是追他的人多一点。"

相比之下，临秋还是内向了些，如今也不肯和女生亲近。

陈丹红埋头写着字母，扶了下老花镜道："倒是你变了，以前不见你操心这种街坊邻居的闲事，最近几个月是闲着了？"

她在老年大学待了好几个月，如今便是季国慎告诉她姜忘风流成性，也不会当回事。

班里老师讲了，老人最该分清楚的，就是什么是自我，什么是别人。

自己的事，怎么舒坦怎么来，不违法乱纪干扰社会秩序就行。

至于别人的事？就是亲儿子亲闺女，那也得算别人，各人有各人的活法！

陈丹红小学时本来念书成绩很好，但家里把读书的机会让给了弟弟，最后自己读了个小学毕业也就作罢。

听老姐妹说，她要是那时候有机会，是可以和那些个成绩好的人一起去留学的！

当了一辈子家庭妇女，农活也做够了，家务事也忙够了，读书这几个月她算是活明白许多。

季国慎被这句话忒住，失笑道："要这么说……也确实是。丹红，以前有你陪我看电视，陪我出去遛弯，我现在一个人在客厅待着，都不知道该做什么。"

"这可不行，我们老年班的葛老师都说了，时间总得用在刀刃上。"陈丹红把英语书递到他面前，"这好几行我都不记得怎么念了，来，老季，你教教我。"

"行行行……这回轮到我给你当陪读。"

转天姜忘和季临秋相继开车回来，秘书接了钥匙帮忙找车位。

"老板您先上去吧，陶老师约了见面，我安排在十五分钟后了。"

"陶老师？"姜忘愣了下，"天津来的那个陶老师，还是卖拼音书的那个陶老师？"

"是实验小学的陶老师，"旁侧助理搭话道，"还拎了个文件包过来，像是要给您什么东西。"

姜忘头皮一紧，示意季临秋先去帮忙照看下公司里其他事，自己赶回了办公室。

班主任轻易不来这儿,十有八九是彭星望这小崽子在学校里惹出什么乱子了。

他虽然现在都坐上了校长的位置,见到班主任这类的角色还是想往后退,多半是小时候被许老太太给吓的。

陶英启今天不仅穿了正装,还化了全套的职业妆,长眉红唇气势感很强。

她坐在办公桌对面安静地等,符耳扒在玻璃门框外悄悄地看。

姜忘正好走过来:"看什么?"

符耳嘿嘿一笑,一溜烟跑了。

再一走进办公室,陶英启起身微微鞠躬:"姜老板。"

姜忘神经都绷了起来。

"不用这么客气,"他连忙道,"彭星望跟哪个小孩打架了,还是他给哪个老师添麻烦了?"

表面看着还算稳,其实内心已经在撸袖子准备抽小崽子屁股了。

陶英启愣了下,很快反应过来:"不是不是。"

"跟星望没关系,他最近在班里表现很好,"陶老师强笑一声,坐得很端正,"是这样……我准备下学期跳槽过来。"

一面这样说着,一面把包里的简历掏了出来,还附上了历年教师评估记录,以及相关奖状的复印件。

姜忘愣在原地:"……"

陶英启:"……"

两人看着对方好几秒,看到陶英启自己都有点困惑,转头望向门外找人:"不是您拜托符耳来跟我说……"

姜忘伸手按住鼻梁:"符耳!"

"来了来了来了,"符耳抱着员工手册快步进来,跟免死金牌一样把引荐制度那一页摆到桌面上,"咱们这不是按照规章制度办事,引荐新老师有双向激励措施,而且还……"

姜忘一个头两个大。

公司是鼓励招新、多向发展,但也没让你把彭星望他班主任都捞过来啊！而且你又是怎么跟陶老师混熟的！你俩不是八竿子都打不着的关系吗？

陶英启突然明白过来什么，扑哧一笑。

"人事部已经评估过陶老师简历了，说很不错，但还需要您再面试一道，"符耳满脸写着"我为公司上梁山"，义正词严道，"陶老师她自己也有跳槽意向呀。"

姜忘强咳一声："你先出去。"

"好嘞！"符耳关门前又探头一次，"那激励红包……"

"自己去领！"

待办公室安静下来，陶英启忍笑道："姜老板，咱还面试吗？"

姜忘思考两秒："咱俩太熟了，我去换个人来。"

三分钟后。

季临秋拿着面试表推门进来，和陶英启刚好碰个照面。

季临秋："嗯？"

姜忘立刻告状："符耳干的。"

季临秋转头喝道："符！耳！"

某人领完红包早跑远了。

陶英启笑着挥挥手："来吧，二老板？"

面试过程尴尬而不失友好，但最后结果双方都很满意。

等陶英启带着签约合同款款离开时，彭星望刚好背着书包来公司食堂蹭饭。

小孩一看到班主任，背都板得笔直："陶陶陶陶老师！"

班主任笑眯眯摸头："周一见，记得复习演讲稿。"

"好的！"彭星望就差给她当场敬礼，"老师再见！"

等目送班主任开车离开了，彭星望才一溜烟跑上楼，电梯都不肯等。

"忘哥！陶老师怎么来了？"

姜忘闷头喝茶，季临秋在旁边笑得幸灾乐祸。

"星望，下学期起，陶老师就要辞职来咱们公司了。"

小孩像是被五雷乱劈一般，里枯外焦地站在门口。

217

我班主任，以后要来我哥公司天天上班了？大哥你知道她凶起来有多恐怖吗？

彭星望愣是憋了十几秒，才大喝一声："大！哥！你太不在乎我感受了！"

"季老师你给撬来公司了，居然还撬陶老师！我天天看到她驼背都不敢了好吗！"

季临秋是火上浇油的一把好手："等你小学毕业以后，你还可以天天看到班主任，快乐吧？"

太快乐了。这完全是所有小学生的噩梦。

"绝对，绝对不要再把别的实验小学老师拉进来了，"彭星望汪汪哭起来，"哥，我再也不偷偷抄作业了，咱别这样行不行……"

像是一眨眼的工夫，速风快运从寂寂无名到全民普及就转换完毕，碾压一众类似快递公司，效率高到同城寄送可以当日抵达。

与此同时，网购不再是什么新鲜事，甚至大伙开始拼团买进口车厘子和榴梿，价格成色竟然比菜市场的还要好许多。

不懂行的当然也就看个新鲜热闹，但懂行的有不少跟风买股票投资，甚至跃跃欲试，想开一家类似的赚个风口钱。

"现在快递都是三四天到，但是速风他们家真邪门啊，居然两天就能到？这分货拣货不要时间的吗？"

"你们发现没有，速风这个价格战打的，总公司应该批了不少钱来抢省城的市场份额吧？"

"嘘，我这儿有个内部消息，他们花大价钱请了个军师，好像是一姓姜的'神人'……"

姜忘本人对此表示完全负责。

他其实对物流环节不算了解，但胜在善于学习以及融会贯通，先前拿着速风公司给的内部资料钻研几个星期以后，找出来的第一个问题，就是按劳分配的分成制还不够合理。

员工合同一调，二维码一推，人事工事事事顺心，业绩自然也跟着噌噌涨。

做生意有时候就像是和一个无限大的面团，面多了加水水多了加面，哪儿差点意思就在哪儿想想办法。姜忘合同里虽然说不用去坐班，但大小会议缺勤率极低，日益从门外汉变作专业顾问，能给出不少博满堂彩的好点子。

五月一到，国家英语竞赛最后一轮奖项颁布，季临秋带的三个学生先后都拿了奖。

虽然只有一个可以因此提前签约名牌高校，但前有数学竞赛，后有英语竞赛，俩金灿灿的大奖杯往展示柜里一放，其他家长都看得羡慕唏嘘不已。

符耳日常上班打这儿过，日常停下来多看两眼。

看到后面突然灵光一闪，跑去找姜忘："老板！我以前带学生拿的奖杯能往里头放吗？"

姜忘一寻思好像也没有问题，这不是代表有这么好资质的老师在自己公司里，刚好陈列柜就摆了两个有点空："行，那你明天带来。"

转天符耳推着一行李箱的竞赛奖杯过来。

六成是她本人历年得奖，四成是她带的初中生、高中生甚至是学物理的小学生。

姜忘蹲在陈列柜前面见她跟玩俄罗斯方块一样一行一行往里头搁，伸手拦住："太……多了。"

符耳很给他面子："你说放几个。"

"四个，顶多四个，"姜忘正色道，"太多了人家家长会觉得咱们是传销组织。"

还是老板有前瞻性。符耳伸手把摆上去的几个水晶奖杯拿下来放回行李箱，把一胳膊长的浮夸华丽风金奖杯给撑了起来。

姜忘也伸手帮她往高处搁，边搁还有点纳闷："马维斯杯物理竞赛一等奖……马维斯是个科学家？"

符耳摇头："马维斯是我养了十二年的吉娃娃。"

姜忘扭头看她，后者坦坦荡荡："举办方征名的时候我带学生去投了个票。"

行,厉害。"

公司的事一了,姜忘一个人去了趟首都。

房全有已经等在某个热门商圈的新楼盘那儿,手里还拿了一大串钥匙。

首都日新月异,隔半年来都大不一样。

"现在四五环工厂都收到调令,要成批往更远处迁,您要是想投资……可能稍微远点的便宜房子也有升值空间?"

姜忘拿了支油性笔,示意他把随身带着的首都地图拿出来。

排名前列的中小学早已用红笔画了个圈,今年正在逐步购入周边的房产,而且房价已经眼见着涨了两三千——就这才一年的工夫,看得让人咋舌。

姜忘低头在几个核心商圈画了一片,不假思索道:"以后这两个城区并在一块,这儿,还有这儿,这几个地方的房子也得买。"

话音未落,他发觉好像说多了点,一抬头果然房全有都听得有点愣。

房全有都听呆了:"不可能吧,这么大两个城区,怎么可能并在一块……"

姜忘高深莫测道:"内部消息,但也不一定准,这事不能到处讲,你懂吧?"

"懂,肯定的!"

房子自然是永远买不完的。

姜忘跟房全有把位于首都的不动产都检视了一遍,心里渐渐有了数。

"我打算,回头还是开一个二房东性质的公司。"

网站要有,APP要有,自家公司程序员大可以多招点。

房全有点头应允,下意识道:"那您这边抽成,应该比一般的房产中介便宜?"

姜忘微微摇头:"不抽。"

不抽?搞中介的不抽成还怎么赚钱!

姜忘仿佛听见他的腹诽,轻描淡写道:"我们只负责搭建平台,把自己的这些房子找靠谱的租客租出去,不要空置,但其他人租房往来,我们不收任何佣金,同时还提供专人打理和看房。"

"那您这……岂不是做慈善……"

男人笑了起来。

"我们来做大数据的生意。"

他心思敏锐，做事雷厉风行，回省城的当天就开始招兵买马搭建班子。

季临秋默认要代为看管不忘教育一段时间，默契地接手了大部分还没有谈妥的生意。

姜忘一动手，许多家风投公司闻着味就过来了，询问是否需要天使轮 A 轮 B 轮的投资，被一概拒绝。

他已经想清楚自己接下来要做什么了。

哪怕如今还没有到全民炒房的时代，房产中介公司也多如牛毛，根本没法决出高下来。

大部分挣的就是房屋租赁买卖之间的信息差和佣金。

可如果，他不要佣金，只要一个信息差呢。

如今还是 3G 时代，等到了 4G 时代、5G 时代，信息价格会飙升到天文数字。

他主意已定，索性辞了速风集团的顾问位置，甚至不再打算过问不忘教育的事，全力从零开始进入一个新的行业。

省城的速风主管收到辞呈时都疯了。

"姜忘，你这回再辞职就说不过去了啊——上次你还是快递店老板，那辞职也就辞了没啥好说的。但是这一次，这次我们大伙看着你是怎么成长起来的——你天天熬夜看资料甚至背资料熬到现在，怎么就突然要辞！还是哪家花天价把你给挖走了？"

"哪儿啊，"姜忘笑道，"我想再去创个业。"

众人："啊？"

你，手头已经有三家公司的姜老板，开了快十家培训班、八家书店的姜老板，跟我说你还想去创个业？

"不……不会是也想来干快递吧？"

"那哪儿行，咱们也是老朋友了，我不能缺这个德。"姜忘笑眯眯道，"我干我的老本行，卖房子去。"

邱茉："行，以后万一我跳槽了，过去投奔你。"

"一言为定。"

待辞呈递完，再走出速风大厦时，姜忘感觉自己像是自礁石跳入海洋里。

他走在车水马龙的街道上，却像是迈步于鱼龙混杂的洋流中，眼睛扫过的每一处都有无限商机。

一切才刚刚开始。

他已经抚平过去的执念，安稳当下的基业，即将走进全新而未知的征程。

——这种壮志豪情的气氛没有持续五分钟。

主要原因是杜文娟打了个电话过来。

试图化身创业励志年代戏男主角的某人清醒过来："喂，妈……吗事？"

"忘忘，在工作吗，不好意思打扰你了。"杜文娟有些歉意，"是这样，马上要六一儿童节了，我打算请个假过来，陪星望好好玩一天。"

"那挺好的，"姜忘松了口气，还以为她那边出事了，"我帮你订个车票？"

"不用，我自己能办好的，"杜文娟有点犹豫，"就是……我还是心疼星望，想着要不要和彭家辉一起，陪孩子一天。"

"虽然我跟他有很多事……一提也是心烦，但那也是我和他之间的私事，不能因为这个影响到孩子。"

"我感觉，星星也希望一家三口出去，对不对？"她怕自己这个决定做错了，又不知道该怎么来弥补儿子，连说话时都显得手足无措，"我跟彭家辉打过两次电话，他也一直在道歉，说无论我怎么想他都愿意请假来配合，只是……我猜不出星星的意思。"

姜忘沉默几秒，低低笑起来。

"星星知道你们这么爱他，一定会很开心，放心大胆地去做吧。"

他记得，小时候，有过很模糊的记忆，是两三岁时爸爸妈妈一起带着他过儿童节。

公园里的毛绒玩偶、杂技游行，他都已经记不得具体轮廓了。

可他记得那时候,爸爸妈妈都牵着他的手,两个人都在身边。
那便够了。
杜文娟得到鼓励,忙不迭点头。
"那太好了,我就怕孩子会觉得别扭不适应。"

六一正值周日,虽然明天不放假,彭家辉和杜文娟仍然一同请假,有意陪彭星望再多玩一天。
他们尽力多陪伴他一些,像是无论小孩开口想要买什么,想要去哪里,他们都会尽全力满足一样。
愧意像极了冰汽水瓶外薄薄的一层水雾。触手湿润,体感冰凉,偏偏拂之又起,瞧着不显眼但也难以消失。
彭星望白天跟爸爸妈妈一起在省城看晚樱初荷,晚上回哥哥家里睡觉,两天下来都像在做梦。
去游乐场也好,植物园也罢,他有时候更盼望没有这些刻意的礼物。
如果陪我写作业的是爸爸,接我放学的是妈妈,每一天都能看到你们该有多好?
然而这样平淡的要求反而才是奢侈。他心里一直很清楚。
到了分别的时刻,姜忘做东请客,和他们一同吃了一顿饭。
季临秋本来自觉外人,推托不去,还是被杜文娟特地叫上了,完全将他视为一家人。
"星望一直寄养在您两位家里,我们真的很不好意思。"杜文娟起身敬酒道,"我和他爸爸商量的是,回头要么他借调到省城来工作照顾孩子,或者我租个房子来陪星星读初中、高中,终归有办法,不会麻烦你们太久。"
星望坐在他们之中,显得有些缄默,只笑一笑继续吃菜。
彭家辉察觉到小孩的细微情绪,提高声音笑道:"爸爸妈妈周末来看你,开不开心啊?
"往后爸爸工作空闲下来,会多来看你,以后咱们也可以一起住大房子,日子一天比一天好!"
杜文娟接话道:"星星,爸爸妈妈一直很记挂你,回头你还是要好好听姜哥哥、季哥哥的话,不要调皮,乖啊!"

姜忘喝着啤酒,看着年幼的自己,忽然觉得他们两个还是很像。

有什么心事都容易写在脸上,这些年他虽然一直试图改变,也没有变化多少。

一顿饭按理说应该是主客尽欢,吃起来反而有点沉闷。

等到了曲终人散的时候,彭家辉去发动自己的汽车,常华抱着茵茵来接杜文娟,两人相继回到自己的车上向他们招手。

"走了,再见啊!"

"星星,妈妈下次再来看你,来茵茵,和哥哥们说再见!"

他们三人目送着两家人各自离去,而后才坐回车上,掉头回家。

季临秋昨儿足足睡了十二个小时,今天手机提示灯亮个没完,频频有电话消息来找,也都撇在一旁没有接,靠着车窗闭眼休息。

姜忘专心开着车,有一段路正在施工修地铁,挖断了电线漆黑一片,需要仔细分辨道路。

在黑暗里,彭星望突然开口。

"要学会这样演才算长大吗?"

这一句话说得没头没脑,但姜忘却能听懂他所有想说的话。

他打开车窗透气,半晌才回答。

"大概吧。"

他这一刻想抽根烟,只在后视镜里回望一眼小孩,很稳地踩了刹车。

小孩还是知道了。他原先忧虑过这件事,却始终没法处理这样的无解题。

寻常家庭犹如一辆行驶在轨道上的火车,可星望的家庭,车头向南,车尾向北,只留他一人如同孤零零的车轨。

即便存在,也突兀到无措。

他在这一刻应当有许多话要对这个小孩说。

星望是幼年的自己,他一直想要给星望多到满溢的爱,无微不至的照顾,以及一切范围内的清楚明白。

可真到了预感成真的这一刻,姜忘把满腹安慰的话过了一遍脑子,最后还是决定什么都不要再说。

小孩懂了，那便懂了。

红绿灯仍有些接触不良，只有半轮弧光似闪不闪，在夜色里格外模糊。

季临秋不知什么时候睁开了眼，给他递了根烟。

"抽吧。"

姜忘看向他，抬手接了点燃，长抽一口。

星望闷了一会，摇摇头。

"以后不想这种鬼问题了。"

短暂地休息两天似乎不太够。

季临秋前几个月周末都没有安生过，现在终于睡饱了觉能暂停工作一会，索性请了两天年假。

人事部那边收到消息哭笑不得。

"季老师您这不是跟我们闹着玩吗，您前头周末不是在加班就是在出差学习，调休的时间攒了得有半个月，您尽管休息，年假肯定不用扣！"

季临秋过惯了辛苦日子，一时间也有点没反应过来，点头答应。

他回到父母家里做了半天家务，又去花园里喂鱼浇花，莫名想到了退休以后的日子。

姜忘就算七八十岁了，估计也是个鬼主意不断的坏老头。

他甚至能想到这人退休以后，会拉着自己满世界折腾，两个人满脸皱纹走不动路了，生活同今日相比也不会失色几分。

门外传来钥匙转动声，季临秋拿着花铲偏身看，瞧见季长夏抱着大包小包东西回来。

"你今天没上班？"两人异口同声问道。

"我请了个假，休息两天。"

"噢噢，"季长夏把牛皮纸袋放在玄关柜子上，"我想做个面包来着，哥你来一起吗？"

季临秋欣然答应。

"你们单位这么早就休息了？"

"哪有，我早辞职了。"

"你去做家庭主妇了?"

"哥,"季长夏按着头道,"你是有多久没回过家了——妈的裁缝铺现在生意太好了,她忙不过来,我刚好也会一点,过来跟她一块做定制私服来着。"

两人洗洗手各自筛面粉倒牛奶,先是聊这几个月家里的变化,彭星望惊天地泣鬼神的小提琴演奏技术,最后聊回季临秋身上。

"哥……你真的决定一辈子不结婚了吗?"

季临秋正揉着面包,闻声侧眸:"怎么会这么想?"

"没,"季长夏笑道,"你是我亲哥哥啊,我怎么可能不知道你在想什么?"

她原先还奇怪,公司这么多优秀的女老师,怎么没一个和哥哥看对眼,后来和朋友聊天时仔细一琢磨,才察觉到哥哥的想法。

季临秋略一皱眉,思索道:"我确实想这样过一辈子,和姜忘、星星一起。"

季临秋把面团递给她,自己转身去取椰蓉粉。

"我总觉得,妈好像已经知道什么了。"

"不会吧!"

"具体理由不好说,"他看向她,"你还记得你早恋那会吗?"

"明明只是在学校里接触,甚至从来没有一块放学回家过,可是妈她就是知道,完全没有理由都能猜出来。"

季长夏愣住:"我早恋的事妈一直知道?哥,你不是说帮我瞒着吗!"

"我什么都没说,这点你完全可以信我,何况你和那小子早掰了多少年了?"季临秋低声道,"可是妈今年过年洗碗的时候,乐呵呵跟我讲以前照顾你的事,她猜的事全都能和当时情况对上。"

哪怕一点线索都没有,她都能猜到女儿在偷偷恋爱了。

季长夏呼吸一滞:"那你现在……完了,我拜托忘哥去接她回家了!"

季临秋动作停顿:"她今天不在裁缝铺?"

"她今天在老年大学有课!我这不是想让忘哥跟她多熟悉一下,你快给他发消息提点下!"

与此同时,姜忘站在教室外,看得很入神。

没想到老年大学里头还有外教，讲起课来像模像样很是那么回事。

下课铃一打，五六十岁甚至更老的爷爷奶奶们相继站起来，有的挥挥手同老师道别，也有不少簇拥在老师附近问东问西，一派和气。

"大卫老师！回头来跟咱家闺女吃个饭啊！"

"吃什么饭！大卫老师你再跟我讲讲，这个比较级和最高级到底是怎么回事……"

陈丹红本来也等候在人群外，不经意间一扭头看到姜忘，笑容灿烂地挥挥手："忘子！来接阿姨啊！"

姜忘笑起来也挥了挥手，正想说话，季临秋发了条消息过来。

"我妈有可能知道什么了，你谨慎说话（哭脸）。"

姜忘心里一惊，面上还是强笑着帮陈丹红拿衣服，越想着不出错越是嘴瓢。

"妈……不是，阿姨，咱晚上出去吃！"

陈丹红对他们的事仍是一无所知，只豪迈地一拍肩膀："叫妈也没事！你在我心里早就是干儿子了！"

姜忘原先和老太太打交道也没这么多顾虑，但季临秋的短信一过来，就颇有种心虚感。

这一头陈丹红临走了还在恋恋不舍地看那大胡子外教，伸手一指："你看那边那个穿紫衣服的。"

"噢，David 是吧？"

"什么 David，女的那个，"陈丹红羡慕又带点酸气地看着那个老阿姨，"听说啊，她家里只有一个女儿，但是女儿全力支持她学英语，还说要带她去国外读大学——这得是什么福气。"

一把年纪了想学什么都行，出国读书这种事也敢想！

姜忘这才发现外教老师身后还站了个穿紫外套、烫着小羊毛卷的老太太，正拿着笔记本一脸殷勤地等着。

他没想到中老年人之间也有这种学业方面的攀比，笑道："您要是想读，临秋一样可以陪着你啊。"

"那可不行，"陈丹红连连摆手，"我哪有这么不知道天高地厚！再说了,我再想出国看看,也肯定得留下来好好养孙子孙女——临秋可快三十岁了还没结婚呢。"

姜忘翻出一管薄荷糖漫不经心地嚼,也不顺着她的话往下说。

晚饭订在码头旁的一家老酒楼里,这家的醉虾和酱烧鲥鱼是当地一绝,有时候生意兴隆起来预约都没位子。

天气很好,他们的座位也在露天江景台上,一上楼便是带着水草腥气的江风与啤酒味混杂在一起,花椒红椒同鱼头一起被炖开了,味道又烈又馋人。

姜忘隔着十几桌餐客遥遥望去,一眼就找到季临秋在哪儿。

彭星望已经坐在季长夏身边,脸上还贴了个语文老师送的小红花,看见姜忘来很高兴地用力挥手,还没说话就打了俩汽水嗝。

汤鲜鱼肥,一顿饭吃得很是让人畅快。

姜忘仍是笑着同季父举杯宴饮,只是在上厕所的间隙抽了根烟。

季临秋过了一会才过来,像是知道姜忘会在这儿等他。

姜忘伸手按灭烟,低低道:"她今天试探我。

"我没有应,你小心。"

季临秋听到这样的话,一时间笑容也失了温度。

他的笑意没有完全退去,反而显得人有些冷。

"看来是感觉到我和你太近,意识到什么了。

"实在不行,我搬去鹭湖区,就说那边在开新业务,以后要过去忙,你到我那边的房子去住。"

季临秋话一说出口,看见姜忘的眼神就觉得后悔。

听起来太过了。

姜忘思索半晌,指腹被栏杆蹭得锈红一片。

"这样,我刚好要在S市开一家房产公司,你回父母家住,先减少往来,不要让他们再有疑心。

"出差的时候多给自己安排一点江北附近的活,我来找你。"

季临秋轻声应了,见他要跟自己一起回去,伸手拦了一下。

"我先回,你就说出去醒酒抽了两根烟,等十分钟再回去。"

姜忘看着他，缓缓点头。

大概过了十五分钟，姜忘才返回酒桌。

其间他去前台买单，却得知季父已经买过了单，只得作罢。

季家人虽然已经酒足饭饱，也仍然说笑着有意等他，两边人程序性再闲聊一会，这才起身道别。

"我今晚回家睡，"季临秋跟彭星望挥挥手，"明天见，回头给你再讲讲语法。"

"临秋哥拜拜！！"

姜忘又看了季临秋一眼，最终还是带彭星望走了。

季临秋收拾好爸妈的外套，下楼时扶了妹妹一把。

"走慢点。"

季国慎喝多了酒，乐呵呵地一直说自己年轻时教书的事。

季长夏拿着车钥匙不太放心，转头问妈妈家里还有没有醒酒药。

陈丹红发了会呆，半晌道："记不清楚了。"

等车开回小区，大伙安置下来，季长夏挥手告别，陈丹红忽然叫住了她。

"你坐下，我有话要说。"

季临秋有种不祥的预感，没等他开口，季国慎不赞同道："你又来这套，大晚上有啥要说的？"

陈丹红在他面前少有地固执："不行，季长夏，你和你哥哥坐过来。"

季长夏不安地看了一眼季临秋。

兄妹俩相继坐下，陈丹红冷了脸色，直截了当地问了出来。

"季临秋，你真不打算结婚，和姜忘、星望一直这样过下去？"

季国慎听得一愣，又因为酒醉渴得慌，把面前温水一饮而尽，觉得她无理取闹："以前我跟你说，你还觉得我胡思乱想，你这是发什么疯？"

季临秋脸色泛白，想要扬个笑说句客气话，发觉自己有些不能控制表情。

"妈！你怎么这么说……"

"我没有问你。"陈丹红打断季长夏的话，直视着季临秋道："你是个不会说谎的孩子，你回答我。"

季临秋想要张口说话,却发觉自己像是被钉在她的对面,这一刻背脊僵疼,连再坐正一点都莫名困难。

喉间发寒,如临冰窟。

季国慎这一刻都觉得太没有说法,伸手拉开她的肩头让她看着自己:"丹红,你是听谁说了什么?

"不会是谁跟你嚼舌根,挑拨咱们两家的关系吧?"

陈丹红哪怕被扳过肩头,眼睛都还在看季临秋,仿佛这一刻他的脸上已经写了答案。

她突然开始摇头,先是小幅地摇头,然后用力摇起头来,像是竭力要甩开什么。

"季临秋,你说话。

"你说话!"

季长夏心急如焚,恨不得把姜忘再叫回来,又怕这么做是火上浇油。

"妈,你就算要审问哥,也拿个证据出来,不能这样胡乱揣测别人啊!"

陈丹红突然拔高了声音:"我一直都不想面对这件事!

"季临秋,你爸之前疑心过,我每次都拿话挡开了,你跟他说你不想碰女人我也就笑笑!

"季临秋,你是我亲儿子,是我亲儿子!

"你爸怀疑你,我都一个字不想听,我想替你说话,想啐你爸怎么会这么想你——你给我底气了吗?你给我挺直腰杆帮你说话的理由了吗?!"

季国慎本来还觉得她在无理取闹,被骤然一吼连酒都醒了,说话有点磕巴。

"临秋,你妈又在多想,你……你跟你妈说句话,给她个定心丸。"

季临秋回过神,缓缓站了起来,然后安安静静地跪下了,背脊挺得笔直,仍是不发一言。

便是认了。全都认了。

陈丹红一瞬间眼眶通红,扑过去抱着他痛哭号啕。

季国慎把这样荒谬的事早就抛到了脑后,这一刻犹如被雷击,抬起手哆嗦了半天:"临秋。"

季临秋笑容苍白地点了下头。

陈丹红哭到发了狠,也不顾儿子还在跪着,直接站起身来收拾东西。

季长夏看得发慌,冲过去拦她:"妈……妈你干什么!"

"走,现在就走,把房子还给他,把铺子还给他,咱们欠他多少恩情都还个干净,回去妈给你找个好姑娘,再也不要在这里待着!"陈丹红怒道,"你这辈子都不回省城这个鬼地方了,跟我回去!"

"妈,这房子是哥哥自己买的,跟姜哥也完全没关系啊!"

"不要了,全都不要了,我们今晚就收拾东西走!"

季国慎看不得儿子失魂落魄成这样,匆匆过去扶他起来:"别这样……"

季临秋忽然应了一声,低着头一块收拾东西。

陈丹红愣在原地,看他一样一样收相框、收书本,把那些丢进垃圾桶里,哪怕那些笔记他刚刚熬夜整理完。

她本来狠了心要带走季临秋,不希望他一直这样下去,可没想到儿子连挣扎一下都没有。

"别为难忘哥和星望,我跟你们走。"

他再抬头时,眼睛里是空的。

姜忘醒得很晚,他昨天有些薄醉,加上之前出差奔波太累,一觉昏睡过去,隐隐约约像是做了一些梦,但意识总混沌着,似醒非醒。

大概是天亮以后,手机陆续开始振动。长振动是电话,短振动是铃声,像极了席梦思上没有清理干净的碎沙子。

影响很小,但总让人无法好睡。

再醒过来时,已经是下午两点了。

他睡得疲乏,肩背都有些酸痛,再一打开手机,有二十多个未接来电、三十多条短信。

秘书的电话正好再一次打过来。

"老板?老板,你终于醒了!"小秘书急得不行,"我的天啊,我都以为你出事了,中午来敲了几次门你也不在……"

"我在补觉,"姜忘嗓子很哑,"出什么事了?"

231

一般在问这个问题的时候,他心里总会有些预设,以及对应的解决方法。

有家长来学校闹事,有老师罢工拒绝上课,有学生在上课时跟谁打架,又或者是书店、房产公司出了什么问题。

"——季老师他们一家都不见了!我们都想报警了,你能联系上吗?"

姜忘睡意没有完全退散,以至于倏然睁开眼时头有点涨痛。

"不见了是什么意思?"

"今天早上八点半有家长跟季老师约了见面谈话,特意提前十五分钟到了教室,结果季老师直到九点都没有来,"秘书忙不迭道,"我们估计也是有什么突发状况,就跟家长道歉解释说老师发烧了,省得落个不愉快,还给了一张代金券,但是后来楼上的同事也过来找我,说季老先生也没有来。"

"——他一向是早上七点半就到,喝喝茶看看报纸,然后和大家开会备课或者聊聊天之类的,楼上大伙都习惯了,可是现在人也找不到!"

"家里电话打了,座机打了,手机一开始还打得进去但是没人接,后来直接关机。"小秘书越说越怕得慌,"我还去季老师家敲门了,从院子那看,窗帘全拉着,里面什么都看不见,敲门也没人——他们……他们不会是遇上歹徒出事了吧?"

姜忘隐约猜到了什么,他支撑着坐起来,闻了下领子上的酒味。

"我先去看看,你帮我料理其他事情。"

"好的好的,需要我过来吗?"

"暂时不用。"姜忘停顿几秒,又道,"老师那边先都安抚一下,就用发烧这个说辞,回头我们再聊。"

他穿得单薄,随意抄起一件外套光着脚就去穿鞋,翻出季临秋放在笔筒里的备用钥匙,匆匆去了季家。

正如小秘书所说,院门紧闭,屋子里窗帘全都放下来了,没有人影和灯光。

姜忘再往里走,脚趾发冷,喉咙和头一起疼起来。

他程序性地敲了敲。

"阿姨?是我,姜忘。"

然后并没有等回应，掏出钥匙拧开门把。

客厅已经空了。

准确地说，凌乱狼狈，虽然雕像花瓶一类的布置都没有动，但所有带着季临秋生活气息的物件，几乎全消失了。

他时常挂在门口的大衣，他偶尔会戴一下的软呢帽子，放在高吧台上的一摞参考书，总是散落在茶几上的几支笔。

已经都搬空了。

垃圾桶里有许多没来得及扔的东西，甚至还有写满内容的笔记本。

姜忘蹲下来，久违地翻起了垃圾。

一样一样，全是临秋珍视的，全都扔在了这里。

他低着头看这些东西，像是在看他们共同的伤疤。

猝不及防就被捅了好几刀，哪怕疼，心里也觉得荒谬。

真荒谬。

再往里走，房间的衣柜都打开着，里面搬得很空。

若是说搬家，这大概是通宵匆匆忙忙收拾了一通，清晨便叫了辆货车给运走了。

只留了一张信纸放在茶几上，笔迹苍劲有力，是季国慎写的。

姜先生：

  事发突然，不辞而别实在抱歉。

  有些事，我原本隐隐约约地感觉到，但总觉得，这样揣测临秋，实在是不好……但最后，还是被丹红全都说穿了。

  难以形容当下家里的状况。

  一直承蒙姜先生您多方面的照顾，如果不是您当时深夜牵线搭桥，可能我已经在医院咽气，早无今日。

  现在随他妈妈的意思，我们全家离开省城，切断关系，我想，这是慌乱恐惧下的不理智举动。

  但愿这样的决定没有伤害到你。

  山高路远，祝两相释怀，都能放下。

临秋父亲季国慎

姜忘放下字条,坐在沙发里。

他能听见自己起伏的呼吸声,在静谧无人的客厅里很清晰。

这个客厅其实一直很热闹。

每次来的时候,能一边听着电视里新闻频道的播报,还有陈阿姨的炒菜声,有时候包饺子要剁馅,便是噼里啪啦暴雨般的一顿乱响,时不时夹杂季长夏的说笑声。

小侄子总是拿着纸飞机跑来跑去,临秋有时候坐在他身边看书,有时候会和父亲一起泡茶。

他坐在他们中间,安宁满足,像也拥有了一个新的家。

手机铃声突兀地响了起来。

"老板?老板,你在季老师家里吗?现在情况怎么样了?"

姜忘思索几秒,解释道:"临秋他家里……出了点事,清早回了老家,暂时回不来。"

"啊!这样吗?"小秘书忙不迭关心道,"我这边帮忙给他请假,那他们大概多久回省城啊?"

姜忘开着免提,把那张词不达意的信纸折成了纸飞机。

"先请半个月吧。"

纸飞机一晃而过,划出曲折的弧线,最后落进了垃圾桶里。

姜忘不得不面对季临秋骤然抽离的生活。

他其实更希望时间能按下暂停键,像是在繁忙生活和复杂家庭关系里喘一口气,再按一次暂停键,什么事都可以直接快进到圆满解决的那一刻。

突然间知道儿子打定主意一辈子不结婚了,甚至准备和他最好的兄弟以及兄弟的弟弟过一辈子,这一系列的事一瞬间猛地砸下来,两个老年人没有当场脑出血已经很好了。

能通宵收拾行李而不是直接进医院,这一点反而还值得庆幸一下。

可是,然后呢?

他们要多久的时间,等待这两个老人重归平静,能够坐下来谈一谈这件事,而不是像碰到雷区一样,一触则炸,不给任何沟通的机会?

姜忘睡前总会思考这个问题。

人和人要是能心灵感应就好了，哪怕跟间谍战一样来点摩斯电码什么的。

他会想季临秋走时，到底是慌乱，冷静，运筹帷幄，还是崩溃痛苦。

也会想更多的画面，譬如自己在接彭星望放学的时候，临秋在乡下是在帮忙晾衣裳，还是在书房里看书。

又或者，临秋已经被季家人带去悲伤故事里的必然转移点，最后他俩得熬到白发苍苍的时候再见面。

姜忘感觉自己像是半沉浸在难过的情绪里，又不允许自己太沉浸。这种感觉不上不下的，如同衣服穿错了尺码，浑身都不适应。

季家全部消失的第一天，他和彭星望说，你季哥哥家里出了事，需要回去两个月。

然后小孩当天晚上就挤过来要求一起睡，睡之前还趴在他旁边说悄悄话。

"怎么临秋哥一走，我就觉得家里空荡荡的，房子太大了呢？

"哥，临秋哥家里的栀子花全都开了，你要不要拍给他看啊？

"咱们要不周末去看看他？

"哥，你好像也在不开心，我抱抱你，你晚上要做个好梦哦。"

姜忘觉得小孩说话太多有点烦，但是跟搂着一只小狗似的抱着他，倒也确实很快就睡着了。

梦里季临秋过来敲门，笑得无可奈何。

"我都跑了，你还不过来接我啊？我在哪儿这不是答案很明显吗？

"傻，一点默契都没有。算了算了，我自己跑回来吧。"

姜忘倏然一醒，起身时伸手抓放在床头柜的车钥匙，外头天还没有大亮。

彭星望跟着吓了一跳，生怕上学迟到了也跟着蹿起来，一看时间——星期六清晨五点半。

"哥！"

然后是第二天，第三天，第十天，第二十天。

姜忘等待得很有耐心。

他不会轻易地冲回去,或抢或拐地把人带回来。

去接触季家父母的机会很有可能只有一次,不能妄动。

但他没有想到,一个人骤然离开,生活会变得这么薄。

像是原本层次丰富,酱汁充盈的双层牛肉芝士堡,满怀期待地一口咬下去却变成一张纸。

碰得人牙龈生疼。

公司里的人不太敢和姜忘聊这件事。

他们好像察觉出来什么,也可能没有。

少数几个不识趣的,猜测季临秋是被哪家大公司挖墙脚了,但很快被撑得不敢再乱说话。

姜忘会照开,班照上,没事还嗑嗑瓜子和大家闲聊几句。

但没有人会主动提那个突然消失的人,像是都知道这是禁区。

彭星望像是看明白了,又像是没有看明白。

小孩一直很懂事,哪怕最最最亲爱的临秋哥哥不在家,一样会早早爬起来上学,甚至自己遛着弯从学校走回来,不用姜忘过去接。

只是有一天晚上,他拱在姜忘怀里睡觉,睡了半天突然哭起来,哭得肩膀一耸一耸的,更像只找不着家人的小狗狗。

"哥……"他摇晃起睡意蒙眬的姜忘,哭得直抽,"临秋哥,临秋哥他什么时候回家啊!"

姜忘睡得正沉被小孩摇醒,一开夜灯看见他哭得眼泪鼻涕一大把,眼看着还要扑到自己身上乱糊一通,伸手把小孩拎起来:"先擦脸!"

"我不擦!"彭星望哭得都开始咳嗽了,"你是不是跟他吵架了!你是不是不要他了!"

姜忘抽两张纸递给他,小孩很倔地一扭头,鼻涕跟着甩:"我不擦!我要临秋哥!我要季老师!"

这小孩开始以为自己被人贩子拎走的时候都没这么有骨气过。

姜忘听他哭就头疼,一边把小孩抱怀里帮忙擤鼻涕,一边反驳:"我怎么可能跟他吵架啊,你觉得可能吗?"

"那你们是怎么回事!"

"他家里出事了。"

"骗小孩嘞!我才不信!你哄符老师她们去!"

姜忘把台灯调亮了点,看着这头发乱糟糟脸上全是泪痕还跟他瞪眼睛的小孩。

"你很行啊,半夜一点钟让我给你表演大变活人?"

彭星望感觉有那么一点理亏,又想努力把季老师争取回来,在要不要懂事点的选项上来回横跳,最后还是强行直起腰杆,但是眼泪汪汪地看着姜忘,一副"你凶我我就哭"的样子。

姜忘被自己本人搞得头大,抽纸给小孩擦眼泪,声音放软许多。

"你说你想怎么办吧。"

这么一问,像是在问小时候的自己,又像是在问自己。

你现在想怎么办呢?

彭星望接过纸巾很响地擤了两下,见姜忘还在看自己,扬起声音道:"你是大人哎!不应该你来决定怎么办吗?"

姜忘也没想到,自己还有跟自己半夜商量对策这么一个环节。

"我……这不是一直在想法子,怎么才能把季老师平安快乐地接回来,或者成功偷渡回来?"

"你想到了吗?"

"办法肯定有,但是风险也比较大,季爷爷、陈奶奶年纪也大了,不经吓,不能胡来。"

彭星望急了:"这都有四十九天没有看到季老师了!你还想什么,咱们先去看看他啊!万一他被锁起来了咱也得把他救出来啊!"

姜忘沉默两秒:"他们家的人都读过书,是文化人,应该不会拿大铁链子捆人。"

彭星望直接往被子里面滚,像只闹脾气的小熊:"我不管!我们去接他!明天就去接他!"

姜忘看了一眼时间,难得脾气很好:"彭星望小朋友,就算明天要去接,那也只能是我去接,因为明天星期二,你要上课。"

彭星望猛地坐起来,说出了这辈子最叛逆的话:"那我不上课了!

我请假都要去看季老师!"

姜忘盯着他看了半天,思考这小孩到底是不像他还是像他。

两人闹腾一会还是睡了,第二天早上七点半到了该去上学的时候,彭星望已经穿戴整齐背好了小书包,里面全是红牛、读本之类车上常备的东西。

姜忘刷着牙看他冲进来冲过去找路上要带的杂物,含着牙膏沫子道:"你真要翘课去接季老师啊?"

小孩抖了一下,再扭头看他的时候又眼泪汪汪随时都能哭出来。

"行了行了行了,走走走,我去给你请假。"

他随便煮了碗面,在等面煮软的时候给陶英启打了个电话。

陶英启早早就递完了辞呈,下学期就彻底放假正式不用干了,但目前还在尽职尽责站好最后一班岗。

只不过接未来老板电话的时候还是有点心情复杂。

"姜……老板你好,"她询问道,"是有什么事吗?"

"我给星望请个假,临时有事要带他去外地两三天,"姜忘往锅里磕了个蛋,想了想给自己也磕了一个,"你觉得……请发烧好还是探亲好?"

一般家长这么问早就得被喷了,陶英启笑容勉强地看了眼已经在陆续早读的小孩们,轻咳一声道:"行,我知道了,我这边先办病假,回头您过来补个签字就行。"

电话挂断,小孩凑过来小心翼翼道:"陶老师生我气了吗?"

姜忘低头瞧他:"你这时候怂了?"

半夜晃醒我的时候不是挺横吗?

他们什么行李都没带,车子加满油就走了。

从省城开到Z乡需要六个小时。

虽然火车也有票,但开车就好像能自己控制些什么,能决定自己的速度,再快一点去见他。

彭星望系好安全带坐在后座,抱着小书包全神贯注地看窗外,像是要上战场。

姜忘第一次开这条线路,又没有手机导航,很仔细地看着车载导航的线路。

后座传来彭星望的声音:"哥,咱们不怕,他们就算要赶你出来,我也可以冲进去!"

"实在不行我就过去哭,季爷爷那么喜欢我,一定舍不得赶我走!"

姜忘听得有点想笑,半晌嗯了一声。

"好,你自由发挥,哥的左膀右臂就是你了。"

Z乡。

季临秋坐在书房,感觉自己一发呆,日子就会过得很快。

他自己都没有预料到这件事突然爆发以后,自己会这么顺从,简直跟完全没有脾气一样。

这样的反应好像跟孝道情商一类的都没有关系,是一种他从没有想过的本能反应。

一切被姜忘悉心照料的提防不安,在和星望相处时逐渐忘记的屏障伪装,在母亲痛哭出声的一瞬间全竖起来了。

就像是从未消失过一样。

季临秋回家以后没有提找工作的事,也清楚像Z乡这样老龄化严重的小村镇,属于年轻人的工作大多都没什么好的前景。

他感觉自己离开姜忘以后脑子变木了很多,像是思维迟缓,反应力下降,连情感也不再充沛。

怎么我一离开你,就开始老了?

他们实在离开得太突然了。

不仅是彻夜收拾行李,把家里能带走的私人物品全部带走,值钱的全部留下,连他和父亲的工资卡也留了下来,就放在信纸的底下。

季长夏的家庭和工作都在省城,因此也只能请假回来陪他几天,然后再返回那里,只是会被反复叮嘱,不要再和那个人有任何往来,一切都要避开。

季临秋看着母亲做这件事的时候,感觉很奇怪。

他忍不住想,他和妹妹都顺从她了,难道她就会觉得舒坦高兴了吗?

至少季国慎很失落。

这种失落不像是因为得知儿子的想法,而是那种骤然从理想生活里被扯出来的惶然。

村里读书的不多，教书的更少，他骤然间回来说是要养老休息，大伙猜测了几天也就过去了，照样来找他下棋。

但是季国慎下了几次，就再也不肯下了。

老人有时候会忍不住找自己还没编完的题库，或者拿出手机想给关系要好的几个年轻老师打个电话，又讷讷地放回去。

季临秋知道，父亲其实不喜欢钱，也不喜欢大城市的什么名利地位。

他们都只是喜欢教书而已，就是个有点小爱好的普通人。

Z乡的小孩早就跑出去读书了，他还能教谁呢？

陈丹红理应是情感波动最大的那一个。

她那天晚上哭得很难过，像是知道儿子生了重病一样，天崩地裂世界毁灭。

回家以后也难过，会絮絮地说几句又闭嘴，然后抹着眼泪收拾瓜秧豆架，叹着气喂鸡扫地。

但人也不可能天天哭。

这样的日子过了没多久，她也开始发呆，甚至随时发呆。

央视新闻里记者说了两句英语，她忍不住凑过去听，听懂其中的一个词两个词，会露出笑容又很快把笑容收起来，像是不该笑。

洗碗的时候水很凉，季临秋路过时会主动过来帮忙洗，但会被挡开。

陈丹红一边念叨着读书人的手不能冻着，一边自己拧开水龙头继续洗，然后像是想起了什么，又开始发呆。

季临秋这时候便会仔细看她。

她的脸上浮现出梦幻又压抑的神情，像是有两个人格在抗争。

季临秋忽然想，原来他和妈妈这么像。

人一旦恍惚起来，每天过得很慢又很快，像是意识已经同时间概念一起涣散掉。

老家一直没什么书，每本都是厚厚的铅印老版书，读起来灰尘四起，甚至还有米黄色的小蜘蛛从字句间爬过。

季临秋翻看着老旧的小说，每天都会回忆一会和姜忘、星望的生活。

他回忆这些的时候，理应是悲伤压抑又痛苦的。

可是好像又不是这样。

他想这些,便像是在汪洋大海里寻找着灯塔。

想起某一个瞬间,便找到了灯塔的一丝方向。

有时候魔怔了,听见什么声响一回头,总觉得姜忘或者星星会从哪里冒出来。

又总是会担心。

自己离开他那么远、那么久,万一这两人真变成美人鱼那样的泡沫噗的一声就没有了呢?

那再跑回省城找不着人了该怎么办?

季临秋隐约感觉到自己得计划着跑回去一趟,至少看一眼,确认这两人还在不在。

他计划了几种脱逃的方案,又奇异地感觉到,爸妈好像也没拦着他,反而更像是失魂落魄地等他给个解释,或者等他说说现在他们该怎么办。

那到底该选哪种方案,还是先溜出去一趟?

季临秋纠结着,忽然看见窗下的篱笆墙外,探出来一个小脑袋。

彭星望眼睛乌黑明亮,盛满了灿烂到发光的笑意。

"临秋哥!"

然后被身后男人一把捂嘴拎了回去。

姜忘把彭星望拖回隐蔽处,自个左右探头看了一眼,确认附近没人,才支起身子去望二楼的季临秋。

他瘦了好多,脸色苍白。

"哎,季临秋,"他仰着头唤他,"你不打算扑簌簌掉个眼泪,感动一会,然后纵身一跃跟我们团聚吗?"

"姜忘先生,"季临秋撑着下巴笑着看他,"我已经在准备翻墙了。"

"你还会翻墙?"

"我还会上树。"

他根本没被父母软禁,何况这两个月家里连锁都没上,一转弯就溜了下来,转到小院背面狭窄的夹角处和姜忘碰头。

两人自始至终没有联系过对方,却又像是每天都有联系,完全能猜到另一个人在想什么。

以致这样荒唐的闹剧都成了出差般的小别离,见面反而有几分喜感。

小孩开口:"临秋哥!我想死你了!"

"嘘,声音小点。"

季临秋蹲下来,把自己身边的狗尾巴草摘了一根,编成小王冠戴在他头上:"哥哥也很想你,想你们。"

此刻陈丹红还在邻居家里借打谷机,季国慎外出散步,时间还算宽裕。

姜忘隔着菱花交织的篱笆墙,低声道:"家里没出事吧?他们情绪平复一点了吗?"

季临秋沉默了一会。

"第一个月还很担心,有时候电视上播书店培优班之类的新闻都会立刻跳台,这个月好多了。"

姜忘抬头望他,不太确定道:"我晚上跟他们谈谈?"

季临秋目光微沉。

"不用。"

"那我在这儿偷偷待几天,和星望回去后,等你自己跟他们谈?"

季临秋仍没有答应。

"也不用。"

姜忘心里咯噔一下子。

他太熟悉季临秋了。

他轻易不发脾气,发脾气一般都是要憋个大的。

问题在于,临秋从前十几岁的时候不是一般地听话,什么青春期叛逆期像是全都不存在,万一是攒狠了今晚全爆出来,自己拦不拦得住都是个问题。

季临秋隔着爬山虎的藤蔓摸了摸彭星望的脸,又看向姜忘:"你们就在附近等,晚上我来叫你们吃饭。"

姜忘习惯性点了下头,又立刻顿住。

等一下!

这就吃饭了吗？你确定他们会放我们进来吃饭吗！

"你……尽量悠着点。"

季临秋侧眸："都快冷静两个月了，你以为我在等什么？"

姜忘略厌地点点头，像是小学生被老师给教训了。

这倒是个成年人的常用策略。

有些事真要在事发当天一五一十辩个明白，容易话赶话吵起来，情绪一上头甭管成年人老年人，当场倔脾气犯了直接跳楼都不是没可能。

姜忘牵着彭星望目送他离开，久违地有点头皮发紧。

像是读小学时察觉到老师要生气了。

季临秋越是这样轻描淡写飘然来去，他越感觉到暗流涌动山雨欲来。

某人的叛逆期终于要到了。

陈丹红再回家时，院子里仍是静悄悄的一片。

季国慎出去遛弯得早，但人一旦没有兴致，做什么都闷，最后仍是折返家中，看电视里老旧的抗日剧。

她同季临秋一起摘着菜薹，先是闷头打理了一会，忽地开了话题。

"上个礼拜，我说是要回娘家拿点东西，其实是回了一趟省城。"

季国慎一下子关了电视，瞪着眼睛看她。

"你回省城居然不告诉我？"

她的头更低了些，像是在坦承错处。

"我走得太匆忙了，老年大学的朋友……以为我生病出事了，还有老师在找我，说是哪怕走了，也得把书和作业带回去。

"我就回去了一趟。"

季临秋没什么反应，用指甲剔着菜薹上的干枯旧枝，指腹都沾上了些青汁。

陈丹红以为他麻木了接近两个月，听到这里总该有点反应，没想到儿子还是像个空壳子一样魂都找不到，口不择言道："然后我……我就忍不住跟大卫老师说了这件事。"

他是个外国人，跟这边的人是八竿子打不着的关系，又那么博学、那么友善，还是可以问一问的。

"我跟大卫老师说了你的想法，然后说……我很担心，该怎么找医生之类的，至少好好调整一下，"她说到这里时，自己都艰涩地没法继续，"结果……大卫说……这在他们那儿很正常，满大街都是不婚主义者。"

季国慎原本还坐在客厅，听到这实在是忍不住，搬了个马扎坐过来。

"他们国外是比较开放。"

陈丹红小心翼翼地看着季临秋，然而后者只是专心摘菜薹。

儿子变成这样子本该是她期盼的，安安静静什么别的都不要想。

可真到了这一天，她只觉得恐惧。

她甚至想晃一晃他，或者说点什么话，至少让这个儿子像个活生生的人，不要变成这样。

季临秋摘完了一盆菜薹，很顺手地又去拿了一盆青豆荚来剥。

陈丹红看着他看得后背都发凉，半晌道："那个大卫老师问我，现在还有没有女人裹脚，或者不敢穿凉鞋。

"我说，那怎么可能呢，别说是凉鞋，现在穿个人字拖上街的小女孩满大街都是，就是容易得老寒腿。

"结果大卫老师说，往前推个五十年，在有些地方，没出嫁的女人要是被男人看见了腿或者脚，那是得浸猪笼的。

"他说，很多事都是这样，气氛一上来像是天都要塌了，说到底，结婚这件事，也像穿旗袍穿凉鞋一样，无非是个人选择罢了，谈不上犯法更碍不着谁。

"我……我居然觉得他说得也有道理。"

季国慎听得犯愣，希望儿子这时候说点什么，可季临秋还在专心剥豆荚。

他有点急，伸手把菜盆夺到自己怀里，按着孩子道："临秋，你也说一句啊。

"都两个月了，哪怕你跟爸妈解释一句什么也行，你说句话！"

季临秋侧头在看豆荚还剩多少："好像不够吃。"

季国慎脑袋轰的一下，心想完了这孩子要疯了，还没等出声，季临秋抬起了头。

"妈，今晚多炒两个肉菜，不要放辣椒。

"星星和忘哥过来吃饭。"

陈丹红愣了半天，还是点了点头，下意识道："星星喜欢吃黄牛肉，我去割两斤。"

季国慎跟着抬头，像是终于听见了好消息："他们过来了？"

季临秋站起身笑了笑，转身走了。

晚上七点十分，姜忘昏昏沉沉在车里打着盹，车窗被敲了两下。

"过来吃饭。"

彭星望放下手里的PSP欢呼一声冲了出去。

"季爷爷……"

"奶奶！想我没有！"

院子里惊呼声一片，紧接着老人们大笑起来，忙不迭给他倒水拿筷子。

姜忘摇下车窗看向灯火处，侧过头看了一眼季临秋。

"我也过去？"

"嗯。"

两家人碰面虽然尴尬，但陈丹红仍是烧了五菜一汤加拔丝地瓜。

季临秋直接端了个盘子出来，把彭星望爱吃的夹满，指了下楼上。

"星望，去三楼吃，我跟家里说点事情。"

小孩嘴里还叼着干炸小黄鱼，很脆生地应了，端着碟碗就往上跑，一溜烟没了影子。

留下他们四个成年人坐在四角，客厅又一片寂静。

往常这个时候，都是姜忘说笑着调节气氛。

可今天没有等姜忘开口，季临秋直接坐了下来。

"喝酒吗？"

季国慎察觉到气氛不对，很快摇了摇头。

姜忘抬头看向季临秋的眼睛。

"好，那我喝。"

季临秋直接取了一盏土碗，把农村自酿的高粱酒倒了一海碗，双手端着碗沿尽数喝了下去。

父母骤然变色,伸手想拦。

"临秋!

"你这是干什么!"

姜忘没有拦,只是一直在看着他。

像是要看着一个人终于挣脱重重荆棘,将一切心牢恐惧尽数踏碎。

空腹喝酒会辣得让人想要落泪。

高粱酒颇有股横冲直撞的呛意,能冲得人眼眶发红,如欲痛哭。

季临秋这辈子没有喝过这么烈的酒,更没有这样在父母面前撒野,空碗只往桌上一蹾,脸颊登时都被烧得泛红,可声音仍然低沉冰冷。

"都别说话,我来说。"

他看向父母,笑容平静。

"五十天整了,你俩冷静下来了吗?"

陈丹红从没见过他这副样子,原本还准备去厨房端菜,都战战兢兢地坐了下来,生怕他想不开。

"冷静了,冷静了,临秋,你也冷静。"

"妈,我问你,我和姜忘四十九天没有见过面了,你觉得现在我和他生疏了吗?"

陈丹红愣愣看向姜忘。

完全没有。

季临秋笑了起来。

他喝得太快,脸颊红如桃花,眼睛里只有烈意。

"哪怕四年,四十年,我们再相遇,仍然会是这个样子。"

陈丹红脸色发白想要说话,被季临秋直接打断。

"我说了,我来说。

"我这辈子从来不说我想做什么。爸爸支教一辈子总是在外地,你一个人操劳养大我和妹妹,我知道你辛苦。

"所以我从来不会找你要任何东西,不当面拒绝你任何要求,活到现在马上要三十岁了,也就是我爸问我想不想读师范的时候说了一句'想'。"

他看向他们,看向姜忘,双手按住桌沿,话语里是这辈子从未有过的不容拒绝。

"我现在,未来,这辈子,只想,也只可能和姜忘、星望一起生活。"

这句话说得掷地有声。

姜忘本来感觉自己城墙厚的一张脸,哪想到季临秋这番话,听得他额头冒汗还有点脸红。

说来也是奇怪,有些话题乍一听离经叛道,但只要曝在天光下坦坦荡荡地一说,语气如吃饭喝水般自然,又让人感觉没什么问题。

季国慎本来觉得两个大男人带着一个小孩共同生活,有点突破世俗,可是亲儿子天经地义这么一说,又好像啥毛病都没有,一切理所当然。

陈丹红本来感觉自己听到这种话应该当场背过气去,但是等季临秋一口气说了个干净,内心反而有种奇异的解脱感,像是自己也在等这句话,她为这种矛盾的释然感到羞耻。

陈丹红像是在替七大姑八大姨提问题:"那他们也都没法有孩子啊?以后养老怎么办?"

她这一问,又觉得荒谬。

儿子如果留在省城,别说在省城赚钱,便是在首都、S市都已经买了好几套房,再想想姜老板的手段,晚年怎么可能不幸福。

——再不幸福也比现在他们在这个偏僻村子里要来得好。

季临秋一口气把话说完,酒意上来了,笑了一声直接起身。

"你们慢慢想,有事到省城找我。"

他不再征求任何人同意,直接掉头往外走。

"回家了,姜忘。"

彭星望躲在楼上偷听很久了,闻声含着满嘴的粉蒸肉下来:"哥!你带我一起回去!我明天还要上课!"

姜忘看着两位老人也头疼,自己全程没怎么说话,这会临秋都已经往外走了,再留下也不合适。

季国慎叹了口气,起身道:"我给你们打包点饭菜,路上吃吧。"

季临秋走了一半掉头看他们,像是在用目光催促姜忘赶紧喝口水准备走。

陈丹红一言不发地去厨房打包饭菜,老头坐在中间孤零零的一个人,捂着心口弱弱道:"别的事,我觉得我得缓缓……"

季临秋跟不良少年一样靠着墙站在一旁:"那你们先缓,我再不回去上班公司该倒闭了。"

姜忘小声道:"其实也没有,段兆就差去考个专八救火了,万一他考得上呢?"

三人重新回到车里,夜路被车灯照亮,老两口在门口送别。

山路蜿蜒曲折,好在公路已经修通大半,比第一次来时好走很多。

小孩吃饱了就睡,已经跟小猪似的在打呼了。

季临秋坐在副驾驶位置上,一面瞧着弯折至山高处的路,一面用双手捂着脸。

姜忘没忍住,在旁边乐。

"平时都是我帮你挡酒,哪想到你一口气喝这么猛。"

高粱酒一般酿得很纯,就是他出去应酬谈生意那也是用最小的杯子一点点喝,哪有今日临秋这样拿个大碗一口闷的这股悍气!

看着是斯文读书人,对自己也够狠的。

季临秋一开始还觉得没什么,现在酒劲上来了,不觉得恶心想吐,只觉得自己整个人都烧得慌,用双手手掌贴着脸颊,低低道:"我脸上好烫啊。"

"你也得缓缓,车上有水,先喝着,到了服务区不行我帮你催吐。"

季临秋有点固执地摇头,也不知道在反对什么。

"你不知道,"他有些醉,嘟哝道,"我别的事都敢放着,就怕离你们太远,你变成美人鱼跑了。"

姜忘瞧他一眼,心想这也是真醉了。

"我当时一想到这个都着急,万一你真跑了,人在浴缸里一泡全变成沫,我怎么办?我拿盆装还是给你冻冰箱里头?"

季临秋见他还在笑,伸手敲他的头。

"你知不知道我很担心你啊?"

"真没美人鱼那命,"姜忘道,"在呢在呢,实在不行我这几年都不泡澡了,看见湖远远躲着。"

他回头瞧了一眼还在打鼾的彭星望，放低声音道："不过我也担心过，万一你爸妈把你带到很远的地方，咱俩这辈子得等到变老头了再见面……"

本来两个人在开玩笑，但话还没有说完，季临秋忍不住哭了。

姜忘这边还在开车看路，没留神瞧见季临秋啪嗒啪嗒掉眼泪，有点慌："你哭什么？别哭啊，我都腾不出手给你擦眼泪。"

季临秋酒意上来了，还在静悄悄地不停掉眼泪。

他刚才在爸妈面前横得像是能当场同归于尽，偏偏一回到车上整个人软肋全都暴露出来，心里不断后怕。

"万一不能一辈子呢？"

姜忘转着方向盘："哪有什么不能的？"

季临秋抿着嘴，不放心起来："我都感觉我变老了。

"我一不见你和星望，就好像开始老。"

"真没老，"姜忘趁着红灯看向他，"临秋老师今年十八明年十七，漂亮得跟什么似的。"

季临秋瞪他，很不服气。

"好丢脸，"他懊恼道，"我现在肯定在发酒疯。"

"没，很有趣。"

"那你想和我一起生活吗？"

"不敢想，"姜忘停顿几秒，认真道，"你不说，我真的一直不敢想。"

可是现在敢了。

我听到你说，哪怕四十年我们不见面，也会像现在一样，没有任何区别。

他们回到省城，逐步收拾这五十天里留下的烂摊子。

坦白来说，虽然有点棘手，但在季临秋突然消失的这些天里，公司也没太大变化。在教育行业，老师突然生病怀孕借调都是常有的事，临时换个老师代课便是了，只不过编书审核之类的会受到影响，还好有几个老教师帮忙顶着。

季临秋回到省城之后，索性把父母那个房子里剩下的自己的东西全都搬了过来——虽然也不多。

....

他俩打打闹闹便是半年,其间还经常和两边家里打视频电话。

季国慎虽然有心过来教书,最后还是留在山村里和陈丹红做伴,时不时陪她说说话。

他前半生对他们亏欠太多,如今徒留缄默。

季临秋和家里人聊天的时候,偶尔姜忘也会过来打个招呼,算是尽个礼数。

他们说起新开设的又一个校区,说起姜忘在做的网站,说起首都的房价,说起个子直蹿的星望,然后在挂断视频电话前互道晚安。

半年一晃便过,直到陈丹红给姜忘打了个电话。

老太太打电话时还是有些难以开口,但姜老板很耐心地听着。

"您不急着说,慢慢来。"

陈丹红憋了一会道:"你们以后好好生活。"

姜忘松了一口气:"您总算想通了。"

电话挂断,季临秋刚好抱着文件进来。

一进门就瞧见姜忘在那儿乐。

"S市的房子谈成了?"

"哪儿啊,"姜忘笑眯眯道,"季先生,恭喜你。"

季临秋挑眉:"嗯?"

"恭喜你以后可以与我和星望一同生活了。"

季临秋怔在原地,又问了一遍:"你说什么?"

姜忘笑道:"怎么还愣了?我跟你说,你妈她同……"

季临秋直接激动地碰了姜忘一下,很快松手。

"我妈说什么了?她没有为难你?"

季临秋大笑着坐到姜忘对面,长叹道:"我真没有想到,他们会同意。"

老人的心思太难拿准,一步步走到现在,实在不容易。

"其实也是你前期工作做得好。"姜忘笑起来,"当初你妈要带着你们走,工作没交接房子没出租行李也没收完,其实她是有等你拒绝和反抗的。"

"那天半夜收拾东西，我爸都说了两次先留下来，我故意没作声，一直闷着。"季临秋在这一点上深知他们的心态，"如果反抗了，她能被激上头越吵越生气，但我一声不吭回了老家，她反而会时时觉得亏欠，想做些什么来补偿。"

只不过姜忘和两个老人都没有想到，季临秋会直截了当到这种程度。

季临秋正想说句什么，姜忘手机响了。

"等等再说。"男人心情很好地接了电话，这次没有弄错称呼："姐？最近还好吗？"

杜文娟声音都在发抖："忘忘，你可不可以来一趟C城，把我和茵茵接走？

"常华他……他在发疯。"

姜忘脸上的笑容一瞬消失，起身快速披了件外套往外走："你现在安全吗？人在哪里？我去找个C城的朋友把你先接走？"

杜文娟的声音很小，哪怕还没有说两句话，也可以隔着电话听到她急促的呼吸声："不太安全，茵茵我暂时寄放在朋友家里了，常华不知道她在哪儿，但是我……我现在躲在厕所里。"

姜忘厉声道："他打你了？老子来抽了他的筋！"

季临秋紧随身后，示意秘书帮忙订最早去C城的机票。

常华原本事业上升，又有姜忘有意无意的人脉帮衬，收入较前几年没有茵茵的时候要好许多，再加上杜文娟性格要强，原本是姜忘请的保姆也固执着要自己出钱，他更是没有什么花销。

偏偏在杜文娟忙于照顾孩子，他"忙于加班"的这个空当里，这个人迷上了赌马。

C城当地自然是没有什么赌马场的，但杀猪盘却是处处都有。

一旦见着有点闲钱又急功近利的人，便会有专业团伙一步步请君入瓮。

网络赌博一旦把陷阱设下来，再巧妙诱导杠杆一翻，能让人赔得倾家荡产。

常华大概是因为闺女刚出生，一开始并不信这个，但被人送了免费的机票去澳城两日游。

后来也尝到了甜头，三千八千地赢，直接就开始玩大的。

可赌博哪里有见好就收的道理？

杜文娟讲到这里的时候，飞机上的乘务员在广播里提醒乘客们关闭手机了。

姜忘大概猜到后面的情况，低声道："我一老朋友刚好在C城出差，我叫她过来踹门救你了，她散打练过六年，你什么都不要怕，等会有任何需要帮忙的都找她。"

"可常华还在发疯！他抡着管子在乱喊乱叫，我朋友已经报警了，你和你朋友一定小心安全啊！"

"我和临秋现在坐飞机过来，晚上就到，等我们。"

杜文娟仓促点头，声音带着呜咽。

另一头，邱茉开着车一路疾驰。

她作为速风集团省城的总经理出差到C城谈合作往来，中午正跟朋友撸着串，突然收到姜忘的电话。

"好家伙，你亲姐姐被她老公逼到厕所里了？"

没等姜忘说完，邱茉已经暴躁起来："定位发过来，我带个棒球棍过去救她！"

姜忘憋了两秒："记得买空心棒球棍，抡起来很称手。"

邱茉冷笑一声："这不用教，姐当年是岔子街老大。"

她跟姜忘交情很好，碰到这种伸张正义的事更是义不容辞，前脚给派出所打电话催他们赶紧过去，后脚一路飙车去了杜文娟小区楼下。

保安见车牌不认识过来拦，被一胳膊挡开。

"没时间解释了，我来救人的。"

她没费多少工夫就找到了对应的单元楼，上了电梯右拐看清门牌号敲门。

门里传来一个男人的破口大骂："敲锤子敲！"

邱茉甜甜开口："先生，我是来登记人口的，麻烦您开一下门好吗？"

过了一会，门才慢吞吞打开。

常华额头上被砸出两指节长的血口子，由门隙里看去家里更是摆设布置碎了一地，尽是狼狈。

邱茉笑了一声，单手拧上常华领口往外一搡，反手关门上锁把人丢在外面。

常华登时反应过来："你……你是……"

邱茉踩着高跟鞋去找厕所在哪儿，长马尾一晃一晃。

"杜姐，你在吗？

"我是姜忘他朋友，'人渣'被锁在门外，警察也马上就到了，你等等。"

杜文娟闻声小心翼翼打开已经被踹松锁扣的厕所门，脸上泪痕未干，手里还抱着音响，是拿来防身的。

邱茉一脚扫开地上的碎玻璃和遥控器碎片，把她牵了出来，温声道："不怕了，我去给你倒杯水喝，姜忘他们下午四点左右到。"

常华正破口大骂着，猝不及防被派出所民警带走。

邱茉安抚完杜文娟，给她找了件披肩，陪同着一起去做了笔录。

四点二十不到，姜忘大步流星走进大厅。

邱茉伸长手招呼："在这儿。

"人没事，她也没受伤，主要是家里闹腾得太厉害了，可能有点被吓到。"

杜文娟余惊未消，还有些微微发抖，哑声道："他动了我的存折，我要跟他离婚，说了几次都不同意，结果……结果他就疯了。"

姜忘见她满脸愧色，伸手轻轻抱了一下，转头看向民警："现在到什么情况了？"

"还在调解，"民警跟着头疼，"这个……主要受伤的是男方，我们也只能进行劝导，夫妻之间轻易不动手对吧……"

姜忘再三确认杜文娟脸上胳膊上都没有伤痕，才松了口气道："他动了你多少钱？"

"没动成功，我把密码改了。"杜文娟想了想还是补充道，"但是之前……拿过我两千。"

"临秋去接茵茵了，先回我家住。"姜忘跟邱茉再次道谢，正色道，

"我先陪你把离婚的事办掉。"

杜文娟听得直愣:"回哪里?"

"哦,我在C城有房子,车也放了一辆,临秋开去接茵茵了。"姜忘温和道,"不要怕,这些事都有我们在。"

你们居然在C城买房子了?这又是什么时候的事情?

民警听见对话,拿着记录簿道:"等一下,民事调解还没有做完,您这边现在态度是什么?"

"让他净身出户。"姜忘平淡道,"要么离婚,要么等着。"

"等着"两个字一说出口,就颇有种奇怪氛围。

民警用很奇异的眼光上下打量了一眼姜忘,转身去安排双方在调解室见面。

常华额头上的伤口已经止血了,出来时仍是骂骂咧咧的,被民警瞪了一眼才肯收敛。

比起第一次见面时那种熟悉的里外矛盾的良善样子,这样的丑态显得更陌生。

姜忘只看了他一眼,后者背脊就弓了起来,扭开头冷声道:"是,你娘家人厉害,全家这么有钱,老子拿个五千跟要了你命一样?"

姜忘淡淡道:"第一次你们带星望去动物园玩,我姐姐拜托你把小孩的两百还给我,你说忘了,是吗?"

民警露出惊讶表情:"他连小孩的钱都拿呢?"

邱茉出差业务早办完了,这会顺势留下来听后续,也为之咋舌:"这……这苗头早就有了,你还不离婚啊?"

杜文娟低着头没有解释,常华反而面红耳赤,骂了回来。

"钱钱钱钱!不就是有两个臭钱吗?你们牛什么?就你们是人了是吧!"

"发什么疯!"民警怒喝道,"这里是派出所,不是你放肆的地方!"

杜文娟坐在邱茉和姜忘的肩侧,定了定神,咽了口唾沫看向他。

"常华,我要跟你离婚。

"茵茵归我,房子也归我。
"你必须答应。"
常华跟触电一样猛地要站起来,下一刻被姜忘盯住。
男人眼神冰冷肃杀,没有半分温度。
常华呆呆看了姜忘两秒,跟跄着瘫回椅子上,像是被抽走了所有的力气。

离婚流程很顺利。
姜忘始终双手插兜站在杜文娟身后,像是一个温和的影子。
常华来民政局时根本不肯和他有任何对视,铁青着脸匆匆签完名字。
印章嘭地盖上,一切正式结束。
他接过离婚证时甚至不肯打开看一眼里面的内容,离开时背影仓皇。
姜忘陪伴在杜文娟侧,目送常华离去时,忽然又在想,人总是有动物性的。
虽说现代社会有礼法规则,可许多人总是在有机可乘时,暴露出动物般的贪婪与忘形。
只为了眼前的一块肉,触手可及的一张银行卡,忘记更多的事。
可一旦他们面临更强大的震慑,又会迅速记忆起许多道理,匆匆变得像个人。
彭家辉是这样,常华更是如此。
与常华不同,杜文娟低头翻看着离婚证,合上又打开,仔细把每个字都看了一遍。
周身松快,彻底解脱。
她的手指抚过"离婚证"三个字,像是想起什么,看向姜忘失笑道:"但愿我这件事没有影响你。"
"虽然……我确实识人不清,总是选择错的人,但恋爱婚姻还是很美好的事情,"她自嘲道,"不过我说这些,也没太多说服力。"

季临秋接回茵茵,两拨人简短休息一刻,便开始商量搬家的事。
杜文娟从事会计行业,虽然在现单位过得很安逸,但也更倾向于去省城照顾星望。

"我们公司刚好急缺您这样的老会计，"姜忘笑道，"当然，您要是觉得来我这儿上班不自在，我也可以引荐您去我朋友的公司。"

"这些当然都行，"杜文娟忙不迭道，"能够这么顺利地离婚，以及过去抚养星星，我已经很开心了。"

他们最后也没有搬走什么东西，只收拾好茵茵的几件衣服玩具，便买好机票带她们一同回去。

星望由小秘书带去了机场，相见时都像是还在做梦，恍惚道："妈，你真的……要来省城住了？"

"妈妈已经离开常叔叔了，以后只照顾你和茵茵，"杜文娟蹲下来抱紧他，"好孩子，妈妈以后一直在你身边，看你长大，好不好？"

彭星望没有马上答应，先是揉眼睛，然后张望着看姜忘和季临秋，小声道："我觉得我头顶在冒烟。

"这……这是真的吗？

"我都不敢相信！我妈妈要长长久久地陪着我长大了！"

大家哭笑不得，轮流过去抱他亲他，真是不知道该怎么疼爱才好。

虽然姜忘在省城已经买了七八套房，季临秋父母迟迟没有过来，那边的房子也空着，但仔细思索之后，他还是买下隔壁单元带小院子的一楼，不近不远又几步路就到，晚上也方便一起约着吃饭散步。

杜文娟虽然知道他家底雄厚，但还是执意拿出存款，按这里的房租四个月一付。

好在新工作薪水丰厚，没多久就能补回来。

彭星望收拾好行李，准备搬去和妈妈一起住的前一晚，姜忘和季临秋把他叫到客厅，三人坐下来，好好聊了一次。

首先说的，便是出去住的问题。

"其实……如果有钱，一个人可以有很多套房子，但能不能有很多个家，还是看他的心性。"姜忘平淡道，"你爸爸那里，爷爷奶奶那里，妈妈那里，还有哥哥这里，都是你的家。

"不管你住在哪儿，星星，一定要记得，我们始终守候在你的身后，永远愿意陪你一起面对生活。

"长大未必是件快乐的事，但是星星，我和季老师还是要祝你一句，长大快乐。"

季临秋笑着举杯，和星望碰了一下杯子。

"长大快乐。"

小孩自住在他们身边之后，一直如成年人一般被平等对待，如今听到这样的话，也很懂事地点点头，眼眶有点红："还是有点舍不得你们。"

姜忘笑了笑，又道："第二件事，就是我和季老师打算以后一起生活了。"

他对年幼的自己说这件事时，坦然又平淡，心如雪原般宁然。

彭星望飞快点点头，抢答道："那天我在三楼吃饭的时候听见啦！季老师宣布得超大声！"

季临秋红着脸道："老师那天喝得有点上头……"

姜忘忍不住乱笑，被季临秋拍了一下："不许笑！"

"那关于这件事，你有什么想问的吗？"

季临秋出于教师角度，还是一直在担心这件事对彭星望的影响。

"一开始还是有点奇怪啦，"彭星望挠头道，"我没想到哥哥居然会想和另一个哥哥一起生活，而不是姐姐阿姨什么的。

"但是一想到家里不会有两个大嫂，我又很开心！只有哥哥就很棒棒！"

姜忘心想这脑回路果然是我的风格，低头喝了口茶。

…………

彭星望忽然想到什么，黑眼珠一转，期期艾艾道："那……我，我可以喜欢周银心吗！"

姜忘短暂地没跟上："谁？周什么？"

"就是那个让他学小提琴的小姑娘，弹钢琴的那个，"季临秋忍笑道，"你当然可以喜欢，但是也要记得把小心思藏好，礼貌一些，不要让她感觉到冒犯。"

"那当然！"彭星望自信满满，"她说我眼睛大脸蛋白，夸我可爱！"

姜忘隐约看出点什么，但也没再往下说。

小孩子的友谊总容易因为升学搬家之类的淡化疏远，不要刻意想太多以后。

彭星望搬走以后,家里骤然安静许多,再也没有小孩跑来跑去的拖鞋声。

思来想去,两个人决定组个局热闹一下。

日子选在了八月二十四,也是季临秋的生日,他们并没有邀请太多人,只请了一些关系要好的亲朋好友。

八月二十四日那天阳光灿烂,蝉鸣不断,天空中飞过了许多只燕子。

庭院里,云白的栀子花瓣落了满地,一踏入便处处看花了眼,好似重临盛春。

姜忘招呼着亲友们喝了好几杯,其间悄声给彭星望一个暗号,约他等会吃饱了一起荡秋千。

等到了处处酣畅时,一大一小溜至院子角落,在缀满明灭星星的葡萄藤下荡秋千。

"吃饱了吗?"

"吃饱啦!榴梿酥和流沙包都超级好吃!"

"也不多吃点肉,"姜忘哭笑不得道,"开心就好。

"哥哥叫你过来,是有句话想问一问你。"

彭星望手里还捧了一个流沙包,闻声仰头道:"欸?你随便问!"

姜忘顿了几秒,像是说出这句话,需要很多的勇气。

"星星,你这几年,也是看着哥哥一步一步走到现在。

"如果……我是你未来的样子,你会开心吗?"

彭星望眨眨眼,放下流沙包认真道:"我会超级……超级开心!

"但是哥哥,我觉得,我也会成为很厉害的人!

"也许呢,以后不会特别像你,跑得很慢,做生意也有点笨。但我也会用我的方式,灿灿烂烂地长大,忘哥,你会为我开心吗?"

姜忘很用力地点了点头,倾身抱紧他。

"我真爱你。"

这一路,像是因为在学习着爱你,才渐渐懂了该如何爱我自己,以及爱所有人。

你如今已经不再是我,但早已是我世界里最亮的小星星。

此刻,他深呼吸着睁开眼,深知自己已经在一场沉梦里清醒。
过去种种的郁结、执念、不甘,如今都得以释怀。
内心一片光明,如同繁星在怀。

番外

高考记（下）

时间一晃就到了第一次模拟考的时候。

二月末还是冬天，虽然没有下雪，但细雨不断，寒风吹得人骨缝发痒。

彭星望原本盼着场场都和大哥一起考，甚至进同一个考场之类的，但到底身份不同，哥俩只能在高考那天碰个面。

他早早考完，早早给姜忘打电话，声音里有掩饰不住的兴奋。

"哥！你怎么样？"

"这次数学好难啊，第十二题你选的是C还是A？我改了两次！"

"还有还有，我们这次考试的时候，监考老师鼻炎犯了，跑去走廊连打十二个喷嚏，哈哈哈！"

电话那边沉默了好久，传来睡意蒙眬的嘟哝。

"考……考什么？"

"第一次模拟考试啊，"少年捧着电话，一时间有点忐忑，声音越来越小，"你不会不考了吧？"

"我还在M国，"姜忘打了个哈欠道，"你季老师已经提前说好了，等我回来了，他监考，你给我改卷子，开心吗？"

彭星望又蹦起来："说定了！"

出完差再飞回来，姜总找了个会议室连考两天，全程接受季总裁的监督，以及彭同学的嘘寒问暖。

明明只是个模拟考试，彭星望简直变成姜忘的代理家长，热水壶、答题卡、草稿纸一样一样地帮他关照着，满脸写着开心。

姜总在考试开始前还挺有精神，看着是旅途中补觉很足，越往后考越有点虚。

第一科是语文，主要难点在古文阅读。

写作文按照格式一通扯，拿不了高分也能及格。

阅读理解来来回回就是那几种答案，古诗词跟秘书背过考过好几次了，不会出岔子。

但是再往后，基本就是越考越抓瞎了。

季总算是直接把自己的办公室搬到这里，写文件时笔尖声音都落得很轻，陪他一道一道重新考过去。

姜忘遇到数学题不会做，写来写去偷偷瞄他。

英语听力还没嚼明白就晃过去了，揉揉鼻子瞄他。

瞄到后面季总瞥了回去。

"我脸上有高考答案？"

姜忘小声辩解："我缓解一下紧张情绪。"

话是这么说，做不出来也只能强行写完全部卷子交上去。

彭星望早早准备了一把红笔，还特意戴了副眼镜框表示严肃。

小孩坐在那儿改卷子，大人趴在旁边哀号。

"这扣得也太狠了。

"哎哎，这里没点分吗？全画叉了？"

"是这样，"彭星望正经道，"答题卡不认谁是谁大哥，卷子就是这么改的。"

几门科目一样样算下来，最终得分三百八十七。

季临秋把几张卷子过目了一遍，温和道："还行，能上个三本了。"

姜忘愣了下，用双手搓脸。

"不行。"

"怎么也得上个一本。"

彭星望学他的样子趴在旁边，给予充分安慰："二本也不错啊，再努努力就够到了。"

"不，就要上一本，"姜总裁猛然坐正，"告诉我一本要多少分，考不上我管你喊大哥。"

彭星望迟疑两秒:"去年好像是五百三十分?"

姜忘默默把卷子收拢成小山堆,然后把头闷了进去。

"冷静点,"季临秋笑道,"还有四个月,万一呢?"

俗语有言,喜怒不形于色,好恶不言于表。

姜忘接下来一周的行程里,表情都很垮。

在表情管理方面基本没怎么用心。

这要是代入高中校园里,简直再正常不过了。

谁还没个考砸了心态雪崩的时候?本不用解释啥。

问题是他还要出席各个剪彩礼、商务会议、餐会应酬。

秘书心里有数,也出声提醒过几次,怕合伙人看了误会。

姜忘其实也知道这些道理,但三百八十七分变成挂在脑海里的血红大字,根本挥之不去。

他问过了,彭星望考了六百多分,基本上想去哪儿就去哪儿。

三百八十七分。

姜总给新建好的大楼剪彩时,绷着脸忍不住想这个数字。

都是一个妈生的脑子,凭什么差这么多分。

三本,他才不要上三本!

哪个电影主角小说男主是上三本的!

三百八十七分。

姜总跟胡总王总孙总碰杯时,板着脸努力不回忆这个数字。

他现在只想回办公室做题,他的生活现在只需要做题!

什么寒暄客套,什么高尔夫骑马,都什么时候了还去骑马!

高考还有多少天知道不知道!

一周过完,板着脸的姜总基本成为众多传言的来源。

有人说房地产行业即将雪崩,要抛股票的赶紧。

还有人盲猜姜总要被董事会架空权力一脚踹了,当年公司出现重大危机的时候他脸都没垮到这种程度过!

这样的流言最开始辗转于中上层管理圈,后面就传到对家和探子的耳朵里,衍生出更多离奇版本。

什么私生子论、挪用公款赌博论、英年不举论，基本上涵盖了姜总私生活全部层次。

也有人夯着胆子过去探问到底发生什么了。

"姜哥，那个，你最近还好吧？

"要是公司出什么事了，跟兄弟说啊，资金周转之类的，兄弟这里帮得上忙！"

姜忘仰头灌了一杯冰茶，连酒都不喝了。

喝什么酒，影响我背单词。

他没说话，旁边几个朋友更看得心慌。

坏了，到底怎么了？

姜忘摆摆手，示意他们都别说话了，一个人拎起外套去天台吹风，背影很落寞。

英语只考了七十分，我怎么上一本？

酒桌上几个朋友面面相觑，谁都不敢说话。

同一时刻，彭星望在学校里变得更加活跃起来。

这个孩子其实很有点小滑头，老师们看着他成绩好，基本上都睁一只眼闭一只眼。

平时上课的时候偷偷画四格小人漫画，中午大伙睡觉的时候小声说梦话，偶尔逃课去图书馆里看小说，其实都是些小毛病，不影响其他同学就行。

很多课彭星望听不听都无所谓，他确实早早就巩固好了基础，高三复习的一整年就是走个过场。

他的成绩虽然没有好到闭着眼考到最高学府的地步，也不可能随随便便就拿下省高考状元，但考个名牌大学已经绰绰有余了。

直到姜忘一模成绩出了，少年心里才燃起全新的目标。

我要跟大哥一起读一本！

我要和大哥一起去外地读书！他去哪儿我就去哪儿！

目标一定下来，彭星望就颇有小弟兼私人教师的自觉，没事捧着姜忘的错题本去跟老师请教问题。

很多东西他一点就会,完全是靠直觉做题,都不怎么过步骤。

但是要教会姜忘绝不能这么一带而过,方方面面都得扎实搞透才算到位。

他骤然发力,答疑速度和质量都高到令老师诧异。

"你们1班的那个星星,他不读什么海洋学了?想考哪个难点的专业了?"

"没有啊……我也瞅着纳闷。"

"还别说,他本来就聪明,再踏实点考个六百五十分估计都行!"

彭星望特意准备了一个活页本,把自己对于大哥每一科的问题观察都详细抄录下来,写完还细细琢磨了一会。

他跟大哥本质是同一个人,那做题时犯的错大概率也一样。

只要观察好我自己,就能有效提高大哥的分数!

左写右写,最终准备了厚厚一沓,托符耳转交给姜忘。

符耳翻看完这本彭星望高考私家手册,再看向姜忘时眼神充满怜悯。

姜忘刚出差回来,被她看得后背发毛。

"这本子里写什么了?"

"姜哥,"符耳轻飘飘道,"你要是不考个一本,这小孩绝对会偷偷哭成一摊糨糊。"

姜忘长叹一口气:"我知道。"

当天晚上八点,杜文娟擦着手应门。

"来了!是快递吗?"

"是我,"姜忘拎了个公文包,"星望在家吗?我接他一块去找临秋补英语。"

"在的在的,"杜文娟忙不迭道,"我给你削个苹果吧,不是说最近挺忙的吗?"

"工作暂时都推了,调了个年假。"姜忘笑道,"怎么也要高考了,我得待家里好好复习一段时间,不到处乱跑了。"

话音未落,少年已经冲了出来:"哥……"

"临秋哥呢?他怎么没来?"

"给咱备课呢,走了。"

杜文娟追了过去:"苹果!拿着!"

"好,"男人笑得像个小孩,"那我们补课去了。"

彭星望没什么要补的,主要是有这个由头方便一起聚聚。

几个书本笔记一摊开,季临秋例行公事讲个几句,完事黑板让出来,讲师位置留给彭星望。

姜忘坐在下面听他一例一例地讲,和季临秋肩并肩挨着坐。

彭星望在前面哐哐哐地写板书,粉笔敲着黑板像在兴高采烈地跳舞。

姜忘跟着写笔记,小声道:"听说你也请年假了,这段时间都待在家里?"

季临秋展颜道:"这样挺好。"

"喀喀喀,"彭星望一推镜框,"上课不许讲话。"

"是……彭老师。"

彭星望很是受用,继续拿着三角板比画起来。

他虽然没做过老师,但从小到大都泡在培训班里,表情严肃起来甚至有几分像符耳。

姜忘确实听得半懂不懂,有时候问题答不上来,有时候会搞混好几个定义。

彭星望为了缓和气氛,时不时还会抽查季临秋。

后者看着像只是撑着下巴陪他们一起坐着,奇异得每个问题都能答对。

刚开始姜忘还以为是彭星望故意给他简单的题目,后来彭星望都蒙蒙的。

"临秋哥……你,你怎么都会啊?"

"那你……第一次模拟考试能考多少分啊?"

季临秋先前看过全部试卷,估了个总分出来:"六百上下吧,有些东西也记不清楚了。"

"等等!"小孩惊喜道,"那咱们三个为什么不一起去考试!"

姜忘又觉得好笑又有点落寞。

你临秋哥是正经高校毕业,聪明得不行,哪里还需要靠这个证明点什么!

他没把心里话说出口，季临秋在旁边摊开手。

"咱们仨都去考试了，谁在考场外面等你们？"

"确实。"彭星望也觉得有道理，"那这次我们两个去。"

某种程度来讲，是"我"辅导"我"自己。

彭星望讲完课又陪着他做题，趴在一边看他良久。

姜忘沉默一会说："咱们这样挺温馨的。"

"对。"

"以后可以多来点。"

"是。"

姜忘："……"

彭星望予以同情的眼神："你实在做不出来这道题了，对吧？"

姜忘闷头喝水："要不换一科吧？"

这样的日子虽然难熬，却又让人觉得十分留恋。

好像生活也变得简单纯粹，从压力重重的三十几岁，重新跳回了高中时代。

但高考眼看着就越来越近了。

近到姜忘的几个老客户都忍不住关心几句，或者找他的秘书助理套话。

"姜总复习得怎么样啊？"

"听说这几年高考越来越难了，能不能小小透露下姜总第一次模拟考多少分？"

秘书们打着哈哈把问题糊弄过去，转头把情况如实禀告给姜忘。

"这帮人搞不好私下开了个局，也不知道赔率多少。"姜总磨了磨牙，"可别把我看扁了。"

最后一个星期，各大高中都放了假，安排学生们在家里自行复习准备。

杜文娟张罗着大伙一起聚聚吃个饭，隔天一块上山拜文殊菩萨去。

季临秋来的路上帮偶遇的女同事停了下车，恰好看到小区附近新开了家文具店。

他想着亲戚家有个小孩也要高考了，走进去想挑一张贺卡。

念头一转，给姜忘和星星也都选了一张。

他看着斯文内敛，不像是会冲动消费的类型。

店员远远瞅了一眼，转而继续跟明显是家长的中年夫妻推销自己店里的产品。

"您看看！这是孔庙联名套装，上头还印着'金榜题名'的红字，兆头多好啊！

"红是喜庆，红是辟邪，咱高考讲究的不就是一个开门红！"

家长们似有犹豫，还在对比着高考套装的不同价格。

一个文件夹，几支笔，加上尺子什么的卖一百多元，是不是太贵了？

在他们扎堆聊天的时候，季临秋也拿起手边的同款看了一眼。

配色排版那叫一个眨眼，大红大金色搞得浮夸无比。

且不说这个联名是不是真的，用这么土的笔，学生自己也未必乐意。

他本想把手里的商品放下，又听见那营业员高声推销。

"咱们在场外帮不上忙，可心里在帮孩子加油打气啊！

"您想想，孩子做不出题了，累了疲惫了，一看见这笔，就想起你们给的陪伴支持，还有孔庙开过光的好运气，一咬牙可不就把题目做出来了？"

季临秋心想这营业员挺适合卖房子，随手拿了两份，准备过去结账。

他翻过反面又端详了一遍笔杆上"金榜题名"几个大字，暗笑自己也有这么迷信的时候。

也就在这个时候，一种奇妙的心灵感应出现了。

青年一转头，正好看见姜忘回着消息在往这家店走。

也是巧了。

季临秋动作很快，挪到后面货架柱子侧面，悄悄瞄他会选哪个。

果不其然，这哥们没太多文艺气质，店员选择去找同他一起进来的阿姨推销。

姜忘自顾自地转了一圈，也拿了两张贺卡，然后终于在那个高考开光系列套装面前站定。

先是一脸嫌弃，然后又细细察看，接着若有所思，伸手先是给星星拿了一份，又给自己选了一份。

季临秋忍不住笑出声。

男人闻声抬头，敏锐看见货架后面的季临秋。

"你也在这儿？"

他晃了晃手里的吉祥套装，后者同样扬起一模一样的东西。

"一猜就知道。

"那咱们都买一份，我买给自己的拆了用，你买的我留着当礼物。"

季临秋笑了一下，拉着人结账去了。

每逢灾祸福运将临未临，人们都比平日来得更加虔诚。

打从彭星望高三起，杜文娟就每逢初一、十五吃素敬香，生怕天上神明不照顾自己的小孩。

她甚至叫来了彭家辉，好凑齐全家一同去求个考运符。

这听说已经成了产业链，每逢特定时日还有黄牛代排队代抢祈福莲花，热闹得不得了。

一行人踏着初夏新草拾级而上，一路上看到不少类似的家庭。

不只是庙里的老柏树挂满祈愿红绸带，沿路的铁栏杆也挂满了各式各样的锁。

虽然这趟主要是陪彭星望，杜文娟和彭家辉也问了问姜忘复习的情况，关心他考试前紧不紧张。

不过彭家辉看他的神情更多的是敬仰和佩服。

"重在参与，能考个三四百分已经很不错了！"

杜文娟咳了一声，彭家辉意识到自己说错话了，哈哈笑着摸脑袋："当然考五六百分更好，更好啊！"

他们一起先去拜佛祖，然后拜菩萨，虔诚许愿，认真跪拜。

一家人插香时很整齐，十五支长线香紧密地堆在一起，如同手拉手相互依偎。

姜忘去小卖部帮忙买水的工夫，彭星望已经领了好些丝带过来，从包里掏出早已准备好的笔。

"我们也挂，挂在高的地方，比所有人都要高！"

"不说挂不说挂，"杜文娟嘘了一声，"考试前别乱说话。"

"不至于，"彭家辉忍不住插嘴，"他成绩都这么好了，区别只在于考得好和考得特别好。"

他又被瞪了一眼,摸了摸鼻子。

接过笔之后,彭家辉也跟着在红绸带上写字,嘴里念念有词。

"祝我家星望……金榜题名,想去哪儿读大学都成。

"也祝咱们姜忘成为……一名优秀的兽医。"

姜忘对这个祝福很是满意。

"成了,咱一块挂吧。"

"姜忘!"

"错了错了,我不乱说。"

等他们都陆续写好了,彭星望还在后面画画。

他把写好内容的缎带翻了个面,在上面画一家人的涂鸦样子,仿佛要把合影都拓上去方便菩萨们认人。

姜忘背着手在他旁边看了一会。

"还挺帅。"

"那是,"少年煞有介事,"印象分很重要。"

也是命运眷顾,他俩还真就在一个考区。

江山中学校区很大,毕竟是初高中合办,教学楼都分 A、B 区,刚好容纳几千考生过来考试。

彭星望在 A 区,姜忘在 B 区,虽然隔得远,刚进大门走一条道没多远就要分开,但至少不用在城市两头来回跑。

过来送考的亲友团比想象的还要多。

不光是教辅班里的一帮熟人来了,房产公司那边也来了不少,还算克制地帮忙递水打招呼,没有太嚣张地摇旗呐喊影响旁人。

一大一小两个人站在江山中学门前合了个影,冲着大家挥挥手,一起走了进去。

姜忘先前一直有些紧张。

他这几个月都在不断做梦。

一会梦见自己没带准考证,一会梦见铅笔芯全撅成末了,或者全班只有他的卷子被印反了,监考老师走过来看了眼,说他是成年人,难度要加倍,爱考不考。

昨晚准备的东西，光是身份证、准考证就检查了六遍。

早上准备出门之前，又翻来覆去地确认自己带好了，像是生怕准考证拍拍翅膀从文件夹里飞走。

季临秋在门口做威胁状要踹他的屁股，姜忘还在看文件夹。

身份证带好了，带好了嗯……

这件事，他期待了很久很久，久到真正来临的那一天，一切都不太真实。

他坐在被刻意拉开桌子距离的高中考场里，看着监考老师分发试卷和草稿纸，缓缓拿出孔庙开光系列里的好运笔。

我做到了。

我想要参加高考，我想要读大学。

我想弥补过去人生里没有的记忆，去过更加灿烂的人生，我做到了。

他深呼吸着，接过试卷，开始考第一科。

上午语文，下午数学。

黄昏时分所有人涌出考场，四处蔓延着劫后余生的欢快感。

姜忘考得大差不差，稳定做不出来的题上了考场一样做不出来，心态良好地随它去了。

他的策略被季临秋调整得十分高效科学，最后做不做得了全部都感觉不错。

彭星望出来得晚了十分钟，看着也在笑。

他吃饭时和大伙一样在正常聊天，还说了个冷得要死的谐音哏笑话。

但姜忘和季临秋对视一眼，已经感觉到了不对劲。

这小子心里有事。

打他读小学起，他俩就一直在携手照顾着，撒谎有撒谎的小端倪，要哭有要哭的迹象，什么都逃不掉他们的眼睛。

趁着杜文娟洗碗的工夫，两人借口说要带他出去散散步，把人拎到了小区秋千架旁边。

"说吧，怎么了？"

彭星望想装傻："什么怎么了，哥？"

姜忘一条胳膊靠着秋千，颇有种社会大哥兴师问罪的调调，吓得旁边家长抱起小孩就走。

"考场发生什么事了？

"碰到题不会做了？答题卡填错了？"

彭星望坐进秋千里，很敷衍地前后荡了两下。

季临秋温和开口："再不说你大哥要挠你了。"

少年委屈巴巴道："怎么你们什么都看得到……"

他本来想自己消化掉，不想影响哥哥的考试状态，吞吞吐吐半天还是讲了。

学校老师和家里人都三番五次强调过，考试不许对答案，考成什么样是什么样，考完就放下来不要再想了。

彭星望当然记得，也从来没打算考完跟别人悄悄对自己有疑虑的题。

偏偏他这次考试是在江山中学教学楼的四楼。

大伙考完都急着回家，人群犹如洪流，顺着趋势快步往下走。

他本来哼着歌走在人群里，身后两个学生突然就开了口。

"第一道大题我感觉要跪！"

"这次怎么会这么难，我的妈啊，选择题最后两道你选了什么？"

少年有种不祥的预感，偏偏临时没法离开这里，在短短半分钟里已经听到他们说的过量信息。

他本来考完就忘，都记得哪道题画了辅助线没有，也许本来还很有信心，现在也变得忐忑起来。

更糟糕的是，附近的学生忍不住加入对话，所有人都开始下意识对答案。

等四层楼梯走完，他的心态已经处在将崩未崩的状态里。

彭星望讲到这里，姜忘眉头紧锁。

他商战打多了，条件反射怀疑是不是有人在悄悄使绊子。

"不会是故意的吧？"

季临秋哭笑不得："谁在这种时候还顾得上耍小心眼，俩学生脑子缺根筋而已。"

彭星望这一趟下来，表面看着还能嘻嘻哈哈几句，内心在激烈挣扎。

他一方面想纠结这些事，又试图通过理智控制这些想法，晚上吃饭的时候脑子都在左右互搏。

两个大人把他约到小区秋千旁边把事情一说，内心的焦灼终于浮出水面。

少年不知不觉在闪电式狂荡秋千。

"我也不想着急的……

"但是！但是我忍不住！"

秋千架承受不住这么快的转速，还被左右拧着绞来绞去，铁索发出嘎吱嘎吱的声音。

彭星望难得焦虑发作一回，担心自己明天早上考试被影响，闪电式荡到一半转而陀螺式狂暴转秋千。

"我压力好大，我感觉我要炸了，啊啊啊，怎么办！"

远处滑滑梯的小孩都看傻了。

那个哥哥……他到底会不会荡秋千啊？

姜忘跟逮陀螺大猫似的看准时机，双手猛地按住彭星望肩膀，摁着他与他对视。

"都行，明白吗？

"你就记得两个字，'都行'。

"对了也行，错了也行，考得好也行，考砸了也行。

"有什么事，两个哥哥都在，你什么都不用怕，记得吗？"

彭星望很少被他这样注对视，气场略弱地别开视线，小声道："知道了……

"可能我这几个月都有点紧张，情绪攒到一块发作了。"

他拧了拧秋千绳，反向又转了两圈。

"哎，不管了，都行。"

话音未落，刚要松手，有什么传来咔嚓的脆响。

姜忘下意识松手，有什么瞬间断裂。

"砰！"

彭星望连人带秋千座摔到地上："啊啊啊断了！！！

"我的尾巴骨！我的尾巴骨！"

他蹦起来生怕自己变成全场第一个撅着腚高考的考生，又蹦又跳地

273

确认屁股骨折了没有。

刚好杜文娟下来找他们,听见动静吓了一跳,还以为这里有什么东西炸了。

"怎么了怎么了?"

"没啥,"姜忘在忍笑,"我们得赔物业一个新秋千了。"

好在他的情绪干预做得很好。

彭星望再进考场的时候,把昨天那些乱七八糟的事情全都抛到了脑后,痛痛快快地考一门放一门,成绩好不好都随它去。

姜忘同样如此,但考完手机被打爆了。

显然他的损友们等不及了,这会都非常关心。

"姜哥啊,题目难不难——我的意思是,那个咱也想年轻一把,要是你中了举,咱哥几个明年也来考!"

"姜总,今天好像是高考最后一天吧,你感觉怎么样?"

"姜总!透露一下!求你了!"

姜总给衬衫松了个扣,倚着保姆车后座闲散道:"你们赔率开到几比几了?"

电话那边传来好些人的嘿嘿笑声。

"我们闹着玩的,你别生气。"

"没啊,"姜忘在阳光下看手中戒指的光彩,同样悠闲自得,"季总是庄家,你们不知道?"

电话另一头有人倒吸一口凉气。

"我去,不是吧,等等——"

"季总是庄家?季总居然是庄家!"

"老姜,你们家全是生意场的狐狸精啊!"

姜忘心情很好,还等着一会去喝亲妈炖的汤。

"没事挂了。"

"等等——你到底考砸了没!"

他随手挂了电话,哼着小调把文件包扔到一边。

可算是考完了。

按理说,接下来的一个暑期是高中生的彻底狂欢。

没有暑假作业,没有任何压力,一切都在走向必然的尘埃落定。

但其实只要高考成绩没有下来,那把看不见的刀就悬而未决,搞得人内心紧张。

说是要好好放松放松,其实大伙玩得都很克制,甚至还觉得很惆怅。

怎么就结束了呢?

我高中要毕业了?

我真的要去做大学生了?

到了成绩公布的那一天,姜忘卡着点就已经在刷查询网站了。

"我去,卡崩了,进不去。"

季临秋还在浴室刷牙,瞥了一眼道:"你不是不紧张吗?"

"那肯定是在彭星望面前装的,"姜忘还在摁刷新键,已经想换个好点的电脑了,"这个分数一般什么时候能看到?"

"说不准,"季临秋回忆了一下,"以前有半夜两三点出分的,也有到了下午才磨磨蹭蹭出分的。"

"你们当时估分多少?"

"没成功。"

"什么叫没成功?"

"我跟星望都心态不好。"姜忘叹了口气,"凑一块估了三回,每次都感觉估得太高或者太低了,拿不准人家判卷子严不严。"

他本来以为自己能看一眼分数网站就睡了,没想到网站一直没结果,硬生生等到凌晨三点。

这是我人生里实打实的高考分数!我看不着就不睡了!

季临秋陪到后面实在困了,迷迷糊糊睡了一段,半梦半醒还能听见笔记本电脑被按 F5 的声音。

第二天哥俩碰面的时候,都挂着两片黑眼圈。

今天彭家辉特意过来做早饭,杜文娟把厨房让了出来,慢悠悠地剥着柚子。

"吃一个?"

"不吃。"彭星望倔强道,"我早饭都不想吃了。"

彭家辉探出头来:"给你爸一点面子行不行?"

"给,"少年深呼吸,"我要来两碗。"

这个悬念被吊了太久,以至于季临秋都忍不住拿过电脑看看是不是他们输入错了,怎么会到了这个点还没有结果。

他一面看着,一面接到电话,是学生家长特意过来感谢的。

"分数出啦,我家宝贝考到五百五十分,完全不敢想,进您学校之前她才考四百分出头,现在居然都能上一本了!"

"季老师,我是小悠妈妈啊,孩子高考成绩出来了,万分感谢您一直以来的照顾!"

"季校长!!谢谢,谢谢您,我家孩子考得太好了!"

餐厅气氛在不断凝固。

季临秋把手机暂时开了勿扰,吩咐秘书代为处理人际关系,把电脑放到一边,帮彭家辉端番茄牛肉粉。

"咱们先吃饭。"

全家在一片静默里吃完了粉。

彭家辉本来想笑着打个圆场,问问诸如我的手艺进步了没有之类的废话,现在也不敢贸然开口。

等连粉带汤吃完,大的先起身:"我去洗碗。"

小的立刻跟上:"我也去洗碗。"

杜文娟下意识想把活揽过去,被季临秋按下了,眼神示意让他们去。

统共就一个锅五个碗,洗起来五分钟不到。

直到把碗放进消毒柜里,两人对视了一眼,谁都不想出厨房。

"来刷锅盖。"

姜忘给他扔了钢丝球,把厨房里所有发锈蒙油的脏锅盖都拿了出来,里里外外仔仔细细地刷。

刷得锃光瓦亮,刷得缝隙都干干净净,刷到天荒地老,像是哥俩在厨房闷头造镜子。

过了半个小时,锅盖全都刷完了,姜忘隔着厨房门跟还在弄电脑的季临秋对视了一眼,后者摇摇头表示成绩还是没刷出来,姜忘一咬牙,做出进一步指示:"我们来洗抽油烟机。"

276

彭星望心领神会，撸起袖子就继续干。

杜文娟难得看见这哥俩泡在厨房里不肯出来，捧着热茶在外面看。

"都开始刷墙缝里的油了……"

季临秋忽然坐直："出来了。"

话音未落，两个人满手是油地冲出来："多少分！"

"彭星望，六百二十五分。"

"欧耶耶耶耶耶耶！"

"姜忘，五百三十一分。"

"哈哈哈哈哈哈——"

季临秋长长松一口气，总算是能正常呼吸了。

"你比之前四模进步了八十多分，很不错。"

姜忘激动地跳起来。

"电话，我的电话呢！！"

那帮打赌的孙子今天可以赔到哭了！

杜文娟轻咳一声。

"我的抽油烟机你们就扔下不管了？"

"管管管！"

"马上来，马上！"

大家笑得不行，索性一块去刷厨房。

成绩一出来，什么都好办，也什么都能释怀了。

彭星望考高分是理所当然，符耳还觉得考得不够高，私下教育了两句，叫他读大学了别太飘，高数敢挂科就拧他耳朵。

姜忘考高分是惊爆冷门，间接导致一帮人玩砸了，季总狠赚一笔。他的成绩好到让很多老总都为之咋舌。

这家伙居然这么厉害？不，肯定是卷子出简单了……哟，我要不明年也试试？

老姜都能考五百多分，那我岂不是能上重点学府？我炒股票炒得比他好多了！数学肯定比他强！

哎，我这辈子都有个遗憾，就是没念过大学……要不私下问问他，将来也努力一把？

大伙各怀心思,消息越传越广,姜忘的公司股票噌噌往上涨,外行人还看不太明白。

最近也没什么新情况,怎么涨成这样……

很快就有各路媒体打电话来,试图拿这个当噱头写几篇爆款文章。

姜忘一一谢绝,和家人一起去彭星望的中学门口,大伙一起拍照留念。

符耳负责帮他们拍照,远远地指挥着:"再近点!哎,笑容灿烂点,不用太收着。"

"等一下!"彭星望突然打断,"咱们牵手拍几张!"

姜忘很久没有和彭星望牵过手,感觉自从这孩子长大以后,牵起来有点太肉麻了。

但是少年伸出手很坚决要牵,他拧巴一下也还是牵住了。

记忆好像一下子回到很久很久以前。

久到好像突然回到姜忘抱走他深夜逃跑的那一天。

日子过得特别快,但每一天都妙不可言。

难过的日子,充实的日子,充满爱的日子,每一天。

他握住少年的手,既像是握住另一个时空的自己,也像是在握住自己的另一段青春。

"毕业了,恭喜。"

"我好幸福,"彭星望的眼睛里都是光,"咱们都要读大学啦,真好!"

"是啊,"大家都笑起来,"真好。"

"茄子!"

"茄——子!"

明朗阳光洒落一地,笑声漫过整个夏天。

图书在版编目（CIP）数据

炽夏临秋．完结篇／青律著．— 广州：广东旅游出版社，2025.6
ISBN 978-7-5570-3264-7

Ⅰ．①炽… Ⅱ．①青… Ⅲ．①长篇小说－中国－当代 Ⅳ．① I247.5

中国国家版本馆 CIP 数据核字（2024）第 055781 号

炽夏临秋．完结篇
CHI XIA LIN QIU. WANJIEPIAN

出 版 人：刘志松
责任编辑：陈　吉
责任技编：冼志良
责任校对：李瑞苑

广东旅游出版社出版发行
地址：广州市荔湾区沙面北街 71 号首、二层
邮编：510130
电话：020-87347732（总编室）　020-87348887（销售热线）
投稿邮箱：2026542779@qq.com
印刷：河北鹏润印刷有限公司
（地址：河北省沧州市肃宁县工业聚集区）
开本：880 毫米 ×1230 毫米　1/32
字数：265 千
印张：8.875
版次：2025 年 6 月第 1 版
印次：2025 年 6 月第 1 次印刷
定价：49.80 元

【版权所有 侵权必究】

如发现图书质量问题，可联系调换。质量投诉电话：010-82069336